Ti amo ♡!

13.02.2007

Für den kleinen
Engel „Sonnenschein“

Udo

Viel Glück und Gesundheit
immer und überall :)

Emmy von Rhoden

Der Trotzkopf

UEBERREUTER

Die Deutsche Bibliothek – CIP-Einheitsaufnahme

Rhoden, Emmy von:
Der Trotzkopf / Emmy von Rhoden. –
Wien : Ueberreuter, 2003
ISBN 3-8000-2089-0

Umschlaggestaltung von Zembsch' Werkstatt, München,
unter Verwendung einer Illustration von Marek Zawadzki

Druck: Ueberreuter Print
1 3 5 7 6 4 2

Ueberreuter im Internet: www.ueberreuter.at

»Papa, Diana hat Junge!«

Mit diesen Worten trat ungestüm ein junges, schlankes Mädchen von fünfzehn Jahren in das Zimmer, in dem sich außer dem Angeredeten, seiner Frau und dem Pfarrer noch Besuch aus der Nachbarschaft, ein Herr von Schäffer mit Gattin und Sohn, befanden.

Alles lachte und wandte sich dem Mädchen zu, das ohne jede Verlegenheit auf seinen Vater zueilte und ausführlich über das wichtige Ereignis berichtete.

»Es sind vier Stück, Papa«, erzählte sie lebhaft, »und sie sind braun, genau wie Diana. Komm, sieh dir sie an, es sind reizende Tierchen! Vorn an den Pfötchen haben sie weiße Flecke. Ich habe gleich einen Korb geholt und mein Kopfkissen hineingelegt; sie müssen doch warm liegen, die kleinen Dinger!«

Gutsbesitzer Oberamtmann Macket legte den Arm um Ilses Schultern und strich ihr das wirre Lockenhaar aus dem erhitzten Gesicht. Er sah sein Kind mit wohlgefälligen Blicken an, wenn auch Ilses Aufzug durchaus nicht geeignet war, Wohlgefallen zu erregen, besonders jetzt nicht, da fremde Augen ihn musterten. Das abgetragene dunkelblaue Waschkleid, blusenartig gemacht und mit einem Ledergürtel gehalten, mochte wohl recht bequem sein, aber kleidsam war es nicht und einige Flecke und Risse darin dienten ebenfalls nicht dazu, sein Aussehen zu heben. Die hohen, plumpen Lederstiefel, die unter dem kurzen Kleid hervorblickten, waren voll Staub und eher grau als schwarz. Aber Herrn Macket störte dieser Aufzug nicht; er sah in die fröhlichen braunen Augen seines Lieblings, die so wenig vorteilhafte Kleidung bemerkte er nicht.

Er war im Begriff, sich zu erheben, um den Wunsch seines Kindes zu erfüllen, als ihm seine Gattin, eine vornehme Erscheinung von ruhigem, aber energischem Wesen, zuvorkam. Sie stand auf und trat auf Ilse zu. »Liebe Ilse«, sagte sie freundlich und nahm das Mädchen bei der Hand, »ich möchte dir etwas sagen. Willst du mir auf einen Augenblick in mein Zimmer folgen?«

Ruhig, aber bestimmt waren die Worte gesprochen und Ilse fühlte, dass ein Widerstand vergeblich sein würde. Ungern folgte sie der Mutter in den anstoßenden Raum.

»Was willst du mir sagen, Mama?«, fragte sie und sah Frau Macket trotzig an.

»Nichts weiter, mein Kind, als dass du sofort auf dein Zimmer gehen und dich umkleiden sollst. Du wusstest wohl nicht, dass wir Gäste erwarten?«

»Doch, ich wusste es, aber ich mache mir nichts daraus«, gab Ilse kurz zur Antwort.

»Aber ich, Ilse. Mir kann es nicht gleichgültig sein, wenn du dich in einem so unordentlichen Kleid blicken lässt. Du bist kein Kind mehr mit deinen fünfzehn Jahren; bedenke, dass du seit Ostern konfirmiert bist! Eine angehende junge Dame muss den Anstand wahren. Was soll der junge Schäffer von dir denken! Er wird dich auslachen und dich verspotten.«

»Der dumme Mensch!«, fuhr Ilse auf. »Ob der über mich lacht oder spottet, ist mir ganz gleichgültig. Ich lache auch über ihn. Tut, als ob er ein Herr wäre mit seiner Hornbrille, und geht doch noch in die Schule!«

»Er ist Primaner und neunzehn Jahre alt. Nun sei vernünftig und kleide dich um, Kind! Hörst du?«

»Nein, ich ziehe kein andres Kleid an!«

»Wie du willst. Aber dann bitte ich dich, dass du in deinem Zimmer bleibst und dein Abendbrot dort verzehrst«, gab Frau Macket ruhig zur Antwort.

Ilse biss sich auf die Unterlippe und trat heftig mit dem Fuß auf; aber sie schwieg. Schnell ging sie zur Tür hinaus und warf sie unsanft hinter sich zu. Oben in ihrem Zimmer ließ sie sich auf einen Stuhl fallen, stützte die Ellbogen auf das Fensterbrett und weinte Tränen des bittersten Unmutes. »Oh, wie schrecklich ist es jetzt!«, stieß sie schluchzend hervor. »Warum musste auch Papa wieder eine Frau nehmen! Es war so schön, als wir beide allein waren. Ich will doch keine Dame sein, ich will es nicht, und wenn sie es zehnmal sagt!«

Als Ilse mit ihrem Vater noch allein gewesen war, hatte sie freilich ein ungebundenes und lustiges Leben geführt. Niemand durfte ihr Vorschriften machen oder ihre dummen Streiche hindern; was sie auch unternahm, galt als unübertrefflich. Das Lernen wurde nur als langweilige Nebensache betrachtet und die Erzieherinnen fügten sich entweder dem Willen ihrer Schülerin, oder sie gingen davon. Beklagte sich je einmal eine von ihnen bei dem Vater und fasste dieser wirklich den festen Entschluss, ein Machtwort gegen sein unbändiges Kind zu sprechen, fiel sie ihm um den Hals, nannte ihn ihren »einzigen, kleinen Papa«, obwohl Herr Macket groß und kräftig war, und küsste ihn stürmisch.

»Ich weiß alles, was du mir sagen willst, und ich will mich ganz gewiss bessern!« Mit solchen und ähnlichen Worten und Versprechungen tröstete sie ihren Vater. Ach, wie gern ließ er sich doch trösten! Er konnte seinem Kind nie ernstlich zürnen, es war sein Alles.

Als Ilses Mutter starb, legte sie ihm das kleine, hilflose Mädchen in den Arm. Ilse hatte die schönen, frohen Augen der früh Dahingeschiedenen, und wenn sie den Vater anblickte, dann war es ihm, als ob ihn die Gattin anlächle, die er so sehr geliebt hatte.

Viele Jahre blieb Herr Macket einsam und lebte nur für sein Kind. Dann lernte er seine zweite Frau kennen. Ihr kluges, sanftes Wesen fesselte ihn so sehr, dass er sie heimführte.

Frau Anne betrat das Haus ihres Mannes mit dem festen Vorsatz, seinem Kind die liebevollste Stiefmutter zu sein und alles aufzubieten, ihm die früh verlorene Mutter zu ersetzen; aber jede herzliche Annäherung von ihrer Seite scheiterte an Ilses trotzigem Widerstand. Bald ein Jahr war sie nun schon im Hause und doch war es ihr bis heute nicht gelungen, Ilses Liebe zu gewinnen.

Die Gäste blieben zum Abendessen auf Gut Moosdorf. Als man sich zu Tisch setzte, befahl Frau Anne dem Stubenmädchen, das Fräulein zu Tisch zu rufen.

Ilse hatte sich eingeschlossen und das Stubenmädchen musste erst tüchtig pochen, bevor sie sich bequemte die Tür zu öffnen.

»Sie sollen herunterkommen, Fräulein! Die gnädige Mama hat es befohlen«, sagte Katharine und betonte das »sollen« und »befohlen« recht auffallend.

»Ich soll«, rief Ilse und wandte den Kopf hastig herum, »aber ich will nicht! Sag das der gnädigen Frau Mama!«

»Ja«, erwiderte Katharine, befriedigt von dieser Antwort. Auch sie war durchaus nicht damit einverstanden, dass wieder eine Frau ins Haus gekommen war, die der schönen Freiheit ein Ende bereitete. Sie ging hinunter in das Speisezimmer und richtete Ilses Bestellung wörtlich aus.

Herr Macket blickte seine Frau verlegen an; er wusste nicht, was diese Antwort bedeuten sollte.

Die Hausfrau verstand die Frage, und ohne im Geringsten ihren Unmut merken zu lassen, sagte sie gelassen: »Ilse ist nicht ganz wohl, lieber Richard, sie klagte etwas über Kopfschmerzen. Katharine hat ihre Bestellung ungeschickt ausgerichtet.«

Alle Anwesenden errieten sofort, dass Frau Anne eine Ausrede gebrauchte, nur Herr Macket glaubte, dass es sich in Wahrheit so verhielt. »Wollen wir nicht lieber einen Boten zum Arzt schicken?«, fragte er besorgt.

Die Antwort gab ihm seine Tochter selbst. Laut jubelnd und lachend trieb sie einen Reif mit einem Stock über den großen Rasenplatz und Tyras, der Jagdhund, sprang ihr nach.

Herrn Mackets Gesicht veränderte sich bei diesem Anblick. Er stand auf und trat in die offen stehende Flügeltür des Zimmers.

Er war im Begriff, Ilse zu rufen, als Frau Anne ihn davon zurückhielt. »Lass sie, ich bitte dich, Richard!«, bat sie und zu den Gästen gewendet setzte sie hinzu: »Es tut mir Leid, nun doch die Wahrheit sagen zu müssen, aber Ilses Benehmen zwingt mich dazu.« Und sie erzählte den kleinen Vorfall so gemildert wie möglich.

Es wurde darüber gelacht, ja, Herr Schäffer behauptete, die Kleine habe Temperament und es sei schade, dass sie kein Junge sei. Seine Frau vermochte ihm jedoch nicht beizustimmen, sie fand das wilde Mädchen geradezu entsetzlich.

Als die Gäste fortgefahren waren, blieb Pfarrer Wollert noch zurück. Er war ein modern denkender und klar blickender älterer Herr, der in seiner gütigen Art Ilse seit ihrer Kindheit eine wohlwollende Zuneigung bewahrte. Er hatte sie getauft und eingesegnet, unter seinen Augen war sie herangewachsen. Seit dem Abschied der letzten Erzieherin leitete er ihren Unterricht. Es trat ein beinahe peinliches Stillschweigen ein. Jedem der drei Anwesenden lag etwas auf dem Herzen, doch jeder scheute sich, das erste Wort zu sprechen. Herr Macket saß rauchend am Tisch, Frau Macket beschäftigte sich eifrig mit einer Handarbeit. Pfarrer Wollert ging im Zimmer auf und ab, er sah ernst und nachdenklich aus.

Endlich blieb er vor dem Oberamtmann stehen. »Es hilft nichts, lieber Freund«, sagte er, »das Wort muss heraus. Es geht nicht mehr so weiter; wir können dieses unbändige Kind nicht zügeln, es ist uns über den Kopf gewachsen.«

Der Oberamtmann sah den Pfarrer verwundert an. »Wie meinen Sie das?«, fragte er. »Ich verstehe Sie nicht.«

»Meine Meinung ist, geradeheraus gesagt, die«, fuhr der Pfarrer fort, »das Kind muss fort von hier, in ein Pensionat.«

»Ilse in ein Pensionat? Aber warum? Sie hat doch nichts verbrochen!«, rief Herr Macket erschrocken.

»Verbrochen?«, wiederholte lächelnd der Pfarrer. »Nein, nein, das hat sie nicht! Aber muss denn ein Kind erst etwas Böses getan haben, um in ein Institut zu kommen? Es ist doch keine Strafanstalt! Hören Sie mich ruhig an, lieber Freund!«, fuhr er besänftigend fort und legte die Hand auf Mackets Schulter, als er sah, dass der Oberamtmann heftig auffahren wollte. »Sie wissen, wie ich Ilse liebe, und Sie wissen auch, dass ich nur das Beste für sie im Auge habe. Nun wohl, ich habe reiflich überlegt und bin zu dem Schluss gekommen, dass Sie, Ihre Frau und ich nicht Macht genug besitzen, das Mädchen zu erziehen. Sie trotzt uns allen dreien. Soeben hat sie wieder ein klares Beispiel ihrer widerspenstigen Natur gegeben.«

Der Oberamtmann trommelte mit den Fingern auf dem Tisch. »Das war eine Ungezogenheit, die ich bestrafen werde«, sagte er. »Etwas Schlimmes kann ich nicht darin finden. Lieber Himmel, Ilse ist jung, noch halb ein Kind, und Jugend muss sich austoben! Weshalb soll man einem übermütigen Mädchen so strenge Fesseln anlegen und es Knall und Fall in ein Pensionat bringen? – Was sagst du dazu, Anne?«, wandte er sich an seine Frau. »Du denkst wie ich, nicht wahr?«

»Ich dachte wie du«, entgegnete Frau Anne, »vor einem Jahr, als ich dieses Haus betrat. Heute urteile ich anders, heute muss ich dem Herrn Pfarrer Recht geben. Ilse ist schwer zu erziehen, trotz aller Herzensgüte, die sie besitzt. Gewöhnlich geschieht das Gegenteil von dem, was ich ihr sage. Bitte ich sie, ihre Aufgaben zu machen, so tut sie entweder, als hätte sie mich nicht verstanden, oder sie nimmt unwillig ihre Bücher, wirft sie auf den Tisch, setzt sich davor und unterhält sich mit allerhand Unsinn. Nach kurzer Zeit erhebt sie sich wieder – und fort ist sie. Da hilft kein gütiges Zureden, keine Strenge; sie will nicht! Frage den Herrn Pfarrer, wie ungleichmäßig Ilses wissenschaftliches Interesse ist, wie sie zuweilen sogar noch orthografische Fehler macht!«

»Was kommts bei einem Mädchen darauf an!«, entgegnete Herr Macket und erhob sich. »Eine Gelehrte soll sie nicht werden; wenn sie einen Brief schreiben kann und das Einmaleins gelernt hat, weiß sie genug.«

Der Pfarrer lächelte. »Das ist nicht Ihr Ernst, lieber Freund. Oder würde es Ihnen Freude machen, wenn man von Ihrer Tochter sagen dürfte: ›Ilse Macket ist dumm und langweilig, sie ist so ungebildet, dass man mit ihr über gar nichts sprechen kann.‹ Ilse hat gute Anlagen, es fehlt ihr nur der Wille, die Lust zum Lernen. Beides wird sich einstellen, sobald sie unter junge Mädchen ihres Alters kommt. Die gemeinsame Arbeit wird ihren Ehrgeiz wecken und ihr bester Lehrmeister sein.«

Die Wahrheit dieser Worte leuchteten Herrn Macket ein, aber die Liebe zu seinem Kind ließ es ihn nicht laut eingestehen. Der Gedanke, sich von Ilse trennen zu müssen, war ihm furchtbar.

Frau Anne empfand, was im Herzen ihres Mannes vorging; liebevoll trat sie zu ihm und ergriff seine Hand. »Denke nicht, dass ich hart bin, Richard, wenn ich für den Vorschlag unseres Freundes stimme!«, sagte sie. »Ilse steht jetzt an der Grenze zwischen Kind und Mädchen, noch hat sie Zeit, das Versäumte nachzuholen und ihre unbändige Natur zu zügeln.«

»Ich wüsste ein Institut in W., das ich für Ilse bestens empfehlen könnte«, erklärte der Pfarrer. »Die Vorsteherin ist mir gut bekannt, sie ist eine außerordentlich tüchtige und sehr gescheite Dame. Ilse würde dort den besten Unterricht und die liebevollste Pflege finden. Und welch ein Vorzug wäre die wunderbare Lage dieses Ortes! Die Berge ringsum, die herrliche Luft ...«

»Ja, ja«, unterbrach Herr Macket abwehrend, »ich glaube das alles gern! Aber lasst mir Zeit, bestürmt mich nicht weiter! Ein so wichtiger Entschluss, selbst wenn er notwendig ist, bedarf reiflicher Überlegung.«

Am andern Morgen, es war noch sehr früh, traf der Oberamtmann sein Töchterchen, als es eben im Begriff war, auf die Wiese hinauszureiten, um das Heu mit einzuholen. Ilse saß auf einem der Pferde, die vor den Leiterwagen gespannt waren: »Guten Morgen, Papachen!«, rief sie ihm schon von weitem laut entgegen. »Wir wollen auf die Wiese fahren, das Heu muss herein; der Hofmeister sagt, wir bekämen gegen Mittag ein Gewitter. Ich will gleich mit aufladen helfen.«

Herrn Macket fielen die Worte seiner Frau vom gestrigen Abend ein. Ilse sah in diesem Augenblick kaum wie ein Mädchen aus, eher glich sie einem wilden Buben. Wie ein richtiger Junge saß sie auf dem Pferd und ließ die Füße an beiden Seiten herunterhängen. Das kurze Kleid ließ die unordentlichen, bunten Strümpfe sehen und die hohen plumpen Lederstiefel waren sichtlich seit Tagen nicht gereinigt. Das Mädchen bot kein anmutiges Bild.

»Steig ab, Ilse!«, sagte Herr Macket, dicht zu ihr tretend um ihr zu helfen; »du wirst jetzt nicht auf die Wiese reiten, hörst du, sondern deine Aufgaben machen!«

Es war das erste Mal in Ilses Leben, dass der Vater in so bestimmtem Ton zu ihr sprach. Sehr verwundert blickte sie ihn an, aber sie machte keine Miene, seiner Aufforderung Folge zu leisten. Sie schlug die Arme ineinander und fing an herzlich zu lachen. »Hahahaha, arbeiten soll ich! Du kleiner reizender Papa, wie kommst du denn auf diesen komischen Einfall? Mach nur nicht ein so böses Gesicht! Weißt du, wie du jetzt aussiehst? Gerade wie Mademoiselle, die letzte, Papa, von den vielen, wenn sie böse war. ›Fräulein Ilse, gehen Sie auf Ihr Simmer, mais tout de suite! Aben Sie mir compris?‹ Dabei zog sie die Stirn in Falten und riss die Augen auf – so.« Ilse versuchte es nachzuahmen. »Oh, es war zu himmlisch! Leb wohl, Papachen! Zum Frühstück komm ich zurück.« Sie warf ihm noch eine Kusshand zu, lachte ihn schelmisch an und fort ging es im lustigen Trab hinaus auf die Wiese, in den taufrischen Sommermorgen hinein.

Herr Macket schüttelte den Kopf. Mit einem Mal stiegen ernstliche Bedenken in ihm auf. Er fand den Gedanken, Ilse in ein Pensionat zu geben, heute weniger unerträglich als gestern. Seine Tochter hatte ihm soeben den Beweis gegeben, dass sie auch ihm Widerstand entgegensetzte. Er ging in das Speisezimmer und trat von dort auf die Veranda, die sich weinumrankt an der Vorderseite des Hauses entlangzog. Seine Frau erwartete ihn dort am gedeckten Frühstückstisch. Ganz gegen seine Gewohnheit war er still und einsilbig.

»Gab es Unannehmlichkeiten?«, fragte Frau Anne und reichte ihm den Kaffee.

»Nein«, entgegnete Herr Macket mürrisch. Er hielt einen Augenblick inne, als würde es ihm schwer, weiterzusprechen, dann fuhr er fort: »Ich habe über unser gestriges Gespräch nachgedacht und den Entschluss gefasst, Ilse zum 1.

Juli in das Pensionat zu geben. Wirst du imstande sein, bis zu dem Zeitpunkt alles zu Ilses Abreise vorzubereiten? Wir haben heute den 12. Juni.«

»Ja, das kann ich wohl, lieber Richard; aber verzeih, mir kommt dein Entschluss etwas übereilt vor. Wird er dich nicht gereuen? Lass Ilse die schönen Sommermonate noch ihre Freiheit genießen und gib sie erst zum Herbst fort! Der Abschied wird ihr dann weniger schwer werden.«

»Nein, keine Änderung!«, sagte Herr Macket, der befürchtete, bei einem längeren Hinausschieben wieder schwach zu werden. »Es bleibt dabei: zum 1. Juli wird sie angemeldet.«

Nach einigen Stunden kehrte Ilse wohlgemut, mit erhitzten Wangen und über und über mit Heu bestreut, zum zweiten Frühstück zurück. Ohne sich umzukleiden und die Hände zu reinigen trat sie höchst vergnügt auf die Veranda. »Da bin ich!«, rief sie. »Bin ich lange fortgeblieben? Ich sag dir, Papa, das Heu ist wunderbar! Nicht einen Tropfen Regen hat es bekommen! Du wirst deine Freude daran haben. Der Hofmeister meint, so gut hätten wir es seit Jahren nicht hereingebracht.«

»Lass das Heu jetzt, Ilse«, entgegnete Herr Macket, »und höre zu, was ich dir sagen werde!« Es wurde ihm nicht leicht, von dem einmal gefassten Entschluss zu sprechen; seine Stimme klang ernst.

Ilse war vergnügt wie immer und schenkte seiner Stimmung keine Beachtung. Ihr Augenmerk war auf den reich gedeckten Frühstückstisch gerichtet; sie war sehr hungrig von der Fahrt.

»Soll ich dir ein Brötchen richten?«, fragte die Mutter freundlich, aber Ilse lehnte es ab.

»Ich will es schon selbst tun«, sagte Ilse, nahm das Messer und schnitt sich ein tüchtiges Stück Schwarzbrot ab. Die Butter strich sie fast fingerdick darauf. Dann nahm sie ein großes Stück Wurst und fing an unbekümmert zu essen, bald von dem Brot, bald von der Wurst, die sie in der Hand hielt, einen Bissen nehmend. Es schmeckte ihr köstlich.

»Ich denke, du wolltest mir etwas sagen, Papachen?«, rief sie mit vollem Mund. »Nun schieß los! Ich bin ordentlich neugierig darauf.«

Herr Macket zögerte etwas mit der Antwort; noch war es Zeit, noch konnte er seinen Entschluss zurücknehmen. Einen Augenblick überlegte er, die Sekunde der Schwäche ging jedoch vorüber. Ruhig und fest teilte er Ilse seinen Entschluss mit.

Seine Annahme, dass sie sich dem Plan stürmisch widersetzen würde, erwies sich als Irrtum. Zwar blieb Ilse vor Überraschung und Schreck buchstäblich der Bissen im Munde stecken, aber ihr Auge flog zur Mutter hinüber und sie unterdrückte den Sturm, der in ihr tobte. Um keinen Preis sollte sie erfahren, wie furchtbar es ihr war, die Heimat, den Vater vor allem, zu verlassen, denn die Mutter war doch sicherlich nur allein die Anstifterin dieses Planes. Der Papa – nein, der würde sie niemals hergegeben haben.

»Nun, du schweigst?«, fragte Herr Macket. »Du hast vielleicht selbst schon eingesehen, dass du noch tüchtig lernen musst, mein Kind, denn mit deinen Kenntnissen hapert es noch überall, nicht wahr?«

»Gar nichts habe ich eingesehen!«, platzte Ilse heraus. »Du selbst hast mir doch oft genug gesagt, ein Mädchen braucht nicht so viel zu lernen; das allzu viele Studieren macht auch nicht gescheiter. Ja, das hast du gesagt, Papa, und jetzt sprichst du mit einem Mal anders. Nun soll ich fort, soll auf den Schulbänken sitzen zwischen andern Mädchen und lernen, bis mir der Kopf wehtut. Aber es ist gut, ich will gerne fort, ja, ich freue mich schon auf die Abreise. Wenn nur erst der 1. Juli da wäre!«

Ilse erhob sich hastig, warf den Rest ihres Frühstücks auf den Tisch und eilte fort, hinauf in ihr Zimmer. Dort brachen die Tränen hervor, die sie bis dahin nur mühsam zurückzuhalten vermochte.

Frau Anne wäre ihr gerne gefolgt; sie fühlte, was in dem jungen Herzen vorging, aber sie wusste genau, dass Ilse ihre gütigen Worte trotzig zurückweisen würde. So verzichtete sie darauf und hoffte auf die Zeit, wo Ilses gutes Herz den Weg zu ihrer mütterlichen Liebe finden würde.

Die wenigen Wochen bis zu dem für die Abreise festgesetzten Zeitpunkt vergingen schnell. Frau Anne hatte alle Hände voll zu tun, um Ilses Kleider in Ordnung zu bringen. Die Vorsteherin des Pensionates beantwortete sofort Herrn Mackets Anfrage und erklärte sich gerne zur Aufnahme seiner Tochter bereit. Gleichzeitig übersandte sie ein Verzeichnis der Gegenstände, die jede Pensionärin bei ihrem Eintritt in das Institut mitbringen musste.

Ilse lachte spöttisch über die vielen nach ihrer Meinung unnützen Dinge; besonders die Hausschürzen fand sie geradezu lächerlich. Schürzen zu tragen hatte sie bisher immer mit Entrüstung abgelehnt.

»Die dummen Dinger trage ich doch nicht, Mama!«, sagte sie, als Frau Anne dabei war, den Koffer zu packen; »die brauchst du mir gar nicht mitzugeben.«

»Du wirst dich der allgemeinen Sitte fügen müssen, mein Kind«, entgegnete die Mutter. »Warum solltest du auch nicht? Sieh einmal her! Diese blau und weiß gestreifte Schürze mit den gestickten Zacken ringsum ist ein reizender Schmuck für ein junges Mädchen, das sich im Haushalt nützlich machen wird.«

»Ich werde mich aber im Haushalt nicht nützlich machen!«, rief Ilse ungezogen. »Das fehlte noch! Ihr denkt wohl, ich soll dort in der Küche arbeiten oder die Zimmer aufräumen? Die Schürzen trage ich nicht, ich will sie nicht!«

»Übertreibe nicht, Ilse!«, entgegnete Frau Anne. »Wenn du durchaus die Schürzen nicht tragen magst, so kannst du deinen Wunsch der Vorsteherin mitteilen; vielleicht erfüllt sie ihn dir.«

»Ich werde die Leiterin nicht erst darum fragen; solche Dinge gehen sie gar nichts an«, war Ilses unartige Antwort.

Sie erklärte ihrem Vater, dass sie ein kleines Köfferchen für sich selbst packen werde. Niemand sollte ihr dabei helfen, niemand wissen, welche Schätze sie in das neue Heim mitnehmen würde.

»Das ist ein prächtiger Einfall, Ilschen«, stimmte Herr Macket bei. »Nimm nur mit, was dir Freude macht!« Er ließ sofort als Überraschung für seinen Liebling einen neuen, kleinen Koffer kommen. Als Ilse ihm erfreut um den Hals fiel und sie ihn endlich wieder »mein kleines Pachen« nannte, da wurde es ihm so weich ums Herz, dass er sich abwenden musste, um seine Rührung zu verbergen.

Am Tag vor ihrer Abreise schloss sich Ilse in ihr Zimmer ein und begann zu packen. Aber wie! Bunt durcheinander, wie ihr die Sachen in die Hand kamen. Zuerst das geliebte

Blusenkleid nebst Ledergürtel. Es wurde mit Schwung in den Koffer hineingeworfen und mit den Händen etwas festgedrückt. Dann folgten die hohen Lederstiefel mit Staub und Schmutz, wie sie waren, ferner eine alte Ziehharmonika, auf der sie nur ein paar Töne hervorbringen konnte, ein neues Hundehalsband mit einer langen Leine daran, ein ausgestopfter Kanarienvogel, und zuletzt griff sie nach einem Glas, in dem ein Laubfrosch saß. Ilse liebte den Frosch sehr und so musste das arme Tier auch mitverpackt werden. Sie nahm ein hübsches gesticktes Taschentuch aus dem Schrank, band es über das Glas, legte Papier darüber und schnitt kleine Löcher in beide Hüllen. Dann steckte sie einige Fliegen hinein. »So«, sagte sie höchst befriedigt, »nun bist du gut versorgt, mein liebes Tierchen, und wirst nicht verhungern auf der weiten Reise.«

Es war nicht leicht, das Glas in dem Koffer unterzubringen, aber schließlich gelang das Kunststück doch mit vieler Mühe. Endlich war sie so weit, dass sie den Deckel schließen konnte. Er klemmte etwas und Ilse musste erst darauf knien, bevor er ins Schloss fiel. Den kleinen Schlüssel zog sie ab und befestigte ihn an einer schwarzen Schnur, die sie um den Hals band.

Als das Abendbrot verzehrt war und die Eltern noch am Tisch saßen, ging Ilse in den Hof und machte eine Runde durch die Ställe. Von ihren Lieblingen, den Hühnern, Tauben, Kühen, Pferden, nahm sie Abschied. Die Trennung von den Hunden wurde ihr am schwersten; sie waren ihre besten Freunde. Dianas Sprösslinge, die schon allerliebst waren und sie zärtlich begrüßten, entlockten ihr heiße Abschiedstränen.

Neben ihr stand Johann. Er kannte Ilse vom ersten Tag ihres Lebens an und liebte sie abgöttisch. »Wenn das kleine Fräulein wiederkommt«, sagte er mit kläglicher Stimme und fuhr sich mit dem Handrücken über die Augen, »dann wird es wohl eine große Dame sein. Ja, ja, Fräulein Ilschen, unsere schöne Zeit ist dahin! Ach und die Hunde, wie werden sie das Fräulein vermissen! Die sind gescheit. Beinahe menschlichen Verstand hat das dumme Vieh. Wie sie schmeicheln, als ob sie wüssten, dass unser kleines Fräulein morgen abreist!«

»Johann«, entgegnete Ilse unter Schluchzen, »sorge für die Hunde! Und wenn du mir einen großen, letzten Gefallen tun willst« – hier sah sie sich erst vorsichtig nach allen Seiten um, ob auch niemand in der Nähe war –, »so nimm Bob«, diesen Namen hatte sie Dianas kleinstem Söhnchen gegeben, »morgen mit auf den Kutschbock, wenn du mich zur Bahn fährst, aber heimlich! Niemand darf es wissen; ich will ihn mitnehmen. Ein Halsband und eine Leine habe ich schon eingepackt.«

Der Kutscher war glücklich, dass er dem kleinen Fräulein noch einen Liebesdienst erweisen konnte. Er lächelte verschmitzt und versprach, Bob so geschickt unterzubringen, dass keine menschliche Seele etwas merken würde.

Früh am andern Morgen stand der Wagen vor der Tür, der Ilse zur Bahn fahren sollte. Herr Macket begleitete sie bis W., um sie der Vorsteherin, Fräulein Raimar, selbst zu überbringen. Er wollte seinen Liebling nicht aus den Augen lassen, ohne vorher sein neues Heim gesehen zu haben. Frau Anne wollte Ilse zärtlich und liebevoll zum Abschied an sich ziehen, aber das Mädchen machte ein finsteres und trotziges

Gesicht und entwand sich den Armen der Mutter. »Lebe wohl!«, sagte sie kurz und sprang in den Wagen.

Als Ilse mit ihrem Vater im Zug saß, trat Johann mit Bob unter dem Arm und der Mütze in der Hand an das Fenster. »Leben Sie recht wohl, Fräulein Ilschen, und kommen sie gut hin!«, sagte er verlegen. »Die Hunde werde ich schon besorgen, haben Sie nur keine Angst! Den hier nehmen Sie wohl mit; es ist doch gut, wenn Sie nicht so allein im Pensionat sind!«

Ilse jauchzte vor Freude. Sie nahm den Hund im Empfang, liebkoste und streichelte ihn, dann reichte sie Johann die Hand.

»Leb wohl«, sagte sie, »und hab Dank! Ich freue mich so sehr, dass ich ein Hündchen mit mir nehmen kann.«

»Ja, aber Ilse, das geht doch nicht!«, wandte der erstaunte Oberamtmann ein. »Du darfst doch keine Hunde mit in das Institut bringen! Sei vernünftig und gib Bob Johann wieder zurück!«

Doch daran war nicht zu denken. Ilse ließ sich durch keine Vorstellung dazu bewegen.

»Die einzige Freude gönn mir, Pachen! Willst du mich denn ganz allein unter den fremden Menschen lassen? Wenn Bob bei mir ist, dann habe ich doch einen guten Freund! Nicht wahr, Bobchen, du willst nicht wieder fort von mir«, wandte sie sich an den Hund, der sich bereits behaglich auf ihrem Schoß zusammenrollte. »Du bleibst nun immer bei mir.«

Es war dem Vater unmöglich, ein Machtwort dagegen zu sprechen. Schließlich überzeugte ihn der Gedanke, dass die Kleine doch einen heimatlichen Trost in die Fremde mitnahm.

Es war eine lange und nicht sehr abwechslungsreiche

Fahrt durch meist flaches Land; erst zuletzt kamen die Berge. Für Ilse tat sich eine neue Welt auf, sie hatte noch nie eine so lange, weite Reise gemacht. Über all den neuen Eindrücken, die sich ihr aufdrängten, trat der Trennungsschmerz in den Hintergrund.

Spät am Abend langten sie in W. an. Man übernachtete im Hotel; und am nächsten Tag sollte Ilse in ihr neues Heim eingeführt werden.

Als es am andern Morgen neun Uhr schlug, stand Ilse fertig angezogen vor ihrem Vater. Sie sah in ihrem grauen Kostüm und den hübschen Sportschuhen ganz allerliebst aus. Unter dem hellen Strohhut schlängelten sich die braunen Locken übermütig hervor. Die schönen großen Augen blickten heute nicht so fröhlich wie sonst, sie zeigten einen ängstlich-erwartungsvollen Ausdruck.

»Dir fehlt doch nichts, Ilschen?«, fragte Herr Macket und sah sein Kind besorgt an. »Du bist so blass. Hast du schlecht geschlafen?«

Die herzliche Frage des Vaters löste die unnatürliche Spannung in Ilses Seele. Sie fiel ihm um den Hals und die bis dahin trotzig zurückgehaltenen Tränen brachen mit aller Macht hervor.

»Aber Kind, Kind«, sagte Herr Macket, »du wirst nicht lange von uns getrennt bleiben! Ein Jahr vergeht schnell und zu Weihnachten besuchst du uns. Komm, Kleines, trockne die Tränen! Mach dir das Herz nicht schwer! Du wirst uns fleißig Briefe schreiben, und Mama und ich werden dir täglich von uns Nachricht geben, von allem, was dich in Moosdorf interessiert!« Er nahm sein Taschentuch und trocknete damit die immer von neuem hervorbrechenden Tränen seines Kindes.

»Mama soll mir nicht schreiben«, stieß Ilse schluchzend heraus, »nur deine Briefe will ich haben! Meine Briefe an dich soll sie auch nicht lesen!«

»Ilse«, verwies Herr Macket, »so darfst du nicht sprechen! Mama hat dich lieb und meint es sehr gut mit dir!«

»Sehr gut!«, wiederholte sie in kindischem Zorn. »Wenn sie mich lieb hätte, würde sie mich nicht verstoßen.«

»Verstoßen? Du weißt nicht, was du sprichst, Ilse. Werde erst älter, dann wirst du das große Unrecht einsehen, das du heute deiner Mutter antust, und deine bösen Worte bereuen.«

»Sie ist nicht meine Mutter – sie ist meine Stiefmutter!«

»Du bist kindisch«, sagte der Oberamtmann. »Aber merke dir, niemals will ich wieder solche Äußerungen von dir hören! Du kränkst mich damit.«

Ilse konnte nicht begreifen, wie es kam, dass ihr Vater sie nicht verstand; er musste doch einsehen, wie unrecht ihr geschah.

»Komm jetzt!«, fuhr er beruhigend fort, »wir wollen gehen, mein Kind!«

Ilse ergriff den Hund, nahm ihn auf den Arm und wollte dem Vater folgen.

»Lass ihn zurück!«, befahl der Oberamtmann. »Wir fragen erst, ob du einen Hund mitbringen darfst.«

Aber Ilse setzte ihren Trotzkopf auf. »Dann gehe ich auch nicht!«, erklärte sie mit Bestimmtheit. »Ohne Bob bleibe ich auf keinen Fall im Pensionat.«

Herr Macket gab nach, aus Furcht, neue Tränen hervorzulocken. Aber die Sache war ihm sehr peinlich. Was sollte Fräulein Raimar denken!

Eine Viertelstunde später standen Vater und Tochter vor

einem stattlichen zweistöckigen Haus, das etwas außerhalb der kleinen Stadt mitten im Grünen lag; es war das Institut von Fräulein Raimar.

Der Gutsbesitzer blieb davor stehen. »Sieh, Ilse, welch ein schönes Gebäude!«, rief er höchst befriedigt. »Der Blick von hier aus in die nahen Berge ist wirklich prächtig.«

Was kümmerten Ilse die Berge! Sie fühlte sich so gedrückt vor Kummer, dass ihr die ganze Welt ein Jammertal dünkte.

»Wie kannst du dieses Haus schön finden, Papa!«, entgegnete sie. »Wie ein Gefängnis sieht es aus.«

Herr Macket lachte. »Glaubst du, dass in einem Gefängnis hohe, breite Fenster zu finden sind? Die armen Gefangenen sitzen hinter kleinen blinden Scheiben mit Eisengittern.«

»Ich werde jetzt auch eine Gefangene sein, Papa, und du selbst lieferst mich in dem Gefängnis ab.«

»Du bist eine kleine Närrin!«, sagte er lachend und brach das Gespräch ab, das ihm bedenklich zu werden schien.

Er stieg die breiten steinernen Stufen, die zum Eingang führten, hinauf und zog an der Klingel. Gleich darauf wurde die Tür von einem Mädchen geöffnet, das die beiden in das Empfangszimmer führte.

Sie durchschritten den Hausflur und einen langen Gang, von dem zwei Ausgänge in einen schönen, großen Hof führten. Es war gerade Frühstückspause in der Schule und überall sah man lachend und plaudernd große und kleine Mädchen umhergehen. Sie verstummten, als sie die neue Pensionärin erblickten, von der sie wussten, dass sie heute ankommen sollte, und alle Augen richteten sich auf Ilse, der es plötzlich höchst beklommen zumute wurde. Sie glaubte verstecktes Kichern hinter sich zu hören und war herzlich froh, als sich die Tür des Empfangszimmers hinter ihr schloss und sie mit dem Vater allein war.

Ilse blickte sich in dem großen, elegant eingerichteten Raum um und mit einem Mal stieg ein ängstlich-banges Gefühl wegen Bob in ihr auf. Fast wünschte sie des Vaters Willen gefolgt zu sein. Nun wollte der Unartige auch noch hinunter auf den Boden und diesen Wunsch konnte sie ihm doch unmöglich erfüllen. Wie durfte sie es wagen, das Tier auf den kostbaren Teppich zu setzen!

Die Tür öffnete sich und Fräulein Raimar trat ein. Sie begrüßte Herrn Macket mit großer Liebenswürdigkeit, dann blickte sie mit ihren stahlgrauen Augen, die einen zwar strengen und ernsten, aber sehr gewinnenden Ausdruck zeigten, auf Ilse. Das Mädchen trat dicht an den Vater und ergriff seine Hand.

»Sei willkommen, mein Kind!« Mit diesen Worten begrüßte die Vorsteherin Ilse und reichte ihr die Hand. »Ich denke, du wirst dich bald bei uns heimisch fühlen.« Als sie den Hund sah, fragte sie: »Hat er dich begleitet?«

Ilse blickte Hilfe suchend auf ihren Vater, der dann auch für sie das Wort nahm. »Sie mochte sich nicht von ihm trennen, Fräulein Raimar«, sagte er mit verlegenem Lächeln; »meine Tochter hoffte, Sie würden die Güte haben, ihren kleinen Kameraden mit ihr aufzunehmen.«

Das Fräulein lächelte. Es war das erste Mal, dass ihr ein solches Anliegen zugemutet wurde. »Es tut mir Leid, Herr Oberamtmann«, sagte sie, »dass ich den ersten Wunsch Ilses rücksichtslos abschlagen muss. Sie wird verständig sein und einsehen, dass ich nicht anders handeln kann. – Stell dir einmal vor, liebes Kind, wenn alle meine Pensionärinnen mit dem gleichen Wunsch kämen, dann wären bald zweiundzwanzig Hunde im Institut! Welch einen Lärm würde das geben! Möchtest du das Tier gern in deiner Nähe behalten, so wüsste ich einen Ausweg. Mein Bruder, der Bürgermeister hier, wird deinen Hund gewiss aufnehmen, wenn ich ihn darum bitte; dann kannst du deinen Liebling täglich sehen.«

Der Oberamtmann lachte. »Sie haben Recht, Fräulein Raimar«, sagte er, »und wir hätten das selbst vorher bedenken können. Ihre große Güte, den Hund bei Ihrem Bruder unterzubringen, wird Ilse mit vielem Dank annehmen, nicht wahr?«

Das Mädchen schüttelte den Kopf. »Fremde Leute sollen Bob nicht haben, Papa; du nimmst ihn wieder mit nach Moosdorf!«

Herrn Macket setzte die taktlose Antwort seiner Tochter in nicht geringe Verlegenheit, aber Fräulein Raimar nahm geschickt die Führung des Gesprächs wieder in die Hand. Mit ihrer Erfahrung erkannte sie sofort das Trotzköpfchen. Sie tat, als merke sie Ilses Unart nicht. »Du hast ganz Recht«, bemerkte sie freundlich, »es ist das Beste, dein Vater nimmt das Tier wieder mit in die Heimat. Du würdest durch den Hund vielleicht doch mehr zerstreut, als mir lieb wäre. – Soll ihn das Mädchen in das Hotel zurücktragen, wo Sie abgestiegen sind, Herr Oberamtmann?«

»Ich will ihn selbst hintragen, nicht wahr, Papachen?«, fragte Ilse und hielt Bob ängstlich fest.

»Ich wünsche nicht, dass du es tust, liebe Ilse«, wandte Fräulein Raimar ein. »Ich möchte dich gleich zu Mittag hier behalten, um dich den übrigen Pensionärinnen vorzustellen. Ich halte es so für das Beste. – Es tut nicht gut, Herr Oberamtmann, wenn ein Kind, sobald der Vater oder die Mutter es mir übergeben haben, noch einmal in das Hotel zurückkehrt. Der Abschied wird ihm dadurch nur noch schwerer gemacht!«

»Nein, nein«, rief Ilse zitternd vor Aufregung, »ich bleibe nicht gleich hier! Ich will mit meinem Papa so lange zusammen sein, bis er abreist. – Du nimmst mich mit dir, nicht wahr, Papa?«

Es wurde Herrn Macket heiß und kalt bei ihrem Ungestüm, indes half ihm auch diesmal Fräulein Raimar über die peinliche Lage hinweg. »Gewiss, mein Kind«, entgegnete sie mit Ruhe, »dein Wunsch soll dir erfüllt werden. – Darf ich Sie bitten, Herr Oberamtmann, heute Mittag mein Gast zu sein? Es würde mich sehr freuen.«

Ilse warf ihrem Vater einen flehenden Blick zu, der ungefähr ausdrücken sollte: »Bleib nicht hier, nimm mich mit fort! Ich mag nicht hier bleiben bei dem bösen Fräulein, das mich schlecht behandeln wird.«

Leider verstand Herr Macket den Blick anders; er hielt ihn für eine stumme Bitte, die Einladung anzunehmen, und sagte zu.

Die Vorsteherin erhob sich und zog an einer Klingelschnur. Dem eintretenden Mädchen trug sie auf, Fräulein Güssow zu rufen, die wenige Augenblicke später in das Zimmer trat.

Fräulein Güssow war die Erste Lehrerin im Institut und wohnte im Hause. Weit jünger als die Vorsteherin, war sie eine sehr anmutige, liebenswürdige Erscheinung von sechsundzwanzig Jahren. Sämtliche Schülerinnen und besonders die Pensionärinnen schwärmten für sie; sie verstand es, durch gleichmäßige Güte die jungen Herzen für sich zu gewinnen.

»Wollen Sie die Güte haben, Ilse auf ihr Zimmer zu bringen, damit sie dort ihren Hut ablegen kann«, sagte die Vorsteherin nach der gegenseitigen Vorstellung.

»Gern«, erwiderte die junge Lehrerin und trat auf Ilse zu. »Komm, liebes Kind!«, sagte sie freundlich und ergriff das Mädchen bei der Hand. »Jetzt werde ich dir zeigen, wo du schläfst. Du hast ein schönes, großes Zimmer. Du wohnst nicht allein; Ellinor Grey, ein sehr liebes Mädchen, wird deine Stubengenossin sein. Du möchtest gern gleich mit ihr bekannt werden, nicht wahr?«

Ilse überhörte die Frage. Sie sah ihren Vater ängstlich an und fragte: »Du gehst doch nicht fort, Papa?« Als er sie darüber beruhigte, folgte sie Fräulein Güssow.

»Aber den Hund musst du wohl hierlassen; du kannst ihn doch nicht mit hinauf in dein Zimmer nehmen!«, sagte Fräulein Raimar.

Fräulein Güssow dachte weniger streng als die Vorsteherin. Sie fand es nicht so schlimm, wenn Ilse ihren Hund im Arm behielt.

»Hast du ihn so lieb?«, fragte sie, als sie mit dem jungen Mädchen den Gang hinunterging.

»Ja«, entgegnete Ilse, »ich habe Bob sehr, sehr lieb, aber ich darf ihn nicht hier behalten.« Sie legte ihre Wange auf den Kopf des Hundes und kämpfte mit dem Weinen.

»Gräme dich nicht darum, mein Kind!«, tröstete Fräulein Güssow. »Das ist nicht so schlimm. Du findest hier etwas viel Besseres. Du sollst einmal sehen, wie bald du Bob vergessen wirst! Wir haben zweiundzwanzig Pensionärinnen im Institut; du wirst manche liebe Freundin unter ihnen finden. Hast du Geschwister?«

»Nein«, sagte Ilse, die bereits zu Fräulein Güssow Vertrauen fasste.

»Nein, siehst du, es fehlen dir die Gespielinnen. Gib den Hund getrost deinem Vater wieder mit zurück! Du wirst ihn nicht vermissen.«

Sie stiegen eine Treppe hinauf und kamen auf einen großen hellen Vorplatz, auf den eine Anzahl Türen mündete. Die Lehrerin öffnete eine Tür und trat mit Ilse in ein geräumiges Zimmer, das nach dem Garten führte. Die Fenster waren geöffnet und ein Apfelbaum streckte seine Zweige fast zum Fenster herein.

Die Einrichtung war nicht kostbar, aber hell, hübsch und zweckmäßig. Nur das Notwendigste befand sich in dem Zimmer: zwei Betten, zwei Wäsche- und zwei Kleiderschränke, ein großer Waschtisch und einige Stühle.

Als Fräulein Güssow mit Ilse eintrat, erhob sich schnell ein junges Mädchen von ungefähr siebzehn Jahren, das mit einem Buch in der Hand am Fenster gesessen hatte. Es war ein schlankes, zart gebautes Wesen mit goldblondem, in einem Knoten aufgesteckten Haar und blauen Augen. Wenn sie lachte, erschienen schelmische Grübchen in ihren Wangen. Es war Ellinor Grey, eine Engländerin.

»Hier bringe ich dir Ilse Macket, Nellie. Ich denke, du wirst dich ihrer liebreich annehmen.«

»O ja, ich werde ihr sehr lieben!«, antwortete Nellie und reichte der Neuangekommenen die Hand. »Bleibt die Hund auch hier?«, fragte sie.

»Nein«, sagte Fräulein Güssow.

»O wie schade! Es ist so ein soßes Tier!« Und sie streichelte Bob.

Es klang so drollig und sie sah so schelmisch aus, dass Ilse sich sofort von ihr angezogen fühlte. Sie hätte noch gern ein Weilchen dem drolligen Geplauder Nellies zugehört, aber sie musste Fräulein Güssow folgen, die ihr einige Schulräume zu zeigen wünschte. Dort eingeklemmt sollte sie von jetzt an sitzen, nicht aufstehen dürfen, wenn es ihr beliebte – oh, es war entsetzlich! Ein Grauen überkam sie plötzlich, ihr war, als würde ihr die Brust zusammengeschnürt.

»In welche Klasse meinst du, dass du kommen wirst?«, fragte das Fräulein. »Deinem Alter nach müsstest du wohl in die erste versetzt werden. Hast du deine Arbeitsbücher mitgebracht? Wie steht es mit den Sprachen? Französisch und Englisch sind dir wohl geläufig, da du stets, wie dein Vater schrieb, eine englische oder französische Erzieherin hattest.«

Von unten herauf tönte eine Glocke. Dies war für Ilse eine sehr gelegene Unterbrechung. Die Fragen nach ihren Kenntnissen wurden ihr langsam unbehaglich. Sie sagte, dass sie nicht wisse, wie weit sie sei; Französisch glaube sie sprechen zu können.

»Nun lass nur, mein Kind!«, meinte das Fräulein »Heute wollen wir noch nicht an das Lernen denken; bei deiner Prüfung morgen werden wir sehen, welch kleine Gelehrte du bist. Wir wollen jetzt in den Speisesaal hinuntergehen, die Glocke hat uns zu Tisch gerufen.«

Als Ilse und Fräulein Güssow eintraten, fanden sie bereits die Vorsteherin mit dem Oberamtmann vor. Fräulein Raimar machte ihren Gast mit der Hausordnung während des Essens bekannt und erklärte, dass die zuletzt angekommene Pensionärin stets ihren Platz neben der Vorsteherin angewiesen erhielt; dann, dass zwei junge Mädchen wöchentlich den Tisch besorgten. Sie mussten ihn decken und darauf achten, dass nichts fehlte und sämtliche Gegenstände sauber waren. Die jüngste der Pensionärinnen sprach stets das Tischgebet. Dem Oberamtmann gefielen die Anordnungen vortrefflich, und als er seinen Blick über die junge Mädchenschar hingleiten ließ, stellte er voll Freude fest, wie gesund und fröhlich alle aussahen.

Ilse sah auch umher, aber es waren nicht die fröhlichen und gesunden Gesichter, die sie interessierten, sondern die Schürzen. Jedes Mädchen trug ein solches von ihr verachtetes Ding und Fräulein Raimar sah nicht aus, als würde sie eine Ausnahme bei ihr gelten lassen.

Nach dem Gebet wurden die Speisen aufgetragen. Diese waren kräftig und gut gekocht und Herr Macket konnte sich überzeugen, dass sein Kind auch in dieser Hinsicht auf das Beste versorgt sein würde.

Nach dem Essen verabschiedete er sich bald und Ilse durfte ihn begleiten. Kaum hörte Nellie davon, als sie wie der Wind die Treppe hinaufflog, um gleich darauf mit Ilses Hut und Handschuhen zurückzukommen.

Ilse dankte ihr überrascht und Herr Macket reichte ihr die Hand. »Leben Sie wohl, mein Fräulein«, sagte er herzlich, denn Nellies kleine Aufmerksamkeit nahm ihn sofort für sie ein, »und haben Sie Geduld mit meinem kleinen Wildfang!«

»O ja«, entgegnete Nellie, »ich werde mir schon gern von sie annehmen!«

»Nun, Ilse, wie gefällt dir das Institut?«, fragte der Oberamtmann, als sie langsam dem Hotel zugingen.»Ich gestehe, dass ich sehr befriedigt von hier abreise; ich weiß, ich lasse dich in guten Händen.«

»Mir gefällt es gar nicht hier!«, erklärte Ilse höchst verstimmt. »Es ist mir alles fremd und vor dem Fräulein Raimar mit dem blonden, glatten Scheitel fürchte ich mich. Sie ist hart und unfreundlich. Du sollst sehen, Papa, sie ist nicht gut gegen mich. Warum soll ich Bob nicht behalten?«

»Du hast gehört, weshalb nicht, nun sollst du auch nicht mehr so hartnäckig auf deinem Wunsch bestehen«, verwies Herr Macket die Tochter.

»Nun fängst auch du an, mit mir zu zanken! Niemals hast du so böse mit mir gesprochen«, rief Ilse schmerzlich. Sie fühlte sich in dem Gedanken, dass kein Mensch sie leiden mochte, selbst der Papa nicht, so unglücklich, dass sie auf offener Straße zu weinen begann.

Der Oberamtmann nahm ihren Arm und legte ihn in den seinen. Die Tränen seines Töchterchens machten ihn immer weich. Er führte Ilse in das Hotel zurück, wo sie bereits Bob vorfanden, der freudig bellend sein Frauchen begrüßte. Ilse nahm ihn auf den Arm und liebkoste ihn unter lautem Schluchzen.

Um fünf Uhr reiste der Gutsbesitzer wieder in die Heimat zurück. Die wenigen Stunden bis dahin vergingen schnell und stürmisch.

»Sei doch verständig!« Immer wieder bat er seine Tochter inständig, wenn sie in leidenschaftlicher Erregung allerhand Drohungen ausstieß, wie: »Ich laufe heimlich davon!« oder »Ich werde so ungezogen sein, dass mich das böse Fräulein wieder fortschickt!« Herr Macket wusste, Ilse würde keines von beiden tun, aber es machte ihm Kummer, seinen Liebling so trostlos zu sehen.

Ilse wollte den Vater zur Bahn begleiten, aber auch das litt Herr Macket nicht. »Ich bringe dich zurück in das Institut und fahre dann allein zur Bahn. So ist es am besten. Nun komm, Ilschen!«, fuhr er fort, als der Wagen unten vorfuhr, und nahm sie zärtlich in den Arm. »Versprich mir, ein gutes, folgsames Kind zu sein! Du sollst sehen, wie bald du dich eingewöhnen wirst!«

Als der Wagen vor der Anstalt hielt, trennte sich Ilse laut schluchzend von ihrem Vater, und als sie ihn davonfahren sah, war es ihr zumute, als ob sie auf einer wüsten Insel allein zurückgelassen worden wäre und elendiglich untergehen müsse.

Noch eine Weile stand Ilse vor der verschlossenen Pforte; sie konnte sich nicht entschließen, an der Klingel zu ziehen. Da wurde die Tür von selbst geöffnet und Fräulein Güssow stand vor Ilse. Sie hatte von einem Fenster im oberen Stockwerk den Wagen kommen sehen und war hinuntergeeilt, um Ilse zu empfangen. »Jetzt gehörst du zu uns, liebes Kind«, sagte sie herzlich und nahm sie in den Arm. »Weine nicht mehr. Wir werden dich alle lieb haben.«

Ilse gab keine Antwort; sie fühlte sich so unglücklich, dass selbst der liebevolle Empfang der jungen Lehrerin kein Echo in ihrem Herzen fand.

»Möchtest du auf dein Zimmer gehen?«, fragte Fräulein Güssow.

Ilse nickte stumm; sie hielt noch immer das Tuch gegen die Augen gedrückt.

»Nellie!«, rief Fräulein Güssow, »geh mit Ilse hinauf und hilf ihr beim Auspacken ihrer Sachen! – Du möchtest doch wohl gern deine Sachen in Ordnung haben, liebe Ilse.«

Sie wusste wohl, dass Ilses Gedanken in einer ganz anderen Richtung liefen, aber sie dachte, dass Tätigkeit das beste Heilmittel gegen Kummer und Herzeleid ist. Die beiden Mädchen begaben sich in ihr Zimmer. Ilse setzte sich auf einen Stuhl, behielt den Hut auf dem Kopf und starrte zum Fenster hinaus. Es fiel ihr nicht ein, ihre Sachen auszupacken.

Nellie öffnete schweigend den Schrank und zog die Schubladen auf. Dann sah sie Ilse abwartend an. »Gib mich deinen Schlüssel! Ich werde aufschließen die Koffers«, sagte sie; »wir müssen auspacken.«

Ilse verließ widerwillig ihren Platz, und da sie an irgendetwas ihren augenblicklichen Unmut auslassen musste, nahm sie den Hut vom Kopf und warf ihn mitten in das Zimmer. »Warum soll ich alles auspacken? Ich weiß gar nicht, ob ich hier bleiben werde«, rief sie. »Mir gefällt es hier nicht.«

Nellie nahm den Hut auf und legte ihn auf ein Bett. »Oh«, sagte sie sanft, »du gewöhnst dir schon! Es geht uns alle wie dich, wenn wir kommen. Du musst nur deinen Kopf nicht hängen lassen! Nun gib die Schlüssels, dass ich öffnen kann!«

Ilses Trotz konnte durch keine Waffe besser geschlagen werden als durch Nellies Sanftmut. Sie gab ihr den Schlüssel und Nellie schloss auf und begann auszuräumen. Ilse stand dabei und sah zu.

»Du musst dich deine Sachen selbst aufräumen in dein Schrank«, sagte Nellie. »Ich werde dich alles zureichen.«

Ilse hatte wenig Lust dazu. Ordnung kannte sie nur dem

Namen nach. Sie nahm die sauber, mit roten Bändern gebundene Wäsche und warf sie achtlos in die Schubladen; es war ihr gleich, wie alles zu liegen kam.

Nellie sah diesem Treiben einige Augenblicke zu, dann fing sie zu lachen an. »Was machst du?«, fragte sie. »Weißt du nicht, wie Ordnung ist? Taschentücher, Kragen, Schürzen – alles wirfst du durcheinander. Das sieht sehr bunt aus. Hübsch nebeneinander musst du es machen, so!« Und sie zog eine Schublade nach der andern in ihrem Schrank auf und zeigte Ilse, wie sauber dort alles lag.

»Das kann ich nicht!«, entgegnete Ilse. »Übrigens fällt es mir auch gar nicht ein, so viele Umstände wegen der dummen Sachen zu machen.«

»Dumme Sachen?«, wiederholte Nellie. »O Ilse, wie kannst du so sagen! Sieh diesen feinen Taschentücher, wie sie schön gestickt! Oh, und diese süßen Schürzen! Und du hast so schwere Bücher daraufgetan – wie hast du sie zerdrückt! – Lass nur sein!«, fuhr sie fort, als Ilse im Begriff war, Schuhe und Stiefel auf die Wäsche zu werfen. »Ich werde ohne dir machen, du verstehst nix.«

Ilse ließ sich das nicht zweimal sagen. Ruhig sah sie zu, wie Nellie das Schuhzeug nahm und es unten in den Kleiderschrank stellte, wie sie überhaupt jedem Ding den rechten Platz gab.

»Oh, ein schönes Buch!«, rief Nellie plötzlich und nahm aus dem Koffer ein Buch, elegant in braunes Leder gebunden. In der Mitte des Deckels befand sich ein kleines Schild mit den eingravierten Worten: Ilses Tagebuch.

Ilse nahm es Nellie aus der Hand und sah es verwundert an. Was war das für ein Buch? Sie wusste nichts davon. Ein kleiner Schlüssel steckte in dem Schloss, und als Ilse es aufschloss, fiel ein beschriebenes Blatt gerade vor ihre Füße.

Sie hob es auf und las:

»Mein liebes Kind!

Möge dieses Buch dein treuer Freund in der Fremde sein! Wenn dein Herz schwer ist, flüchte zu ihm und teile ihm mit, was dich bedrückt! Es wird verschwiegen sein und dein Vertrauen nie missbrauchen.

Gedenke in Liebe

Deiner

Mama«

Ohne ein Wort zu sagen legte Ilse das Buch beiseite. Sie empfand keine Freude über die reizende Überraschung und die liebevollen Worte der Mutter blieben in ihr ohne Widerhall.

»Freut dir das Buch nicht?«, fragte Nellie, die sich über diese Gleichgültigkeit wunderte.

Ilse schüttelte den Kopf. »Was soll ich damit? Ich werde niemals etwas hineinschreiben. Ich werde froh sein, wenn ich meine Aufgaben gemacht habe; zu langen, unnützen Geschichten habe ich keine Zeit und keine Lust.«

»Ich würde viel Freude haben, wenn ich eine Mutter hätte, die mir so beschenkte«, sagte Nellie traurig.

»Ist deine Mutter tot?«, fragte Ilse teilnehmend.

»Oh, sie ist lange, lange tot!«, entgegnete Nellie. »Sie starb, als ich noch ein kleines Baby war. Mein Vater ist auch tot – ich bin ganz allein. Niemand hat mir recht von Herzen lieb.«

»Arme Nellie!«, flüsterte Ilse und ergriff ihre Hand. »Aber du hast doch sicher Geschwister?«

»O nein, keine Schwester – ich sein ganz allein! Ein alter

Onkel lasst mir in Deutschland ausbilden, und wenn ich gutes Deutsch gelernt habe, muss ich eine Gouvernante sein.«

»Gouvernante?«, rief Ilse erstaunt. »Du bist doch viel zu jung dazu! Alte Mädchen können doch erst Gouvernanten werden!«

Über diese sonderbare Anschauung musste Nellie herzlich lachen; nun war ihre traurige Stimmung wieder verschwunden und ihre angeborene Heiterkeit brach hervor wie der Sonnenstrahl durch graue Wolken.

Auf Ilse aber machte Nellies Verlassenheit einen tiefen Eindruck. »Lass mich deine Freundin sein!«, bat sie in ihrer kindlich offenen Weise. »Ich will dich auch sehr lieb haben.«

»Gern sollst du meine Freundin sein«, entgegnete Nellie und reichte Ilse die Hand. »Du hast mich von der erste Augenblick an so nett gefallen.«

Der große Koffer war nun leer und Nellie ergriff den kleinen und wollte ihn eben öffnen, als ihn ihr Ilse unsanft aus der Hand nahm. »Der bleibt geschlossen!«, sagte sie. »Du darfst nicht sehen, was darin ist.«

»O je! Was machst du so böse Augen!«, rief Nellie und stellte sich höchst erschrocken. »Hast du Heimlichkeiten in der kleinen Koffer? Ist wohl Kuchen und Wurst darin?«

Nellie begleitete ihre Worte mit so komischen Gebärden, dass Ilse lachen musste. Sie bereute auch schon ihre Heftigkeit. »Ich war recht heftig, Nellie, sei mir nicht böse!«, bat sie. »Wenn du mich nicht verraten willst, dann werde ich dir zeigen, was darin ist; aber gib mir die Hand darauf, dass du schweigen wirst!«

Nellie legte den Zeigefinger auf den Mund und besiegelte mit einem Händedruck ihre Verschwiegenheit. Jetzt nahm

Ilse den Schlüssel, den sie am schwarzen Band um den Hals trug; doch als sie aufschließen wollte, wurde zum Abendessen geläutet.

»O wie schade!«, rief Nellie, die vor Neugierde brannte, die geheimnisvollen Schätze zu sehen. »Nun müssen wir hinunter und erst nach die Schlafengehen können wir auspacken.«

»Nach dem Schlafengehen?«, fragte Ilse erstaunt. »Da liegen wir ja in unseren Betten!«

»Schweig!«, entgegnete Nellie und legte abermals den Finger auf den Mund. »Das ist mein Geheimnis.«

Ilse nahm ihren Platz neben der Vorsteherin. An ihrer andern Seite saß eine junge Russin, Orla Sassuwitsch, ein reizvolles, gepflegtes junges Mädchen mit kurz geschnittenem, schwarzem Haar, sehr lebhaften, dunklen Augen und einem Stupsnäschen. Sie zählte siebzehn Jahre, sah aber älter aus. Sie sprach fließend Deutsch. Ilse wäre gern neben Nellie gesessen, mit der sie in den wenigen Stunden so vertraut geworden war – die aber saß weit entfernt von ihr. Im Augenblick hatte sie ihren Platz noch gar nicht eingenommen, sondern stand mit einem anderen Mädchen an einem Nebentisch und war der Wirtschafterin behilflich, den Tee zu reichen.

Ilse war hungrig. Zu Mittag hatte sie fast gar keinen Bissen genießen können, jetzt aber machte die Natur ihre Rechte geltend. Sie nahm sich vier Brötchen auf einmal, legte zwei und zwei aufeinander und verschlang den ganzen Vorrat in drei bis vier Bissen. Ihr Mund war so voll, dass sie kaum atmen konnte. Das kümmerte sie indes wenig; sie war gewohnt, von einem Butterbrot tüchtig abzubeißen. Als sie trank, hielt sie ihre Tasse mit beiden Händen und stützte die Ellenbogen dabei auf den Tisch.

Fräulein Raimar achtete nicht auf Ilse und wurde erst aufmerksam, als sie in ihrer Nähe unterdrücktes Kichern hörte. Melanie und Grete, zwei Schwestern aus Frankfurt am Main, die Ilse gerade gegenüber saßen, unterhielten sich köstlich über das unbekümmerte Benehmen der »Neuen«, stießen heimlich ihre Nachbarinnen an und zeigten verstohlen auf die nichtsahnende Ilse.

Ein strenger Blick der Vorsteherin brachte die Mädchen zur Ruhe. Sie liebte es nicht, dass über Schwächen und Fehler anderer gespottet wurde. Über Ilses unfeine Art, zu essen, sagte sie vorläufig nichts, um sie nicht vor den vielen Mädchen zu beschämen.

Um halb acht Uhr war das Abendessen vorbei, danach wurde den Pensionärinnen die Erlaubnis gegeben, bis neun Uhr zu tun, was sie wollten. Dann war Schlafenszeit.

»Komm«, sagte Nellie zu Ilse, »ich werde mit dich in die Garten spazieren! Aber du hast deine Serviette noch nicht schön gelegt und die Ring darauf gezogen! Das musst du erst machen.«

»Nein«, entgegnete Ilse, »das werde ich nicht! Wozu sind denn die Dienstmädchen da? Zu Hause brauchte ich solche Dinge nie zu tun.«

»Ist gleich, mein Kind, hier musst du solche Dinge tun; wir machen es alle.«

Richtig, da lagen sämtliche Servietten sauber zusammengewickelt. Ilses Serviette war die einzige, die zu einem Knäuel zusammengeballt neben ihrem Teller lag. Mit einer unwilligen Bewegung nahm sie das Tuch, schlug es flüchtig zusammen und zog den Ring darüber.

»So nicht«, meinte Nellie, »das ist ungeschickt!« Und sie faltete es noch einmal schnell und geschickt mit ihren kleinen Händen. Die junge Engländerin zeigte in allen ihren Bewegungen große Anmut; es war ein Vergnügen, ihr zuzusehen.

»Nun schnell in den Garten!«, rief sie, nahm Ilses Arm und führte sie hinaus.

Der Garten war sehr schön, nicht so groß und natürlich wie der heimatliche, aber gut gepflegt. Bäume standen darin, auch fehlte es nicht an lauschigen Plätzen. Von überall her sah man die grün bewaldeten Berge.

»Ist es nicht nett hier?«, fragte Nellie. »Habt ihr bei dich auch so schöne Berge?«

»Nein, Berge haben wir nicht«, entgegnete Ilse, »aber es gefällt mir doch besser bei uns. Es ist alles so frei, ich kann alle Felder übersehen. Eine Mauer haben wir auch nicht um unseren Park, nur eine grüne Hecke; das ist viel hübscher.«

Nellie führte sie zu einer alten Linde, die mit ihren breiten Zweigen und Ästen einen großen, runden Raum beschattete. »Oh, es ist süß hier! Nicht wahr?«, fragte sie entzückt und sah mit leuchtenden Augen hinauf in das grüne Blätterdach. »Hier halten wir unsere Ruhe zu Mittag. Dieser alte Baum kann viel erzählen, wenn er sprechen will. Er weiß so viel Geheimnisse, die hier verraten sind.«

Bei Nellies Geplauder verging die Zeit schnell. Ilse, die am Morgen so unglücklich gewesen war wie nie und noch zu Mittag geglaubt hatte, die Trennung von ihrem Vater nicht überleben zu können, musste immer wieder herzlich über Nellie lachen, die sie in ihrer drolligen Art auf die verschiedenen Pensionärinnen aufmerksam machte.

»Wie heißt das junge Mädchen, das bei Tisch neben mir sitzt?«, fragte Ilse.

»Die mit die kurze Haar und der Brille auf die Nase? Das ist Orla Sassuwitsch. Oh, sie ist klug! Wir haben alle eine kleine wenig Furcht vor sie, weil sie immer die Wahrheit gerade in die Gesicht sagt.«

»Das soll man doch immer tun!«, meinte Ilse.

»O ja, wenn sie angenehm ist! Aber zuweilen tut die Wahrheit weh; das hört keiner Mensch gern. Wenn ich zu sie sagen würde: ›Orla, du hast geraucht, das würde sie gar nicht gefallen, und es ist doch die Wahrheit. Ich habe durch ihr Schlüsselloch geluxt und habe große, rauchige Wolken gesehen.«

Beide waren jetzt bei der Trauerweide angelangt, die ihre grünen Zweige bis auf den Boden senkte. Nellie blieb stehen und bog einige Zweige auseinander. »Hier, Ilse, stell ich dich unsre Dichterin vor«, sagte sie lachend.

Die Angeredete blickte zwischen die Zweige und sah ein junges Mädchen auf einer kleinen Bank sitzen. Sie war hoch aufgeschossen, blond und blass, ihr Gesicht mit zahllosen Sommersprossen bedeckt. Auf ihrem Schoß lag ein dickes blaues Heft, in das sie eifrig schrieb.

Mit neugieriger Scheu blickte sie Ilse an; sie hatte bis jetzt nicht gewusst, dass siebzehnjährige Mädchen schon dichten konnten.

»Sie schreibt Romane«, fuhr Nellie fort, »aber wie! Es kommen immer zerbrochene Herzen drin vor. – Du dir die Augen schaden wirst, du hast kein Licht genug zu deine Romane!«

Bis dahin hatte sich Flora Hopfstange in ihrer Arbeit nicht stören lassen, jetzt aber wurde sie ärgerlich. »Ich bitte dich, lass mich in Ruhe, Nellie!«, rief sie und schlug ihre hellblauen Augen schwärmerisch auf. »Eben fiel mir ein so wundervoller Gedanke ein, nun habe ich ihn verloren.«

»Oh, ich will ihn suchen!«, neckte Nellie und bückte sich zur Erde nieder, als wollte sie ihn dort finden.

»Du bist unausstehlich!«, entgegnete Flora aufgebracht. »Du freilich hast keine Ahnung von meiner Poesie, du kannst nicht einmal richtig deutsch sprechen!«

»Das ist wahr«, meinte Nellie lachend und verließ mit Ilse die schwer beleidigte Dichterin.

Melanie und Grete kamen ihnen entgegen. Sie führten in ihrer Mitte ein junges Mädchen; es mochte in Melanies Alter sein, mit lieben, sanften Gesichtszügen. Das braune Haar trug es einfach und glatt gescheitelt, kein Härchen sprang widerspenstig hervor. Freundlich lächelte es Ilse und Nellie an, die beiden Schwestern dagegen musterten im Vorübergehen die Neuangekommene mit spöttischen Blicken.

»Die Schwestern kennst du«, bemerkte Nellie, »sie sitzen dich geradeüber bei Tisch, aber unsre ›Artige‹ ist dich noch unbekannt. Oh, ich sage dich, Ilse, sie ist so artig wie eines ganz wohlgezogenes Kind! Sie ist immer der Erste in alle Stunden und macht nie eine dummer Streich, kurz, Rosi Möller ist ein Musterkind.«

»Was sagst du von unserem Musterkind?«, rief plötzlich eine fröhliche Mädchenstimme. »Nellie, Nellie, dein böses Zünglein geht sicher mit dir durch!«

»Du irrst dir, liebes Lachtaube«, entgegnete Nellie. »Ilse ist noch fremd, ich mache ihr bekannt.«

»Wer war das?«, fragte Ilse, als die kleine, runde Mädchengestalt, die an Orlas Arm hing, vorüber war. »Das ist Annemie von Bosse, genannt Lachtaube. Sie lacht sehr viel, eigentlich immer, und sie kann kein Ende davon finden. Man muss mitlachen, sie steckt an. – Nun habe ich dich aber alle Mädchen gezeigt, die in unser Alter sind; die andern sind zu jung, oder es sind Engländerinnen. Von die ist nicht viel zu sage; sie sind alle langweilig und sie sprechen noch viel weniger gut deutsch als ich.«

Schlag neun begaben sich sämtliche Pensionärinnen zurück in das Haus. Bevor sie zur Ruhe gingen, war es Sitte, dass sich alle in das Zimmer der Vorsteherin begaben, um ihr gute Nacht zu wünschen. Dabei ermahnte, lobte oder tadelte sie die Mädchen, je nachdem, ob sie den Tag über etwas gut oder schlecht gemacht hatten; alles geschah in liebevoller Weise.

»Ich möchte dir noch etwas sagen, liebe Ilse«, sagte Fräulein Raimar, als ihr Ilse gute Nacht wünschte. »Bleibe noch einen Augenblick hier!«

Als alle Mädchen aus dem Zimmer gegangen waren, ermahnte sie Ilse, sich bei Tisch gesitteter zu benehmen. »Du darfst nicht die Tasse mit beiden Händen fassen und die Ellbogen dabei aufstützen, Kind; du glaubst nicht, wie unschön das aussieht! Achte auf deine Mitschülerinnen! Du wirst sehen, dass keine einzige es so macht wie du. Und stecke nicht wieder so große Bissen in den Mund! Das tun nur kleine Kinder, aber dann nennt die Mutter sie ›Nimmersatt‹.«

Ilse wurde dunkelrot vor Ärger über die Ermahnung. Trotzig biss sie die Lippen aufeinander und unterdrückte eine Antwort.

»Geh nun zu Bett, mein Kind, und schlafe gut!«

Sie wollte Ilse einen Kuss auf die Stirn drücken, aber das Mädchen bog mit einer heftigen Bewegung den Kopf zurück. Fräulein Raimar wandte sich unwillig von dem Trotzkopf ab ohne ein Wort zu sagen und Ilse verließ das Zimmer.

Sie lief die Treppe hinauf und trat atemlos zu Nellie in das Zimmer. Sie warf die Tür heftig in das Schloss und schob auch noch den Riegel vor, was in der Pension streng untersagt war.

»Mach nicht den Riegel zu!«, rief Nellie. »Wir dürfen das nicht tun. Wenn wir in die Bett liegen, kommt Fräulein Güssow bei uns nachsehen.«

Ilse rührte sich natürlich nicht und Nellie musste selbst den Riegel wieder öffnen. Ungestüm warf sich Ilse auf ihr Bett und brach in Tränen aus.

»Oh, was ist dich?«, fragte Nellie erschrocken.

»Hier bleibe ich nicht! Ich reise morgen fort! Wenn das mein Papa wüsste, wie sie mich behandelt hat!«, rief Ilse aufgeregt.

Durch viele Fragen erfuhr Nellie langsam in einzelnen abgerissenen Sätzen, was Fräulein Raimar gerügt hatte.

»Ich esse ungeschickt – ich nehme zu große Bissen – ich sei ein Nimmersatt! Zu Hause darf ich essen, wie und was ich will. Ich will wieder fort! Morgen reise ich!«

»Du musst dir nicht so viel grämen um so kleine Sach!«, bemerkte Nellie sanft und strich liebkosend über Ilses lockiges Haar. »Fräulein Raimar ist sehr gerecht; sie meint es gut und will dir nicht beleidigen. Mit uns alle macht sie es so. Wir sind doch jung und dumm und müssen noch lernen. – Nun komm, wir legen uns jetzt ins Bett und später, wenn Fräulein Güssow bei uns eingesehen hat, stehen wir ganz leise wie die Mäuschen wieder auf und packen deiner kleine Koffer leer!«

Aber so leicht war Ilse nicht zu beruhigen. »Nein«, rief sie und sprang auf, »der kleine Koffer bleibt verschlossen! Ich reise wieder fort!«

Hastig zog sie sich aus, ließ ihre Kleidungsstücke liegen, wohin sie fielen, und legte sich schluchzend in ihr Bett. Schweigend ordnete Nellie die zerstreuten Sachen; sie hing das schöne Kleid, das zerknüllt auf einem Stuhl lag, über einen Bügel und legte alles Übrige ordentlich zusammen. Dann ging auch sie zur Ruhe. Bevor sie ihr Lager aufsuchte, kniete sie nieder, faltete die Hände und betete leise ein kurzes Gebet. »Gut Nacht, Ilse!«, sagte sie dann und gab ihr einen Kuss. »Du musst nun nicht mehr weinen – alle Anfang ist schwer.«

Am andern Morgen um sechs Uhr hieß es: Aufgestanden! Da galt kein langes Besinnen, und wenn die jungen Glieder noch so sehr vom Schlaf befangen waren, es gab keine Ausnahme. Ilse pflegte daheim bald früh, bald spät aufzustehen, wie es ihr gerade einfiel. Einer bestimmten Ordnung, wie sie die Mama so sehr wünschte, wollte sie sich niemals fügen.

Nellie stand schon da und wusch sich. Mit einem Sprung war sie Schlag sechs Uhr aus dem Bett gewesen. »Wach auf, Ilse!«, sagte sie. »Um halb sieben trinken wir Kaffee.«

»Schon aufstehen?«, antwortete die Verschlafene. »Aber ich bin noch so müde!«

»Tut nix, du darfst nicht mehr schlafrig sein!«

Aber Ilse zögerte noch. Nellie war schon fertig angezogen und alles, was sie zur Nacht- und Morgentoilette benötigte, war beiseite geräumt, als Ilse sich langsam erhob.

»O Ilse, eile dir, du hast nur zehn Minuten Zeit. Schnell, schnell, ich will dich helfen! Wo ist dein Kamm?«

Ilse zeigte auf ein Papier, das im Fenster lag. »Dort liegen sie eingewickelt«, gab sie zur Antwort.

»Das ist nicht nett, das gefallt mir nicht«, meinte Nellie und rümpfte das Näschen. »Du musst dich ein Taschen nähen von grauer Stoff und rote Band, sieh, wie dies da!« Nellie zeigte ihre Kammtasche. »Siehst du, so ists fein!«

Ilse machte nicht viel Umstände mit ihrem Haar. Sie kämmte und bürstete es, damit war alles geschehen; die natürlichen Locken ringelten sich von selbst ohne weitere Bemühung. Nellie schlang ihr ein hellblaues Band durch und band es mit einer Schleife seitwärts zu.

»Nun noch die Schürze«, sagte sie, als Ilse so weit fertig war, »die darf nicht fehlen.« Sie lachte, als sich Ilse dagegen sträubte. »Du bist ein klein, albern Ding«, schalt sie und band ihr die Schürze vor, trotz Ilses heftigem Widerstand. »Gleich haltst du still! Ohn' ein Schürzen gibt es kein Kaffee.«

Die lustige Nellie setzte es wirklich durch, dass Ilse sich ihrem Willen fügte. »So«, sagte sie, »nun bist du schön. Die blau gestickter Schürze ist sehr nett und du bekommst ein süßer Kuss.«

Nellie und Ilse waren die letzten am Frühstückstisch. Fräulein Raimar war des Morgens niemals zugegen, nur Fräulein Güssow führte die Aufsicht. Ilse musste sich zu ihr setzen. Als ihr der Kaffee gereicht wurde, nahm sie die Tasse ganz sittsam beim Henkel in die Hand, aß auch, wie es sich gehört, nicht mit großen Bissen wie am Abend zuvor; aber nun zeigte sich eine andere Unart, die ebenfalls zu tadeln war: Sie schlürfte den Kaffee so laut, dass sie allgemeine Heiterkeit erregte.

Ilse wusste nicht, dass das Gelächter ihr galt. Orla machte sie darauf aufmerksam. »Du führst ja ein wahres Konzert auf!«, sagte sie. »Machst du das immer so? Schön hört sich diese Tafelmusik nicht an, das kann ich dir versichern!«

Ilse fühlte sich schwer beleidigt über diese Zurechtweisung. Hastig setzte sie die Tasse nieder, erhob sich und eilte hinaus.

»Du durftest sie nicht vor allen andern so beschämen, Orla!«, tadelte Fräulein Güssow, indem sie ebenfalls aufstand, um Ilse zu folgen. »Das kränkt sehr.«

Ilse wollte in den Garten eilen, als die junge Lehrerin sie zurückrief. »Wo willst du hin, Ilse?«, fragte sie. »Was fällt dir ein, mein Kind, einfach davonzulaufen! Es gehört sich nicht, eine Mahlzeit zu verlassen, bevor sie beendet ist. Komm gleich zurück und trinke deinen Kaffee.«

»Ich mag nicht mehr frühstücken«, entgegnete Ilse, »und ich gehe nicht wieder hinein! Es geht niemand etwas an, wie ich esse und trinke, ich mache es, wie ich will! Vorschriften lasse ich mir nicht machen, nein!«

»Ehe ich weiter mit dir spreche, bitte ich dich, erst ruhig und vernünftig zu sein, liebe Ilse. Ich kann nicht dulden, dass du in einem so unartigen Ton zu mir sprichst.« Fräulein Güssow sprach sehr ernst und nachdrücklich, aber durch die Strenge der Worte hindurch vernahm man deutlich den warmen Klang der Liebe. Ihre wohlklingende Stimme verfehlte selten den Weg zu den Herzen, das lernte auch Ilse in diesem Augenblick kennen. Sie blickte zu Boden und etwas wie Beschämung stieg in ihr auf.

Die Lehrerin las in Ilses Zügen und wusste, was in ihr vorging. »Gib mir deine Hand, du kleiner Brausekopf«, sagte sie freundlich, »und versprich mir, nicht wieder so stürmisch zu sein und deiner augenblicklichen Laune zu folgen, selbst wenn du glaubst, im Recht zu sein! Heute warst du es nicht einmal, du hast wirklich unappetitlich getrunken. Orla hat es gut gemeint, als sie dich darauf aufmerksam machte; du darfst ihr darum nicht böse sein. Es ist doch besser, jetzt als Kind zurechtgewiesen zu werden als später, wenn aus den schlechten Gewohnheiten bereits Fehler geworden sind, die bei einem Erwachsenen nicht mehr entschuldigt werden können. Siehst du das ein, Ilse?«

Vielleicht tat sie es, aber sie würde ein Ja nicht über die Lippen gebracht haben. Fräulein Güssow begnügte sich ihrem Stillschweigen und nahm es für eine Zustimmung.

»Nun wollen wir zurück in den Speisesaal gehen«, sagte sie und Ilse wagte keine Widerrede. Sie folgte der Lehrerin mit niedergeschlagenen Augen, aus Furcht vor den vielen peinlichen Blicken, die sich alle auf sie richten würden.

Als sie eintraten, war das Zimmer leer und die Frühstückszeit vorüber. Niemand war froher als Ilse, die sich wie erlöst vorkam.

»Ich habe noch einen Auftrag für dich, Ilse«, sagte die Lehrerin. »Fräulein Raimar wünscht deine Arbeitshefte zu sehen, du sollst auch gleich mündlich geprüft werden. Finde dich in einer Stunde in dem Konferenzzimmer ein! Du wirst dort einige deiner zukünftigen Lehrer und Lehrerinnen kennen lernen.«

»Wollen sie mich alle prüfen?«, fragte Ilse etwas besorgt.

»Nein«, entgegnete das Fräulein, »aber sie werden zuhören, wenn Fräulein Raimar dich prüft. Später wirst du dann erfahren, in welche Klasse du kommst, und morgen nimmst du zum ersten Mal am Unterricht teil.«

Ilse ging in ihr Zimmer und suchte ihre Hefte zusammen. Sie waren nicht in der besten Verfassung. Das deutsche Aufsatzheft war mit Tintenflecken verziert und sogar einige Fettflecke machten sich darauf breit. Das französische Heft wurde ganz beiseite gelegt. Sie versuchte einige Seiten, die gar zu verschmiert aussahen, herauszureißen, aber durch diesen Gewaltstreich lockerten sich alle andern Blätter.

Nellie, die gerade eine freie Stunde hatte, sah erstaunt Ilses Treiben zu. »Was tust du?«, fragte sie. »Willst du deine Bücher so an Fräulein Raimar vorzeigen? Das darfst du nicht. Hat deiner Herr Pastor dir dies erlaubt? Gib schnell, ich will dich blaues Umschläge drum wickeln! Das ist nett und man sieht die alte Flecken nicht.«

»Gib her!«, rief Ilse gereizt. »Sie sind gut so! Es ist mir ganz einerlei, ob Fräulein Raimar die Flecken sieht oder nicht.«

»Nicht so zornig, Fräulein Ilse! Sie sind eine kleine, unordentliche junge Dame. Würde es dir vielleicht spaßig sein, wenn Fräulein Raimar deine Buch mit spitze Finger hochhielte und sie alle Lehrer zeigte? O nein, das wäre dich nicht einerlei und nicht spaßig. Besonders wenn Herr Doktor Althoff, unser deutscher Lehrer, mit seine bekannte, höhnische Lachen dir so von die Seiten ansieht und fragt: ›Wie alt sind Sie, mein Fräulein?‹« Obwohl Ilse ungeduldig erklärte, es wäre höchst unnütz, so viele Umstände wegen der dummen Bücher zu machen, setzte Nellie ihren Willen durch. »So, nun kannst du gehen«, sagte sie, als auch das letzte Heft in einem blauen Kleid steckte. »Nun bedanke dich für meine Mühe!«

»Du bist sehr gut, Nellie!«, meinte Ilse. »Wie ist es dir möglich, so sanft und geduldig zu sein? Ich kann das nicht.«

»Oh, du lernst schon, Kind! Wirst noch eine ganz zahme, kleine Vogel sein!«, entgegnete Nellie.

Um elf Uhr ging Ilse in das Konferenzzimmer. Es waren mehrere Lehrer und einige Lehrerinnen anwesend. Sie saßen um einen Tisch, Fräulein Raimar machte mit einigen freundlichen Worten die neue Schülerin mit ihren zukünftigen Lehrern bekannt. Darauf ließ sie sich die Schreibhefte reichen. Das Aufsatzheft fiel ihr zuerst in die Hand. Sie blätterte und las darin und einige Mal schüttelte sie den Kopf. »Oft recht gute und klare Gedanken«, bemerkte sie zu dem neben ihr sitzenden Lehrer der deutschen Sprache, Doktor Althoff, »und dabei diese oberflächliche, flüchtige Schrift. Sehen Sie einmal, ›uns‹ mit einem ›z‹ geschrieben – ›Land‹ mit einem ›t‹. Da werden wir viel Versäumtes nachzuholen haben. Wie schreibst du ›Land‹, Ilse? Buchstabiere einmal!«

Ilse fühlte sich durch diese Frage verhöhnt. War sie denn ein kleines Mädchen aus der Abc-Klasse? Sie zögerte mit der Antwort.

Die Vorsteherin war nicht gewöhnt zu scherzen, sie sah die schweigende Ilse erstaunt an. »Wie du Land schreibst, möchte ich von dir wissen«, wiederholte sie in einem Ton, der jeden Zweifel, ob er ernst gemeint sei, ausschloss.

Ilse kräuselte etwas unwillig die Stirn, zog die Lippe in die Höhe und buchstabierte so schnell, dass man ihr kaum folgen konnte: L-a-n-d. Den Blick wandte sie zum Fenster, um Fräulein Raimar nicht anzusehen. »Also nur flüchtig; ich dachte es mir«, sagte die Vorsteherin. »Wenn du in Zukunft deine Aufsätze machst, wirst du sehr aufmerksam sein. Fehler, wie ich sie in deinen Aufgaben finde, kommen bei uns in der dritten Klasse nicht mehr vor.«

Es wurden Ilse nun Fragen in den verschiedensten Fächern vorgelegt. Manchmal fielen die Antworten überraschend gut aus, zuweilen geradezu einfältig.

Im Französischen bestand sie gut. Monsieur Michael, der französische Lehrer, ein älterer Herr mit weißem Haar, sprach sie sogleich französisch an und sie antwortete richtig und fließend.

Bei Miss Lead, der englischen Lehrerin, die ebenfalls im Institut wohnte, war Ilse weniger erfolgreich; sie holperte sehr, als sie die Antwort gab.

»Nun kannst du uns verlassen, Kind«, sagte Fräulein Raimar. »Deine Prüfung ist zu Ende. Später werde ich dir mitteilen, welche Klasse du besuchen wirst.«

Nach einer eingehenden Beratung wurde von der Lehrerkonferenz der Beschluss gefasst, Ilse in die zweite Klasse zu geben, im Französischen sollte sie die erste besuchen.

»Ich glaube, Ilse wird uns viel Sorgen machen«, äußerte die Vorsteherin besorgt. »Sie ist widerspenstig und trotzig und sie kann nicht den geringsten Tadel vertragen.«

»Sie hat ein gutes Herz«, fiel Fräulein Güssow lebhaft ein. »Ich habe noch keine Beweise dafür, aber ich lese es in ihren Augen. Ich bin überzeugt, dass ich mich nicht täusche. Mir ist klar, mit Strenge werden wir wenig ausrichten, dagegen hoffe ich, mit Liebe und Bestimmtheit wird es gelingen, ihren Trotz zu zähmen.«

»Das ist ganz meine Ansicht«, stimmte Monsieur Michael bei. »Sie werden sehen, meine Damen und Herren, Mademoiselle Ilse wird eine Zierde des Pensionates sein. Mit welcher Eleganz spricht sie französisch, wie gewählt setzt sie die Worte! Ah, sie ist ein Genie!«

»Ich wünsche von Herzen, dass Sie Recht haben mögen«, entgegnete Fräulein Raimar und erhob sich von ihrem Platz. »An Liebe und Nachsicht wollen wir es nicht fehlen lassen; vielleicht gelingt es uns, Ilse verständig und gefügig zu machen.«

Am Abend, als Fräulein Güssow bereits die Runde gemacht hatte, als das Licht gelöscht und alles still im Hause war, rief Nellie: »Wachst du, Ilse?«

»Ja, was soll ich?«

»Zieh dir leise an! Wir wollen deinen kleinen Koffer auspacken!«

»Es ist aber dunkel!«, meinte Ilse.

»O lass nur, ich habe schon ein Licht!«

Leicht und unhörbar stieg Nellie aus dem Bett und ging auf Strümpfen an ihren Schrank. Sie zog die oberste Schublade vorsichtig heraus und entnahm ihr eine kleine Kerze. Sie zündete sie an und stellte ein Buch davor, um jeden verräterischen Lichtschimmer nach draußen abzublenden. »Ist doch fein, nicht?«, fragte sie. »Nun eile dich aber!«, trieb sie Ilse an, die sich flüchtig ankleidete. »Wo hast du der Schlüssel?«

»Hier habe ich ihn«, entgegnete Ilse und zog ihn unterm Kopfkissen hervor, »ich werde selbst aufschließen.«

Nellie leuchtete mit der Kerze, die sie mit der Hand abschirmte. Sie stand über dem Koffer gebeugt, in neugieriger Erwartung der Schätze, die sich vor ihren Augen auftun würden. Sie war enttäuscht, als Ilse anfing auszupacken. Die erwarteten Delikatessen – Nellie war eine kleine Naschkatze – kamen nicht zum Vorschein. »Oh, hast du keine Kuchen?«, fragte sie, warf den Plunder heraus und durchsuchte den Koffer bis auf den Grund. »Au, au!«, rief sie plötzlich und fuhr mit der Hand zurück. »Was ist dies? Ich habe mich gestochen.« Und richtig, ein roter Blutstropfen hing an dem kleinen Finger.

Ilse wusste nicht, woher die Verwundung kam, bis sie

selbst in den Koffer griff und die Ursache entdeckte. O Schrecken! Das Glas mit dem Laubfrosch war zerbrochen und Nellie hatte sich an einem Glassplitter geritzt.

»Wo nur der Frosch ist?«, sagte sie ängstlich und räumte die Scherben fort.

»Was, ein Frosch? Eine lebendige Frosch. O je, hast du ihn verpackt? Wie kannst du so eine arme Tier in die Koffer tun! Ohne Luft muss er totgehen.«

Ilse fand den kleinen Laubfrosch, natürlich tot. Sie legte ihn auf die flache Hand und hauchte ihn an, vielleicht brachte sie ihn wieder zum Leben.

Nellie lachte sie aus. »Du hast die arm, klein Frosch gemordet«, sagte sie und nahm ihn in die Hand. »Oh, er ist kaputt! Er kriegt keine Leben wieder, niemals! Morgen früh wollen wir ihn unter die Linde vergraben.«

Ilse sah traurig auf den Frosch und die Tränen traten ihr in die Augen. »Wie schlecht von mir, dass ich so dumm sein konnte!«, klagte sie sich an. »Ich dachte gar nicht daran, dass er ersticken könnte, als ich ihn in den Koffer gab, es ging so schnell.« Die Aussicht auf das Begräbnis unter der Linde tröstete sie einigermaßen. »Wir machen eine kleiner Hügel«, riet Nellie, »und pflanzen Blumen darauf. Und ein klein Holzkreuz stecken wir in die Erden und schreiben daran: Hier ruht Ilses Frosch. Er musste sein junges Leben lassen, weil ihm die Luft ausging.«

Dieser Einfall trocknete Ilses Tränen, sie musste sogar lächeln. – Der ausgestopfte Kanarienvogel hatte auch sehr gelitten. Das Köpfchen war ganz breit gedrückt und der eine Flügel hing herunter.

Nellie gab ihm wieder einige Form. »Lass mir nur machen«,

sagte sie, »ich werde ihm schon wieder in die Ordnung bringen! – Was ist denn das?«, fragte sie plötzlich und hielt Ilses Blusenkleid in die Höhe. »Warum hast du dieses schmacklose Robe eingepackt – und die alte schmutzige Stiefel? Was soll damit?«

Warum? Das wusste Ilse selbst nicht, aber sie war ärgerlich, ihr Lieblingskostüm so verachtet zu sehen. »Du verstehst nichts davon!«, sagte sie und nahm es Nellie fort. »Es ist mein liebster und schönster Anzug. Ich mag die andern Kleider gar nicht leiden, sie sitzen so fest und sehen so geziert aus.«

»Oh, lass mir ihn anprobieren!«, bat Nellie. »Ich will ihn anziehen.«

Dagegen konnte Ilse nichts einwenden. Sie half Nellie ankleiden und in wenigen Augenblicken stand diese in einem ganz merkwürdigen Aufzug da. Der Rock war ihr zu kurz, da sie etwas größer als Ilse war; darunter sah das lange, weiße Nachtgewand hervor. Die Bluse war stellenweise zerrissen. Nellie war statt durch den Ärmel durch ein großes Loch dicht daneben hinausgefahren, sodass der Ärmel auf dem Rücken hing. Nun schlang sie auch noch den schäbigen Ledergürtel um ihre zierliche Taille und dann stand sie fertig da, bis auf die Stiefel, die sie nicht anziehen mochte, weil sie zu schmutzig waren. »Bequem ist diese Kostüm, das ist wahr«, sagte sie und fing an allerhand lustige Sprünge auszuführen und sich im Kreis zu drehen. »Man ist so luftig, so leicht.«

Ilse brach plötzlich in ein so herzhaftes Gelächter aus, dass Nellie auf sie zueilte und ihr den Mund mit der Hand verschloss. »Du darfst nicht so toll lachen«, sagte sie, »du wirst uns verraten!«

»Ich kann nicht anders, du siehst zum Totlachen aus!«

Nellie trat mit der Wachskerze vor den kleinen Spiegel und betrachtete sich. »O wie abscheulich!«, sagte sie und riss die Sachen herunter. »Wie kannst du so ein hässlicher Anzug schön finden!«

Ilse verschloss ihre Herrlichkeiten wieder in den Koffer, dann wurde das Licht gelöscht und in wenigen Augenblicken schliefen die beiden Mädchen fest und tief.

Vierzehn Tage waren seit Ilses Aufnahme im Pensionat vergangen. Sie weinte in dieser kurzen Zeit, die ihr wie eine Ewigkeit erschien, manche bittere Träne und oft setzte sie die Feder an, um den Vater zu bitten, er möge sie zurückholen. Nur weil sie sich vor der Mutter scheute, tat sie es nicht. Sie antwortete auf die vielen und langen Briefe, die sie aus der Heimat erhielt, nur zweimal, nur kurz und mit der Entschuldigung, dass ihr die Zeit zu längeren Briefen fehle.

Endlich, eines Sonntagnachmittags, den fast alle Pensionärinnen zum Briefeschreiben benutzten, setzte sich auch Ilse dazu an ihren Tisch. Große Lust verspürte sie nicht zum Schreiben. Sie schlug die neue Schreibmappe auf, wählte nach langem Suchen einen rosa Bogen, tauchte die Feder in das Tintenfass und malte allerhand Schnörkeleien auf ein Stückchen Papier. Endlich begann sie den Brief. Doch nach wenigen Zeilen hörte sie auf und legte das Geschriebene beiseite. Der Anfang gefiel ihr nicht. Es wurde ein neuer Bogen geopfert und noch einer. Der vierte endlich hatte mehr Glück. Sie beschrieb ihn von Anfang bis zum Ende, ja, sie nahm noch einen fünften Bogen dazu. Sie war nun einmal ins Plaudern gekommen, immer wieder fiel ihr etwas ein, das sie dem Papa mitteilen musste. Als Ilse zu Ende war, las sie noch einmal ihre lange Epistel.

»Mein liebes Papachen!

Es ist heute Sonntag. Das Wetter ist so schön und im Garten blühen die Rosen (da fällt mir eben ein, hat meine gelbe Rose, die Marschall Niel, die der Gärtner im Frühjahr verpflanzte, schon Knospen angesetzt? Bitte, vergiss nicht, mir Antwort zu geben!) und die Vögel singen so lustig – ach! und deine arme Ilse sitzt im Zimmer und kann sich nicht im Freien umhertummeln. Mein liebes Papachen, das ist recht traurig, nicht wahr? Ich komme mir oft vor wie unser Mopsel, wenn er genascht hatte und zur Strafe dafür eingesperrt wurde. Ich möchte auch manchmal, wie er es tat, an der Tür kratzen und rufen, macht auf! Ich will hinaus! Es ist gar nicht hübsch, immer eingesperrt zu sein. Zu Haus konnte ich doch immer tun und treiben, was ich wollte; im Garten, auf dem Feld, in den Ställen, überall durfte ich sein und meine guten Hunde liefen mir nach, wohin ich ging. Ach, das war zu himmlisch nett! Was macht Bob, Papachen, und Diana und Mopsel und die andern? Oh, wenn ich sie gleich hier hätte!

Es ist im Pensionat alles so furchtbar streng, man muss jede Sache nach Vorschrift tun. Aufstehen, Frühstücken, Lernen, Essen – immer zu bestimmten Stunden. Das ist grässlich! Ich bin oft noch müde des Morgens, aber ich muss hinaus, wenn es sechs geschlagen hat. Ach, wie oft möchte ich in den Garten laufen und muss auf den abscheulichen Schulbänken sitzen! Die furchtbare Schule!

Ich lerne doch nichts, Herzenspachen, ich bin zu dumm. Nellie und die andern Mädchen wissen viel mehr, sie sind auch alle klüger als ich. Nellie zeichnet zu schön! Einen großen Hundekopf in Kreide hat sie jetzt fertig. Er sieht aus, als wenn er lebte. Und Klavier spielt sie, dass sie Konzerte geben könnte – und ich kann gar nichts!

Wenn ich doch lieber zu Hause geblieben wäre! Dann wüsste ich nicht, wie einfältig ich bin. Nellie tröstet mich oft und sagt: ›Es ist keiner Meister von der Himmel gefallen, fang nur an, du wirst schon lernen!‹ Aber ich habe angefangen und doch nichts gelernt. Ich weiß nur, dass ich sehr dumm bin.

Am fürchterlichsten sind die Mittwochnachmittage. Da sitzen wir alle von drei bis fünf Uhr im Speisesaal. Die Fenster nach dem Garten sind weit offen und ich blicke sehnsüchtig hinaus. Es zuckt mir förmlich in Händen und Füßen, dass ich aufspringen möchte, um in den Garten zu eilen, aber ich darf es nicht, ganz still muss ich dasitzen und muss meine Sachen ausbessern. Fräulein Güssow war ganz erstaunt, dass ich nicht stricken konnte. Man kauft doch jetzt die Strümpfe, das ist viel einfacher. Warum muss ich mich unnütz quälen? Es wird mir so schwer, die Maschen abzustricken, und ich mache es auch sehr schlecht.

Melanie Schwarz – sie ist sehr hübsch, ziert sich aber und stößt mit der Zunge an, und dann sagt sie immer zu allem: ›Furchtbar nett, furchtbar reizend oder furchtbar scheußlich‹ – meinte neulich: ›Du strickst aber furchtbar scheußlich, Ilse!‹ Du siehst, Pachen, ich kann nichts!

In den Abendstunden wird einmal französisch, einmal englisch die Unterhaltung geführt. Französisch kann ich mich allenfalls verständlich machen, aber englisch geht es sehr schlecht, so schlecht, dass ich mich schäme, den Mund aufzutun. Nellie ist gut, sie hilft mir nach und will oft mit mir sprechen, wenn wir allein sind.

Du fragst mich, lieber Papa, ob ich schon Freundinnen habe. Nellie und noch sechs andere Mädchen sind meine Freundinnen, Nellie aber habe ich am liebsten. Wie sie alle heißen, will ich dir das nächste Mal schreiben, dann werde ich dir auch erzählen, wie sie aussehen; heute kann ich mich nicht dabei aufhalten, sonst nimmt mein Brief kein Ende. Eine Schriftstellerin ist auch dabei, das muss ich dir noch mitteilen.

In die Kirche gehen wir jeden Sonntag, dort gefällt es mir aber gar nicht. Ich sitze zwischen so viel fremden Leuten und der Pfarrer, ein ganz alter Mann, spricht so undeutlich, dass ich Mühe habe, ihn zu verstehen. In Moosdorf ist es viel, viel hübscher. Da sitzen wir eben in unsrem Kirchenstuhl, und wenn ich hinuntersehe, kenne ich alle Menschen. Und wenn unser Oberlehrer die Orgel spielt, die Mädchen so laut und kräftig anfangen zu singen und mein lieber Herr Pfarrer die Kanzel besteigt und so schön predigt, dann ist mir so feierlich zumute, so ganz anders als hier. Ach, und manchmal, wenn die Sonnenstrahlen durch das bunte Kirchenfenster fallen und schöne Farben auf den Fußboden malen, dann ist es herrlich, so herrlich wie nirgendwo auf der ganzen Welt!«

Hier musste Ilse mitten im Lesen innehalten und eine Pause machen. Der Gedanke an die Heimat und die Sehnsucht überwältigten sie dermaßen, dass sie zu weinen anfing. Erst als ihre Tränen wieder getrocknet waren, las sie zu Ende.

»Grüße nur alle, du einziger Herzenspapa, auch die Mama! Das Tagebuch, das sie mir eingepackt hat, kann ich nicht gebrauchen; ich habe keine Zeit, etwas hineinzuschreiben.

Aber ich bedanke mich dafür. Nun leb wohl, mein lieber, süßer, furchtbar netter Papa! Ich küsse dich tausendmal. Bitte, gib auch Bob einen Kuss und grüße Johann von

deiner
dich unbeschreiblich liebenden Tochter
Ilse

N.S. Ich will gern Zeichenunterricht nehmen bei dem Herrn Professor Schneider, ich darf doch? Morgen fange ich an.

N.S. Beinahe hätte ich vergessen, dir zu schreiben, dass du mir doch eine Kiste mit Kuchen und Wurst schickst. Nellie ist immer so hungrig, wenn wir abends im Bett liegen, und ich auch.

N.S. Lieber Papa, ich kriege immer so viel Schelte, dass ich so ungeschickt esse. Schreibe mir doch, ob das nicht sehr unrecht ist! Der Mama sage nichts davon! Deine Hand drauf! – Fräulein Güssow habe ich sehr lieb.«

Ilses Eltern saßen am Nachmittag mit dem Pfarrer zusammen auf der Veranda am Kaffeetisch, als ihr langer Brief eintraf. Der Gutsbesitzer las ihn vor und wurde bei einigen Stellen so gerührt, dass er kaum weiterzulesen vermochte. »Ich möchte das arme Kind zurückhaben«, sagte er, »es fühlt sich unglücklich und ich sehe nicht ein, warum wir unsrer einzigen Tochter das Leben so verbittern sollen. – Was meinst du, Annchen, und Sie, lieber Wollert? Wäre es nicht besser?«

Der Pfarrer machte ein höchst zufriedenes Gesicht. »Ich bin nicht Ihrer Meinung«, entgegnete er. »Ilse ist bereits auf dem Weg, einzusehen, dass sie noch vieles lernen muss; sie vergleicht sich mit den Freundinnen, erkennt ihre Fehler und die Lücken in ihrem Wissen. Wir haben schon mehr erreicht in dieser kurzen Zeit, als ich zu hoffen wagte.«

»Das Heimweh ist natürlich!«, fiel Frau Anne ein. »Bedenke nur, wie schwer es einem an die Freiheit gewöhnten Wesen werden muss, sich plötzlich in den Schulzwang zu fügen! Die Regelmäßigkeit des Instituts ist ihrer ungebändigten Natur zuwider; Ilse wird sich zu ihrem Vorteil fügen lernen, ihre Wildheit abstreifen und ein liebes, herziges Mädchen werden.«

Der Oberamtmann war verstimmt, dass man ihn nicht verstehen wollte. Weder der Pfarrer noch Frau Anne überzeugten ihn mit ihren Vernunftgründen. Er urteilte nur mit seinem weichen Herzen und er litt sehr bei dem Gedanken an sein heimwehkrankes Kind.

Ilses Wünsche wurden erfüllt. Es musste Kuchen gebacken und die schönste Wurst sowie ein Schinken aus der Rauchkammer geholt werden. Der Oberamtmann packte selbst die kleine Kiste und legte noch allerhand Leckereien hinein. »Not soll sie wenigstens nicht leiden«, sagte er zu seiner Frau, die ihm lächelnd zusah.

Es war an einem Mittwochnachmittag im Monat August. Die erwachsenen Mädchen des Pensionats saßen im Speisezimmer beisammen, stopfend, flickend oder mit anderen Arbeiten dieser Art beschäftigt. Es war sehr heiß und gewitterschwül, selbst durch die geöffneten Fenster drang kein erfrischender Luftzug.

Ilse hielt ihren Strickstrumpf in der Hand und quälte sich, Masche um Masche abzuheben. Es machte ihr schwere Mühe mit den heißen, feuchten Fingern. Die Maschen saßen so fest auf den Nadeln, dass sie kaum zu schieben waren.

»Ich kann nicht«, sagte Ilse, »die Nadeln kleben so, ich vermag sie nicht mehr anzufassen.«

»Wasch dir die Hände«, rief Fräulein Güssow, »dann wird es besser gehen!«

»Das hilft nicht«, erwiderte Ilse unmutig und legte das Strickzeug vor sich hin.

Ehe noch Fräulein Güssow sie wegen ihres unpassenden Benehmens zurechtweisen konnte, trat Fräulein Raimar in das Zimmer. Sie ging von einer Schülerin zur andern und prüfte die Arbeiten; sie tat dies zuweilen, um Fortschritte zu loben oder auch zu tadeln, wenn es nötig war.

»Nun, wie steht es mit dir, Ilse?«, fragte sie. »Hast du deinen Strumpf bald fertig? Zeig ihn einmal her!« Ilse tat, als habe sie die Aufforderung nicht verstanden, sie schämte sich ihrer schlechten Arbeit.

»Ich will dein Strickzeug sehen, Ilse; hast du mich nicht verstanden?« Die Worte der Vorsteherin klangen streng und hart. Aufgebracht über Ilses Trotz nahm Fräulein Raimar ihr den Strumpf unsanft aus der Hand. »Ich bin gewohnt, dass meine Schülerinnen mir gehorchen, und du wagst es, dich zu widersetzen? – Seht einmal, Kinder«, fuhr sie fort und hielt mit spitzen Fingern das Strickzeug in die Höhe, »was sagt ihr zu dieser Arbeit? Sieht sie wohl aus, als ob sie einem erwachsenen Mädchen gehörte? Schäme dich! Niemals wieder will ich ein so unsauberes Strickzeug sehen.«

Aller Augen waren auf Ilses Arbeit gerichtet und einige Pensionärinnen glaubten sich durch die Frage der Vorsteherin berechtigt, ein Wort mitzureden. Die vorlaute Grete meinte, dass ihre kleine fünfjährige Schwester daheim weit besser und sauberer stricke.

Die ästhetische Flora verglich das formlose Ding mit einem Kaffeebeutel, ein Vergleich, der Annemie so zum Lachen brachte, dass sie sich gar nicht wieder beruhigen konnte.

Ilse sah sich von allen Seiten verlacht und verspottet und durfte sich nicht dagegen verteidigen. Ihre unbändige Natur bäumte sich mit aller Macht gegen die, wie sie glaubte, ihr öffentlich angetane Schmach auf. Blinde Wut stieg in ihr hoch wie nie zuvor, sie ballte die Hände und biss sich in die Finger, ihre Augen füllten sich mit heißen, trotzigen Tränen.

Fräulein Raimar hatte bereits das Zimmer verlassen, doch die Tür hinter ihr blieb offen. Die Vorsteherin hielt sich noch auf dem Gang auf. Welchen Aufruhr sie in Ilse heraufbeschworen hatte, ahnte sie nicht; sie würde ihn auch schwerlich begriffen haben, glaubte sie doch fest, durch eine öffentliche Beschämung Ilses Widerstand ein für alle Mal geheilt zu haben. Wie wenig verstand sie ein leidenschaftliches Gemüt! Gerade das Gegenteil war eingetreten. Ilses Trotz stand in lichterlohen Flammen.

»Neckt sie nicht!«, gebot Fräulein Güssow, die Ilse besser verstand. »Ich will nicht, dass ihr sie auslacht!« Nellie, die Einzige, die mitleidig dem ganzen Auftritt zugesehen hatte, nahm gutmütig den Strumpf in die Hand, um ihn wieder in Ordnung zu bringen.

Aber Ilse riss Nellie die Arbeit aus der Hand, und ehe jemand sie zurückhalten konnte, warf Ilse in höchstem Zorn das unglückselige Strickzeug gegen die Wand. Die Nadeln schlugen klirrend aneinander und der Knäuel kollerte weit fort, zur offenen Tür hinaus bis zu den Füßen der Vorsteherin.

Solange sie Vorsteherin des Pensionates war, hatte Fräulein Raimar niemals Ähnliches erlebt. Trotz ihrer stets so maßvollen Ruhe war sie für einen Augenblick fassungslos und sich durchaus nicht im Klaren, was mit Ilse geschehen solle. »Geh auf dein Zimmer«, befahl sie, nachdem sie hastig eingetreten war, »und bleibe dort! Das andere wird sich finden.«

Ilse erhob sich und ging hinauf. Nachdem sie in ihrem Zimmer angelangt war, brach der furchtbare, mühsam zurückgehaltene Sturm los. Sie warf sich auf einen Stuhl und weinte laut. Sie war am Rand der Verzweiflung und fühlte sich verlassen wie noch nie im Leben. Allerhand kindische und unausführbare Gedanken jagten durch ihren Kopf, der zum Zerspringen brannte. Kein Mensch mochte sie leiden, nur der Papa. Oh, wenn sie bei ihm wäre!

Der Gedanke, dass sie zurückmüsse nach Moosdorf, behielt die Oberhand. Sie fing an ihre Sachen aus dem Schrank zu räumen und war eben im Begriff, das Mädchen zu beauftragen, ihr den Koffer vom Boden herabzuholen, als Nellie und gleich darauf Fräulein Güssow in das Zimmer traten.

Erstaunt blickte die Lehrerin auf die umherliegenden Sachen. »Nun, Ilse, was soll denn das bedeuten?«, fragte sie.

Anstatt zu antworten vergrub Ilse das Gesicht in beiden Händen und schluchzte laut.

Fräulein Güssow ließ sie einige Augenblicke gewähren, dann zog sie ihr leise die Hände vom Gesicht. »Beruhige dich, Kind!«, sagte sie freundlich; »dann will ich mit dir reden.«

»Ich kann nicht! Ich will fort!«, stieß Ilse leidenschaftlich heraus.

»Du musst dich beherrschen, Herz. Ich glaube gern, dass es dir schwer wird, dein trotziges Ich zu zähmen, aber du musst es tun, es ist notwendig. Siehst du nicht ein, Ilse, wie unrecht, wie ungezogen du gehandelt hast?«

Ilse schüttelte den Kopf. »Sie haben mich alle gereizt«, entgegnete sie, »Fräulein Raimar hat mich so beschämt, alle haben mich ausgelacht!«

»Du irrst«, entgegnete Fräulein Güssow, »nicht Fräulein Raimar, sondern du selbst hast dich lächerlich gemacht. Denke einmal zurück, wie du dich benommen hast! Aber wenn du morgen verständig bist, ist alles vergessen. Die Mädchen haben dich alle lieb.«

»Nein, nein«, rief Ilse, »mich hat niemand lieb! Ich weiß es wohl. – Ich bin dumm und ungeschickt und will fort – zu meinem Papa!«

»Wenn du so sprichst, Ilse, dann verlasse ich dich. Du weißt, wie sehr ich dich lieb habe; solch kindische Reden will ich nicht von dir anhören. Soll ich gehen? Willst du vernünftig sein?«

Ilse schwieg und die junge Lehrerin wandte sich der Tür zu.

Als sie die Klinke niederdrücken wollte, eilte Ilse auf sie zu. »Bitte, bleiben Sie!«, bat sie und hielt Fräulein Güssow an der Hand fest.

»Von Herzen gern, wenn du mich ruhig anhören willst!« Die Lehrerin setzte sich auf einen Stuhl am Fenster und nahm Ilse in den Arm. »Wie heiß du bist, du böser Trotzkopf!«, sagte sie und streichelte Ilse liebevoll die erhitzten Wangen. »Nellie, gib ihr ein Glas Wasser!«

Nellie sprang hinzu und reichte das Gewünschte. »Trink

einer kühle Schluck! Es wird dir ruhig machen!«, redete sie herzlich zu. »Du musst nie wieder sagen, dass wir dich nicht liebten, du böse, böse Ilse!«

»Nun, mein Kind«, fragte Fräulein Güssow, als Ilse sich langsam beruhigte, »was gedenkst du zu tun?«

»Ich muss heute noch abreisen«, war die Antwort; »hier bleiben kann ich nicht.«

»Also noch immer möchtest du mit deinem Kopf die Wand durchstoßen? Der Gedanke, dass du nachgeben musst, dass es an dir ist, um Verzeihung zu bitten, kommt dir gar nicht in den Sinn? Du hast Fräulein Raimar bitter gekränkt. Denkst du nicht daran, sie wieder zu versöhnen? Sprich!«

»Nein!«, rief Ilse und warf den Kopf zurück. »Fräulein Raimar hat mich beleidigt und furchtbar gekränkt. Ich bitte sie nicht um Verzeihung. Noch niemals habe ich jemand um Verzeihung gebeten und ich tue es auch jetzt nicht, nein!«

Das war wieder ein trotziger, böser Ausfall; dennoch verlor Fräulein Güssow nicht die Geduld, sie blieb ruhig und herzlich. »Du batest niemals um Verzeihung, Ilse? Das wundert mich; aber du hast sicher deinem Papa ein gutes Wort gegeben, wenn du unartig warst und er dir zürnte.«

»Meinem Papa!«, wiederholte Ilse und sah die junge Lehrerin sehr erstaunt an. »Er hat mir niemals gezürnt; er war immer gut, immer gut, ich konnte machen, was ich wollte.«

»So«, sprach Fräulein Güssow und glaubte jetzt den Schlüssel zu Ilses Eigensinn in des Vaters zu großer Nachgiebigkeit gefunden zu haben. »Und deine Mutter, war auch sie stets mit allem zufrieden, was du tatest? Kränktest du sie niemals? Sei einmal aufrichtig!«

Ilse blickte nachdenklich vor sich hin. Sie konnte nicht

leugnen, dass sie die Mutter oftmals durch ihren Widerstand geärgert hatte. »Ich glaube schon«, stotterte sie zögernd.

»Und dann sagtest du: Vergib mir, liebe Mama! Nicht wahr?«

Ilse schüttelte den Kopf. »Nein«, sagte sie, »das habe ich niemals getan! Mama verlangte es auch gar nicht von mir; sie weiß, dass ich nicht bitten kann.«

»Ein Kind muss bitten können und ein Mädchen vor allem. O Ilse, auch du musst es lernen, noch ist es nicht zu spät!«, sprach Fräulein Güssow sehr erregt. »Lerne nachgeben, mein Kind, lerne vor allem dich beherrschen! Glaube mir, Trotz und Widerstand sind in einem Mädchenherzen böses Unkraut und überwuchern oftmals die besten, heiligsten Gefühle! Geh hinunter, Kind, bitte Fräulein Raimar um Vergebung! Überwindest du heute deinen harten Sinn, so hast du für alle Zeit gewonnen.«

Ilse war seltsam ergriffen von diesen Worten, aber Abbitte tun, das konnte sie trotzdem nicht. »Ich kann es nicht!«, sagte sie zögernd, aber bestimmt.

»Du willst nicht, aber du musst!«, entgegnete Fräulein Güssow eindringlich. »Ach, gibt es denn kein Mittel, das dich von deinem Starrsinn heilen kann. Komm, setz dich zu mir!«, fuhr sie fort. »Ich will dir eine wahre Geschichte von einem trotzigen, widerspenstigen Menschenherzen erzählen, das sein Lebensglück einer kindischen Laune opferte, und wenn du dann noch sagen wirst: ›Ich kann nicht‹, dann geh hin und folge deinem harten Kopf! Ich werde nie wieder den Versuch machen, ihn zu beugen.«

Noch niemals hatte jemand so überzeugende Worte für Ilse gefunden und sie verfehlten ihre Wirkung nicht. Willig und gehorsam setzte sie sich der jungen Lehrerin gegenüber und sah sie erwartungsvoll und gespannt an. Der hässliche, trotzige Ausdruck schwand aus ihrem Gesicht, und wer sie jetzt sah, würde nicht geglaubt haben, dass diese Ilse und jenes unbeherrschte Mädchen, das sich vor kaum einer Stunde so wild und unbändig betragen hatte, ein und dieselbe waren.

Fräulein Güssow stützte den Kopf aufs Fensterbrett und blickte gedankenvoll in den Garten hinaus. Ihr blasses Gesicht rötete sich leicht und um den Mund lag ein schmerzlicher Zug. Es schien fast, als tobe ein heftiger Kampf in ihr, als würde es ihr schwer, mit dem ersten Wort zu beginnen. Plötzlich erhob sie sich. »Es ist hier so drückend und schwül«, sagte sie und öffnete die Fensterflügel.

Ein erquickender Luftzug strömte ihr entgegen, ein Gewitter war im Anzug. Sausend fuhr der Wind durch die Wipfel der Bäume, in der Ferne grollte der Donner.

»Wie das wohl tut!«, fuhr sie mit einem tiefen Atemzug fort. »Die Hitze lag mir schwer wie Blei auf der Brust. – Wie alt bist du, Ilse?«, unterbrach sie sich plötzlich wie in halber Zerstreutheit.

»Im nächsten Monat werde ich sechzehn Jahre.«

»Sechzehn Jahre!«, wiederholte die Lehrerin. »Dann bist du alt und gescheit genug, denke ich, die traurige Geschichte meiner Jugendfreundin zu verstehen. Hör zu!

Es war einmal ein junges, fröhliches Menschenkind, das mit seinen sechzehn Jahren die Welt zu erstürmen meinte. Vater und Mutter waren ihm früh gestorben und so kam es, dass die kleine Waise zu der Großmutter gegeben wurde, die sie erzog und von Grund auf verzog. Luzie, so wollen wir das Mädchen nennen, hatte nie gelernt zu gehorchen oder sich zu fügen; sie erkannte nur einen Willen an: den eigenen. Das war sehr schlimm für sie, denn bei manchen guten Eigenschaften des Herzens besaß Luzie einen hässlichen Fehler, den Trotz.«

»War Luzie hübsch?«, fragte Nellie, die hinter Ilses Stuhl stand und den Arm um ihre Schulter legte.

»Ich glaube wohl«, entgegnete die Angeredete und errötete leicht; »wenigstens sagte man es dem erwachsenen Mädchen oft genug. Doch das ist Nebensache – hört mich weiter an. Die Großmutter besaß ein herrliches Landhaus, dessen Park sich an einen bewaldeten Bergesabhang lehnte. Man brauchte nur eine kleine Pforte, die sich am Ausgang des Grundstückes befand, zu durchschreiten und befand sich in dem schönsten Wald, den ihr euch denken könnt. Selten kamen Spaziergänger aus dem nahen Städtchen dorthin. Desto öfter benutzte Luzie die kleine Ausgangspforte, durchstreifte den Wald bis an die Spitze des Berges oder, was sie noch häufiger tat, sie lagerte sich an irgendeinem versteckten Platz. So im weichen, schwellenden Moos zu liegen, ein gutes Buch zu lesen und darüber die Welt zu vergessen, das war ihre höchste Wonne. Eines Tages suchte sie wieder ihren Lieblingsplatz am Fuß einer Eiche auf. Die Luft war heiß und schwül und Luzie empfand die Waldeskühle doppelt wohltuend. Sie streckte sich behaglich im Moos aus und blickte in das grüne Blätterdach hinauf. Nicht lange, dann öffnete sie das mitgebrachte Buch und las. Sie war in ihre Lektüre bald so vertieft, dass sie auf ihre Umgebung vergaß. Eine männliche Stimme schreckte sie plötzlich auf. Ärgerlich über die Störung blickte sie auf und sah in das lächelnde Antlitz eines jungen Mannes, der mit Pinsel und Palette in der Hand vor ihr stand.

›Ein wunderbares Bild!‹, rief er aus. ›Ich hätte Lust, es zu malen! Bleiben Sie in dieser Stellung!‹, bat er, als Luzie sich schnell erheben wollte. ›Nur wenige Augenblicke! Aber so böse dürfen Sie nicht aussehen, nein, ich bitte wieder um denselben Zug von Spannung um den Mund, das gleiche erwartungsvolle Lächeln!‹

›Was fällt Ihnen ein!‹, rief Luzie aufgebracht und erhob sich mit einem Sprung. Dabei fiel ihr das Buch aus der Hand.

Er kam ihr zuvor, als sie sich schnell danach bücken wollte; doch ehe er es ihr überreichte, las er das Titelblatt. ›Werthers Leiden‹, bemerkte er und lachte lustig. ›Dacht ich es doch! Natürlich verbotene Lektüre, die in der Waldeinsamkeit verschlungen wird! Oder hat der Herr Papa Ihnen diese gefährliche Geschichte vielleicht erlaubt?‹

Luzie entriss ihm das Buch, aber sie wurde über und über rot. ›Ich verbitte mir Ihre Bemerkungen!‹, entgegnete sie zornig. ›Wer hat Ihnen erlaubt, mich zu beobachten?‹

›Ich nahm mir selbst die Freiheit, sagte der Maler, sich verbeugend, ›und bitte dafür um Verzeihung. Ein Zufall brachte mich in die Nähe; ich war im Begriff, jene Baumgruppe zu malen, als ich Sie erblickte. Können Sie mir verdenken, dass ich der Versuchung nicht widerstehen konnte, Sie zu betrachten?‹

Sie gab keine Antwort, ja sie grüßte nicht einmal, als sie eilig davonging. Sie empfand Unwillen und Ärger über den Aufdringlichen und doch – er gefiel ihr.«

»War er ein schöner Mann?«, fragte Nellie.

»Ja, er war schön, klug und gut. Von diesen Eigenschaften konnte Luzie sich bald überzeugen, denn der Maler machte unter einem Vorwand einen Besuch im Hause der Großmutter. Er wurde bald ein täglicher Gast und der erklärte Liebling der Großmutter. Wie er endlich der trotzigen Luzie Herz gewann, das kann ich euch nicht erzählen, nur so viel, dass sie eines Tages seine Braut war. Es war ihm nicht leicht geworden, ihr Jawort zu erringen, denn wenn er heute ihrer Neigung sicher war, morgen musste er das Gegenteil annehmen. War er im Begriff, sie zu fragen: ›Hast du mich lieb?‹, reizte sie ihn durch ihren Trotz und Widerstand und das Wort erstarb ihm auf den Lippen. Endlich trug er den Sieg davon.

Nun glaubt ihr wohl, Luzie sei eine andere geworden? Das Glück und die Liebe hätten sie weicher und verständnisvoller gemacht? Nicht wahr, ihr glaubt, das könnte nicht anders sein? – Wie seid ihr im Irrtum! Das Gegenteil war der Fall. Ihr Widerstand gegen den Mann, den sie von ganzem Herzen liebte, trat oftmals nur heftiger hervor. Welche Mühe gab er sich, sie von diesem Fehler zu heilen! Wie eindringlich und liebevoll stellte er ihr die Folgen vor! Sie hörte ihn an und versprach sich zu bessern, aber sie hielt ihr Wort nicht – leider! Wie viel Kummer und Herzeleid hätte sie sich ersparen können!«

Die junge Lehrerin hielt einen Augenblick inne; ein scharfer Beobachter mochte ihr ansehen, wie schwer es ihr fiel, die Geschichte weiterzuerzählen.

Ilse saß still und nachdenklich. Die Erzählung berührte in ihr eine verwandte Saite; oft schien es ihr, als habe das junge Mädchen nicht Luzie, sondern Ilse geheißen. »Luzies Brautzeit ging dem Ende zu«, fuhr Fräulein Güssow fort, »in vier Wochen sollte die Hochzeit sein. Am Morgen eines herrlichen Maitages saß das Brautpaar auf der Veranda vor dem Hause und träumte sich in die Zukunft hinein. Es wurde eine Reise nach der Schweiz und Italien geplant; den ganzen Sommer wollten sie umherschweifen, und wo es ihnen am besten gefiel, dort wollten sie über den Winter bleiben. Der Himmel wölbte sich hoch und blau über ihnen, die Frühlingssonne lachte sie freundlich an, ringsum blühte, duftete und zwitscherte es, kein Misston störte den wunderbaren Morgen. Luzie machte Pläne und malte sich aus, wie sie leben und wie sie sich einrichten wollten. Sie liebte alle Dinge, die das Leben schön und behaglich machen, und besaß eine lebhafte Fantasie; da war es denn am Ende ganz natürlich, dass ihre Wünsche bis in den Himmel reichten.

Ihr Verlobter lauschte lächelnd ihrem Geplauder ohne sie zu unterbrechen. Da gab ihm ein unglücklicher Zufall die Frage ein: ›Wie würdest du es ertragen, Luzie, wenn wir uns nur einfach einrichten dürften, wenn wir nicht reisen könnten, wenn wir uns einschränken müssten, mit einem Wort, wenn die Not an uns herantreten sollte?‹

›Die Not‹, fragte sie erstaunt und sah ihn beinahe entsetzt an. ›Das wäre furchtbar!‹

›Du gibst mir keine Antwort auf meine Frage, liebes Herz. Ich meine, ob deine Liebe zu mir so stark wäre, dass du ohne Klage auch ein armseliges Los mit mir teilen würdest?‹

Es verdross sie, dass ihr Verlobter durch unnütze Fragen einen Missklang in ihre frohe Stimmung brachte. ›Lass doch den Unsinn!‹, wehrte sie ab. ›Wir werden nie in eine solche Lage kommen. Ich bin vermögend und deine Bilder werden hoch bezahlt.‹

›Man kann nicht wissen, was uns noch bestimmt ist‹, entgegnete er ernst. ›Du könntest zum Beispiel dein Vermögen verlieren und ich – nun, wenn ich krank würde und nicht malen könnte?‹

›Warum quälst du mich mit allerhand dummen Möglichkeiten, Kurt?‹, fragte Luzie ungeduldig. ›Ich antworte dir gar nicht auf solche Fragen.‹

›Du sprichst jetzt gegen deine bessere Überzeugung, du kleine Widerspenstige!‹, sagte er halb ernst, halb scherzhaft. ›Ich weiß, du wirst mir ganz bestimmt meine Gewissensfrage beantworten; ich weiß auch, meine Luzie würde den Mut haben, ein sorgenvolles Leben mit mir zu teilen. Nicht wahr, du siehst ein, Liebling, dass ich das von meiner zukünftigen Frau verlangen kann?‹

›Das sehe ich nicht ein‹, rief Luzie sehr entrüstet und entzog ihm ihre Hand, die er liebevoll hielt. ›Armselige Verhältnisse würden mich unglücklich machen – ja, unglücklich machen!‹, wiederholte sie, als Kurt sie zweifelnd ansah. ›Lieber würde ich gar nicht heiraten.‹

Er wurde bei ihren Worten blass, aber noch wollte er nicht an ihren Ernst glauben. ›Hast du mich lieb, Luzie?‹, fragte er seine Braut.

›Ja, aber in einer Hütte bei Salz und Brot mag ich nicht mit dir wohnen.‹

›Kein Aber, Luzie! Hast du mich lieb? Sag ja und nimm alles andere zurück!‹

›Nein!‹, rief sie entschieden und sprang von ihrem Platz auf. ›Ich nehme nichts zurück! Was ich gesagt habe, ist meine wahre Meinung.‹

›Luzie‹, rief der Maler erregt, ›besinne dich! Es ist nicht wahr, du denkst nicht, wie du sprichst! Dein Widerspruchsgeist gab dir diese Worte ein. Nimm sie zurück, Herz!‹ Flehend blickte er sie an.

›Du irrst‹, entgegnete sie mit scheinbarer Kälte; ›ich sage dir nicht aus Widerspruch, sondern mit voller Überzeugung meine Ansicht.‹

›Nein, nein! Ich kanns, ich wills nicht glauben! Komm her, sieh mich an! Deine Augen sollen mir die Antwort geben, ich weiß, dass sie nicht lügen können. Du liebst mich, ja? Nicht wahr, du hast mich lieb‹, wiederholte er noch einmal eindringlich, ›und du nimmst zurück, was du gesagt hast?‹«

»Oh, wie hart ist sie!«, warf Nellie ein, als Fräulein Güssow wie erschöpft einen Augenblick innehielt.

»Sie war nicht hart, nur verblendet«, fuhr die Lehrerin fort. »Sie hatte es nicht gelernt, sich einem anderen Willen zu beugen, niemals war sie imstande gewesen, nachzugeben. jetzt, wo durch die ernste Frage ihres Verlobten ihr Widerspruchsgeist zum ersten Mal auf die Probe gestellt wurde, bäumte sich ihr Trotz auf und ihr besseres Selbst erlag seiner Macht.

›Ist das dein letztes Wort, Luzie?‹ Wie ein Schreckensruf kam es über die Lippen des jungen Mannes.

Sie blieb ungerührt und lief aus dem Zimmer.

Luzie befand sich in keiner beneidenswerten Stimmung. War ihre Handlungsweise richtig? ›Ja‹, antwortete sie sich darauf, ›ich bin im Recht. Warum schreckt er mich mit den Gespenstern Sorge und Not, warum peinigt er mich damit? Ich will in eine glückliche Zukunft sehen und er will mir das Herz schwer machen mit Unmöglichkeiten. Und welch eine wichtige Sache er daraus macht! – Ich soll zurücknehmen, was ich gesagt habe? Solch ein Verlangen! Abbitte soll ich tun, Abbitte! Und er hat mich doch zuerst herausgefordert! Er ist an allem schuld!‹

Aus einem Winkel ihres Herzens heraus meldete sich eine Stimme, die ihr zurief: ›Gib nach! Reich ihm die Hand oder du hast ihn verloren!‹ Luzie achtete nicht darauf und nach einer Weile war sie von dem Gedanken ihrer Schuldlosigkeit so überzeugt, dass sie erwartete, Kurt müsse kommen und sie um Verzeihung bitten.

Er kam auch und begehrte Einlass. ›Öffne mir, Luzie!‹, rief er stürmisch. ›Es hängt unser Glück davon ab. Ich muss dich sprechen! Ich will dich sprechen!‹

Das klang wie ein Befehl. Sie schwieg und gab keine Antwort. Wohl klopfte ein guter Engel an ihr Herz und rief ihr warnend zu: ›Sprich mit ihm und alles wird gut!‹ Sie war taub gegen seine Stimme. Ein böser Geist hielt sie für den Augenblick gefangen. ›Ich will nicht mit dir reden!‹, rief sie zurück. ›Ich wüsste auch nicht, was du mir noch sagen könntest.‹

›So treibst du mich fort von dir, Luzie!‹, rief er außer sich. ›Bedenke, was du tust! Ich gehe und kehre nicht eher zu dir zurück, bis du mich zurückrufst: Leb wohl!‹ Es waren die letzten Worte, die Luzie von ihrem Verlobten hörte.

Nach einer in Aufregung durchwachten Nacht brach der nächste Tag an. Der trotzige Aufruhr in Luzies Innern legte sich und machte einer unzufriedenen Stimmung Raum. Nachzugeben fühlte sie sich auch heute nicht geneigt, aber sie wollte ihn heute anhören, wenn er kam. Dass er kommen werde, darauf hoffte sie fest. Aber sie hoffte vergebens.

Auch der nächste Tag verging und Kurt blieb aus. Luzie befand sich in einer fieberhaften Aufregung und schrak zusammen, sobald sich die Tür öffnete. Am dritten Tag – es war gegen Abend –, als sie ihn wieder vergeblich erwartete, brachte jemand einen Brief. Sie eilte auf ihr Zimmer, um ihn allein und ungestört zu lesen; es war doch endlich, endlich ein Zeichen von ihm. Hastig öffnete sie – in zwei Teile zerbrochen fiel ihr Kurts Verlobungsring entgegen.

Er schrieb nur wenige Zeilen. – Ich will versuchen, sie euch zu wiederholen«, unterbrach sich Fräulein Güssow; »Luzie gab sie mir oftmals zu lesen.

›Du hast mich nicht zurückgerufen, so sehnsüchtig ich auch darauf gehofft habe. Liebtest du mich wie ich dich, wäre es dir nicht schwer geworden, ein versöhnendes Wort zu sagen. Leb denn wohl! Ich muss von dir scheiden, Luzie, weil ich dir nicht versprechen kann, dir stets Wohlstand und Glück zu bieten. Mit welchem Recht könnte ich vom Schicksal verlangen, dass mein Leben nur von der Sonne beschienen werde? Leb wohl! Ich habe dich sehr geliebt.‹

Luzie glaubte vor Schmerz zu vergehen. Das hatte sie nicht gedacht! So weit wollte sie es nicht treiben! Nun war es zu spät; alle Reue, alle Selbstanklage brachten ihr den Geliebten nicht zurück.

Die Großmutter fand Luzie in einem Zustand der Verzweiflung und heimlich, ohne Wissen der Enkelin, schickte sie einen Boten in Kurts Wohnung. Er kehrte mit der Meldung zurück, der Herr sei seit zwei Stunden abgereist. – Luzie hatte ihren Verlobten auf ewig verloren.«

»Oh, die arm' Luzie. Der schlechter Mensch, warum konnt er ihr verlassen!«, rief Nellie unter Weinen. »Er hat ihr gar nix lieb gehabt.«

»Er liebte sie sehr«, entgegnete die Lehrerin und blickte durch das Fenster in den strömenden Regen hinaus; »aber er war ein ganzer Mann, der Luzies Widerstand nicht länger ertragen konnte.«

»Und wo ist Luzie geblieben?«

»Luzie?«, wiederholte Fräulein Güssow zögernd. »Es traf sie ein trauriges Schicksal. Ein Jahr später verlor die Großmutter fast ihr ganzes Vermögen, und Luzie, das verwöhnte und verzogene Mädchen, war gezwungen, für die Zukunft ihr Brot selbst zu verdienen.«

Ilse sah die Lehrerin entsetzt an.

»Ja, ihr Brot zu verdienen«, betonte Fräulein Güssow »Das erschreckt dich, nicht wahr? Aber es wurde ihr nicht so schwer, wie sie einstmals glaubte. Seit jenem Tag, an dem sie das Schwerste erfahren hatte, ging eine große Änderung in ihrem Wesen vor sich. Sie war still und ernst geworden, und ihr übermütiges Lachen war verschwunden. Sie nahm sich vor, Erzieherin zu werden, und nach bestandener Prüfung ging sie, nach dem Tod der Großmutter, nach London. Sie wirkt dort als Lehrerin in einem Institut.«

»Und der Maler? Hat die arm' Luzie nie gehört davon?«

»Sie bewunderte oft seine Werke in den Galerien, er selbst blieb verschollen.«

»Oh, wie ein trauriges Geschichte ist das!«, rief Nellie. »Es tut mir sehr weh.«

Und Ilse saß da, die Hände gefaltet, mit gesenktem Blick. Sie war bis in das Innerste getroffen. Sie wusste, sie hätte genau wie Luzie gehandelt, auch sie würde es bis zum Äußersten getrieben, auch sie würde ihr Lebensglück in trotzigem Übermut geopfert haben. Noch schwankte sie einen Augenblick, wie im Kampf mit sich selbst, dann aber erhob sie sich schnell und ergriff Fräulein Güssows Hand. »Ich will um Verzeihung bitten«, sagte sie leise; es war, als scheue sie sich, ihre eigenen Worte zu hören.

Über das Gesicht der Lehrerin glitt ein Freudenschimmer. »Geh, geh«, sagte sie gerührt, »und wenn je ein böser Geist wieder über dich kommen will, denk an Luzies traurige Geschichte.«

Ilse stieg zögernd und beklommen die Treppe hinunter. Vor dem Zimmer der Vorsteherin blieb sie stehen. Sie konnte sich nicht entschließen, die Tür zu öffnen. Zweimal steckte sie schon die Hand nach dem Drücker aus und zweimal zog sie sie wieder zurück. Es war so furchtbar schwer, die erste Abbitte zu tun. Ob sie umkehren sollte?

Einen Augenblick lang war sie bereits dazu entschlossen, ja sie machte schon eine leichte Wendung zurück, da hörte sie Fräulein Güssow die Treppe herabkommen. Sollte die verehrte Lehrerin sie unverrichteter Sache hier finden? Mit einem tiefen Atemzug öffnete sie die Tür.

Die Vorsteherin saß an ihrem Schreibtisch. Als Ilse eintrat, erhob sie sich.

Ilses Herz klopfte zum Zerspringen. Sie versuchte zu sprechen, aber die Kehle schien ihr wie zugeschnürt. Wenn sich jetzt der Boden unter ihren Füßen plötzlich geöffnet und sie hätte verschwinden lassen, würde sie es für eine Wohltat des Himmels angesehen haben. Aber diese Wohltat blieb aus und Ilse stand noch immer wortlos vor der Vorsteherin.

Schon wieder regte sich der alte Trotz, doch da war es, als ob Luzie sie traurig anblickte, als ob sie ihr mahnend zuriefe: »Nicht zurück! Geh mutig vorwärts!«

»Nun, Ilse?«, unterbrach Fräulein Raimar das minutenlange Schweigen.

Ilse machte eine vergebliche Anstrengung zu sprechen und brach in ein krampfhaftes Schluchzen aus. Abgebrochen und unverständlich kam es von ihren Lippen: »Ver-zei-hung!«

Fräulein Raimar war sehr empört über Ilses Betragen gewesen und hatte beschlossen, ihr eine gehörige Strafe zu erteilen. Als sie Ilse so zerknirscht und reuevoll vor sich stehen sah, wurde sie milder gestimmt. »Für diesmal«, sagte sie, »will ich dir vergeben. Ich sehe, dass du dich selbst mit Vorwürfen strafst und dass du zur vollen Erkenntnis deines Ungehorsams gekommen bist. Bessere dich! Beträgst du dich ein zweites Mal in ähnlicher Weise, würde ich die strengsten Maßregeln ergreifen, das heißt, ich würde dich zu deinen Eltern zurückschicken. Ich hoffe, du vergisst dich niemals wieder. Versprich mir das!«

Beinahe wollte Ilse alle guten Vorsätze vergessen und antworten: »Schicken lasse ich mich nicht! Dann gehe ich lieber gleich zu meinen Eltern«; da war es wieder Luzies warnendes Beispiel, das die böse Antwort von ihren Lippen scheuchte. Zögernd und noch immer schluchzend ergriff sie die dargebotene Hand der Vorsteherin. »Nie – wieder!«, stammelte sie.

Fräulein Raimar war von der Ehrlichkeit ihres Versprechens überzeugt und fühlte Mitleid mit der Reumütigen. »Nun geh und beruhige dich!«, sagte sie freundlich. »Wenn ich sehe, dass du dich besserst, wird der heutige Tag von mir vergessen sein.«

Als Ilse die Treppe zu ihrem Zimmer wieder hinaufstieg, fühlte sie sich leicht wie nie im Leben; niemals hatte sie eine ähnliche Empfindung gekannt. Es war das Bewusstsein, sich selbst überwunden zu haben.

Juli und August waren vorüber und man befand sich in den ersten Tagen des Septembers. Ilse lebte sich immer mehr im Pensionat ein und fühlte sich längst nicht mehr fremd. An vieles, das ihr anfangs unmöglich erschienen war, musste sie sich gewöhnen. Das frühe Aufstehen, das regelmäßige Arbeiten, Ordnung und Pünktlichkeit – schwer genug fand sie sich in diese Dinge ein und wer weiß, ob es ihr überhaupt je gelungen wäre, wenn ihr Nellie nicht wie ein guter Geist stets zur Seite gestanden hätte. Mit ihrer fröhlichen Laune half ihr die Freundin über manche Schwierigkeiten hinweg.

Über Ilses Fortschritte und Fähigkeiten herrschten unter ihren Lehrern und Lehrerinnen sehr verschiedene Ansichten. Dies trat in der letzten Konferenz recht deutlich zutage. Der Rechenlehrer und der Lehrer der Naturgeschichte behaupteten, dass Ilse ohne jede Begabung sei, dass sie weder Gedächtnis noch Lust am Lernen besitze. Andere waren vom Gegenteil überzeugt. Fräulein Güssow, die in Literatur, und Doktor Althoff, der Deutsch, Geschichte und französische Literatur unterrichtete, waren in jeder Beziehung mit Ilses Kenntnissen und ihren Fortschritten zufrieden. Professor Schneider lobte ganz besonders ihren Fleiß und ihre Ausdauer, die sie bei ihm entwickelte, und erklärte mit aller Entschiedenheit, wenn Ilse so fortfahre, würde sie es mit ihrer Begabung weit bringen; sie habe in den acht Wochen, in denen sie seine Schülerin sei, so große Fortschritte im Zeichnen gemacht wie nie eine andere zuvor.

Über dieses Lob geriet Monsieur Michael in Entzücken. Ja, voll lebhafter Freude rief er aus: »Bravo, Monsieur Schneider! So spreche auch ich; sie ist eine hochbegabte, eine entzückende, junge Mademoiselle.« Fräulein Raimar lächelte über den Ausbruch höchster Begeisterung und erkundigte sich nach Ilses Betragen.

Da kam dann leider manches Bedenkliche an den Tag. Einige Lehrer rügten besonders den Trotz, mit dem sie auch den geringsten Tadel aufnahm, und dass sie sogar öfters zu widersprechen wagte.

»Leider, leider ist es so«, bestätigte die Vorsteherin, »und ich habe nicht den Mut, zu glauben, dass wir sie ändern können. Ich fürchte sogar, dass uns ihr zügelloser Sinn eines Tages eine ähnliche Szene bereiten wird, wie wir sie bereits erlebten, und was geschieht dann?«

»Dann geben wir sie den Eltern zurück«, fiel Miss Lead lebhaft ein. »Ich glaube, dass es dahin kommen wird. Ilse ist nicht nur verzogen, sie ist – wie soll ich sagen – sehr bäurisch, sehr ungeschliffen, sie passt nicht in unser Pensionat.«

Doktor Althoff warf der Engländerin einen ironischen Blick zu, als wollte er sagen: Du mit deinen übertriebenen strengen Formen hast freilich kein Verständnis für das junge, frische Wesen mit seinem natürlichen Sinn. – »Ich glaube, Sie irren, meine Damen«, wandte er ein, »in unserer kleinen Ilse steckt ein tüchtiger Kern. Lassen Sie sie nur erst die raue Schale abstoßen und Sie werden sehen, in welch ein liebenswürdiges, natürliches Mädchen sich die ›bäurische und ungeschliffene Ilse‹ verwandeln wird!«

Miss Lead zuckte die Achseln und machte eine abweisende Miene. Fräulein Güssow dagegen sah Doktor Althoff dankbar an. »Ich bin ganz Ihrer Ansicht, Herr Doktor«, stimmte sie bei. »Wir müssen Geduld haben mit unserem wilden Vogel, der bis jetzt nur die Freiheit kannte. Mir scheint, dass wir schon viel erreicht haben, wenn wir daran denken, wie wenig Arbeitseifer Ilse mit in das Institut brachte und wie gewissenhaft und in manchen Fächern sogar sehr gut sie jetzt ihre Aufgaben ausführt.«

Fräulein Güssows Behauptung war durchaus berechtigt. Ilse zeigte sich weit strebsamer, das gute Beispiel der übrigen Mädchen spornte sie mächtig an. Anfangs war es ihr gleichgültig, ob man sie in die erste oder zweite Klasse brachte; als sie aber bemerkte, dass alle ihre Mitschülerinnen jünger waren als sie, erwachte ihr Ehrgeiz und zugleich ein großer Eifer, der sie antrieb, das Versäumte nachzuholen, zu lernen und zu arbeiten, um in die nächste Klasse aufzusteigen.

Ihre Aufsätze besserten sich, ihr letzter Aufsatz war sogar der beste in der Klasse. »Ein Spaziergang durch den Wald« hieß das gegebene Thema und sie löste ihre Aufgabe in anmutiger und lebendiger Weise. Doktor Althoff las ihren Aufsatz der Klasse vor, was als eine besondere Auszeichnung galt. Mitten im Lesen unterbrach er sich lachend. »Da ist Ihnen ein ganz abscheulicher Irrtum unterlaufen, Ilse«, sagte er; »denn ich kann mir nicht denken, dass Sie wirklich dachten, was Sie hier niederschrieben.« Und er trat zu ihr und zeigte ihr die verhängnisvolle Stelle, die lautete: »Ich war eine gans tüchtige Strecke allein gegangen.«

Ilse errötete, nahm schnell eine Feder und machte aus dem s ein z.

»Ein andermal sehen Sie sich besser vor. Solche Verwechslungen können höchst komisch wirken. Auch mit den Kommas, Punkten usw. rate ich Ihnen, weniger verschwenderisch umzugehen; oder haben Sie die Absicht, es wie jene junge Dame zu machen, die, sobald sie eine Seite zu Ende geschrieben hatte, ganz willkürlich die Zeichen hinsetzte, etwa zehn Kommas, sieben Ausrufungszeichen, fünf Fragezeichen und neun Punkte, wie es ihr gerade einfiel, manchmal mehr, manchmal weniger. Das gab dann zuweilen einen tollen Sinn, wie Sie sich denken können.«

Die Mädchen lachten und Ilse mit. Sie nahm jede Rüge dieses Lehrers ohne Empfindlichkeit auf, da er es verstand, stets den richtigen Ton zu treffen.

Wie schwärmten daher auch seine Schülerinnen für ihn! »Er ist furchtbar reizend!«, beteuerte Melanie und schlug den Blick schwärmerisch gen Himmel. »Das bezaubernde Lächeln um seinen Mund, das blitzende, geistvolle Auge, das schmale, vornehme Gesicht, das dunkle, lockige Haar! Wirklich der netteste Lehrer!«

Die neugierige Grete entdeckte sogar, dass Schwester Melanie in einem Medaillon ein Stückchen Papier mit seinem Namen trug. Es war eine Unterschrift von seiner Hand, die von einem früheren Aufsatz stammte. Flora Hopfstange besang den Gegenstand ihrer Verehrung in den überschwänglichsten Gedichten, auch war er der Held aller ihrer Novellen und Romane. Wie zufällig verlor sie zuweilen eines ihrer schwärmerischen Gedichte, natürlich nur in der Literaturstunde, aber leider vergeblich. Doktor Althoff fand niemals eine ihrer kostbaren Dichterblüten.

Selbst Orla teilte diese allgemeine Schwäche, obwohl sie vor den anderen darüber spottete. Sie verriet sich aber eines

Tages selbst, und das kam so: Doktor Althoff trug eine Nelke in der Hand, als er die Klasse betrat, und ließ sie auf dem Katheder liegen. Kaum hatte er das Zimmer verlassen, als fast alle Schülerinnen auf die rote Blume zustürzten, um sie für sich zu gewinnen. Orla eroberte sie glücklich. Hoch hielt sie ihre Siegestrophäe in die Luft und eilte damit auf ihr Zimmer. Sie ließ sich von einem Juwelier ein Medaillon mit einer eingravierten Inschrift anfertigen. Grete brachte das bald genug heraus, aber leider stand sie vor einem unlösbaren Rätsel, denn Orla würde ihr niemals anvertrauen, dass die beiden Worte ins Deutsche übertragen lauteten: »Vom Angebeteten«. – Orla trug die Nelke in dieser kostbaren goldenen Hülle immer bei sich.

Nellie trieb es am schlimmsten. Eines Abends, als sie mit Ilse allein auf ihrem Zimmer war, nahm sie ein Federmesser und ritzte damit den Anfangsbuchstaben seines Vornamens in ihren Oberarm. Mit spartanischem Mut ertrug sie die schmerzhafte Operation.

»Aber Nellie, wie albern bist du!«, rief Ilse. »Warum machst du diesen Unsinn? Wenn Herr Doktor Althoff eure Dummheiten erfährt, müsst ihr euch doch schämen!«

»Schweig«, gebot Nellie scherzhaft. »Du bist noch ein klein grüner Schnabel. Du verstehst nix von heimliche Anbetung. Komm erst in der Jahre und lerne begreifen! Dein Herz läuft noch in der Kinderschuhe.«

Ilse lachte herzlich. Ihrem gesunden, natürlichen Wesen lagen dergleichen Dinge fern. »Ach, Nellie«, rief sie fröhlich, »du sprichst so weise wie eine alte Großmama und bist doch nur zwei Jahre älter als ich.«

Nellie war aber keineswegs wie eine Großmama; oft sogar

konnte sie recht kindlich denken und handeln, wenn es darauf ankam, ein Ziel zu erreichen.

Eines Sonntags, es war gegen Abend, stand sie am offenen Fenster in ihrem Zimmer und blickte sehnsüchtig auf den Apfelbaum. Die Früchte lachten goldgelb und rotwangig und sehr verlockend zwischen dem dunklen Laub hindurch. »Die schöne Äpfel!«, rief sie aus. »Oh, ich möchte doch gleich einer davon! Er ist reif, Ilse, ich weiß, ich kenne dieser Baum genau. Ich habe jetzt so groß Lust, Apfel zu speisen, und darf ihn doch nur ansehen! Sehen und nicht essen – es ist hart!«

Ilse trat zu der Freundin. »Ja, die sind reif«, sagte sie und betrachtete die Äpfel mit Kennermiene; »wir haben dieselbe Sorte daheim, das sind Augustäpfel. In Moosdorf wäre ich gleich auf den Baum gestiegen um welche herunterzuholen. Aber hier – ach!«

Nellie horchte auf und blickte Ilse an, die mit wehmütigem Verlangen hinauf in die Krone sah. Plötzlich kam ihr ein guter Gedanke. »Du bist in den Baum gestiegen?«, fragte sie. »O Ilse, ich hab ein netter Einfall! Du steigst in den Baum und holst uns von der Äpfel.«

Ilses braune Augen leuchteten auf. »Wie gern würde ich das tun! Aber ich darf nicht. Denk nur, Nellie, wenn mich irgendjemand sieht!«

»Lass mich nur machen!«, meinte Nellie und machte ein höchst listiges Gesicht. »Heut Abend, wenn Fräulein Raimar und alles andre auf seines Ohr liegt, dann erheben wir uns wieder von unserem Lager und die mutige Ilse wird wie eine Katz leise aus die Fenster steigen und in der Baum klettern. Der liebe Mond steckt sein' Latern dazu an und leuchtet sie, dass sie die besten und großesten Äpfel finden kann. Und ich geb Acht, dass nix kommt; ich werde eine gute Spion sein.«

Ilse strahlte vor Wonne. »Das ist zu himmlisch!«, rief sie so laut, dass Nelli ihr die Finger auf den Mund legte. »Ich ziehe meine Bluse und den blauen Rock dazu an und steige hinauf in das grüne Blätterdach. Es ist himmlisch, Nellie!« Und sie ergriff die Freundin am Arm und tanzte mit ihr durch das Zimmer.

»Oh, du bist einer Engel, du kluge Ilse! Wenn wir nur erst Nacht hätten!«

Ilse stand schon wieder am Fenster und warf prüfende Blicke in den Baum. »Siehst du, auf diesen Zweig steige ich zuerst«, sagte sie aufgeregt, »und dann auf den dort – es hängen drei herrliche Äpfel daran – die pflücke ich und werfe sie dir zu. Von dort geht es höher hinauf bis an Melanies und Orlas Stubenfenster – sie lassen es immer offen stehen des Nachts – dann stecke ich den Kopf hinein und rufe: Gute Nacht!«

»Ilse«, rief Nellie entsetzt, »du darfst der Unsinn nicht tun! Gib dein' Hand darauf!«

»Es war nur Scherz«, entgegnete Ilse. »Sei ohne Sorge, Nellie, ich werde ganz artig und still sein, niemand soll von unserem lustigen Abenteuer erfahren.«

Die Zeit verging den beiden Mädchen wie mit Schneckenpost. Ilse, die sich nicht verstellen konnte, war während des Abendessens besonders lustig und angeregt. »Du siehst so unternehmend und fröhlich aus«, bemerkte Fräulein Güssow, »hast du eine gute Nachricht von daheim erhalten?«

Ilse wurde rot und fühlte sich wie ertappt. Zum Glück für sie schöpfte die Lehrerin keinen Verdacht und beachtete sie nicht weiter, sonst wäre ihr vielleicht doch die verräterische Röte aufgefallen.

Endlich war alles still im Haus. Die Runde durch sämtliche Schlafgemächer war gemacht und Fräulein Güssow hatte sich bereits in ihr Zimmer zurückgezogen.

»Jetzt ist der große Augenblick gekommen«, wandte sich Nellie mit feierlicher Gebärde an Ilse und streckte die Hand aus. »Erheben Sie sich, mein Fräulein, und gehen Sie an das große Werk.«

Ilse war so aufgeregt, dass sie gar nicht bemerkte, wie komisch Nellie aussah, als sie in ihrem langen Nachtgewand, den Arm weit ausgestreckt, vor ihr stand. Eilig erhob sie sich und begann sich anzukleiden. Das war bald geschehen, da das Blusenkleid und was sie sonst noch benötigte, schon bereitlag.

Gegen die Stiefel erhob Nellie Einspruch. »Sie sind zu unschicklich, zu plump; du machst eine so laute Schritt, dass alles aufwacht.«

Ilse achtete nicht auf die Warnung. Sie zog die Stiefel an und schlich auf den Zehen zum Fenster hin. »Gib mir das Körbchen!«, bat sie.

Nellie hängte ihr einen kleinen Bastkorb um den Hals. »So, nun bist du reisefertig, mach dein Sach brav, mein Kind!«, flüsterte sie und küsste Ilse auf die Wange.

Ilse hörte nichts mehr. Mit einem Sprung schwang sie sich auf das Fensterbrett und von dort stieg sie in den Baum.

Ängstlich blickte ihr Nellie nach. Aber sie brauchte nicht besorgt zu sein. Ilse kletterte gewandt wie ein Eichkätzchen trotz ihrer schweren Stiefel.

Als sie die drei bewussten Äpfel erreichen konnte, brach

sie die leuchtenden Früchte ab und warf sie Nellie zu. »Da hast du eine Probe«, rief sie übermütig, »damit dir die Zeit nicht lang wird, bis ich wiederkomme!«

Die Früchte kollerten zu Nellies Entsetzen bis an das Ende des Zimmers.

»Oh, was tust du!«, flüsterte sie und erhob drohend die Finger. »Die Köchin schläft unter diesem Zimmer; soll sie von der Lärm aufwachen?«

»Barbara schläft fest, ich höre sie draußen schnarchen«, gab Ilse zurück. »Wir können ganz ohne Sorge sein, alles schläft, alles ist still und dunkel. Nun lebe wohl, Nellie, jetzt trete ich meine Reise an! Ach, es ist köstlich hier!«

Nellie wurde plötzlich ängstlich. »Ich zittere für dir«, sprach sie mit bebenden Lippen, »komm wieder her, es könnte ein Unglück sein.«

Ilse lachte in sich hinein und stieg keck höher und höher. Sie war so recht in ihrem Element und frei wie der Vogel in der Luft regte sie ihre Schwingen.

Bald erreichte sie ein Astende. Der Mond schien voll und klar und zeigte ihr jeden Tritt, den sie tun musste. Als sie in gleicher Höhe mit Orlas und der Schwestern Schlafzimmer war, konnte sie der Versuchung nicht widerstehen, einen Blick in das Fenster zu tun. Vorsichtig und behende balancierte sie auf dem Ast und sah hinein.

Einen Augenblick regte sich der Übermut in Ilse. Ob sie den schlafenden Mädchen einen Schabernack spielen sollte? »Nur einmal gegen die Fensterscheibe klopfen«, dachte sie. Schon streckte sie den Finger dazu aus, da bewegte sich Orla im Schlaf. Unwillkürlich fuhr Ilse zurück und ihr toller Einfall blieb unausgeführt. Es hingen so viele schöne Äpfel rechts und links und überall; mit geringer Mühe konnte sie in wenigen Augenblicken ihr Körbchen füllen. Aber dazu verspürte sie keine Lust, immer höher hinauf strebte ihr Verlangen; sie hatte nun einmal die Freiheit gekostet und wollte sie so schnell nicht wieder aufgeben. Die Krone des Baumes war ihr Ziel, wohl eine beschwerliche Kletterei, aber sie schreckte nicht davor zurück.

Nellie wurde auf ihrem Lauscherposten recht ängstlich, es dünkte ihr eine Ewigkeit, seit Ilse sie verlassen hatte. »Ilse!«, rief sie leise.

Es erfolgte keine Antwort. Ihr Ruf konnte Ilse nicht mehr erreichen, die hoch oben in der Krone des Baumes stand und die erfrischende Nachtluft mit vollen Zügen einsog. Wie fühlte sie sich glückselig, wie frei, wie heimatlich wurde es ihr zumute! Der Garten gehörte dem Vater, der Baum stand vor seinem Fenster; es war der alte Nußbaum, in dessen grünem Laubwerk sie so manchmal mit Papa Verstecken gespielt hatte. Und wenn der gute Vater seine Ilse bereits überall vergeblich gesucht hatte, antwortete sie ihm plötzlich mit einem kräftigen »Juchhe« aus ihrer luftigen Höhe. »Juchhe!«, brach es plötzlich laut aus ihrer Kehle, dass es weithin durch den Garten schallte.

Im selben Augenblick erwachte sie aus ihrem Traum und fuhr erschrocken mit der Hand nach dem Mund. Was hatte sie getan! Aber die Reue kam zu spät. Vor allem musste sie an den schnellsten Rückzug denken, denn ihr unüberlegter Ruf war im Hause vernommen worden.

Melanie war erwacht und richtete sich entsetzt im Bett auf. »Grete«, rief sie mit bebenden Lippen, »hast du gehört?«

»Ja«, tönte es gedämpft zurück. »Melanie, ich fürchte mich

so!« Grete zog sich die Decke über den Kopf und erwartete mit zitternder Angst ihr Schicksal.

Auch Orla erwachte. »Was war das?«, fragte sie. »Woher kam der laute Schrei? Mir war es, als ertönte er dicht vor meinem Bett.«

»Allmächtiger Gott!«, schrie Melanie aus. »Siehst du nichts? Oh, ich habe etwas furchtbar Schreckliches gesehen! Eben dort, dicht an dem Fenster, flog es vorüber. Ein Gespenst war es, mit fliegenden Haaren und großen, glühenden Augen. Hu, wie es mich ansah, als ob es mich verschlingen wollte! O Orla, ein Gespenst, ein Gespenst!«

Sie klapperte mit den Zähnen vor Furcht und Schrecken und Orla, die nichts sah, sondern nur ein lautes Knacken im Baum vernahm, sprang mutig aus ihrem Bett, schlug die Steppdecke über die Schultern und blickte zum Fenster hinaus.

Ilse kehrte eben von ihrem tollen Ausflug zurück. In rasender Hast und Angst war sie von der Höhe des Baumes vor ihrem Zimmerfenster angelangt. Nellie nahm Ilse, die am ganzen Körper zitterte, schnell das Körbchen aus den blutig geritzten Händen und warf die wenigen Äpfel, die nicht herausgefallen waren, in ihr Bett. Das Körbchen stellte sie in größter Eile hinter den Schrank und legte sich nieder.

Ilse sprang ohne sich zu entkleiden mit Stiefeln und Blusenkleid in ihr Bett und deckte sich bis an das Kinn zu. Sie schloss die Augen in angstvoller Erwartung eines furchtbaren Strafgerichtes.

Bei dem trügerischen Licht des Mondes konnte Orla nicht genau erkennen, was geschah. Sie sah wohl eine Gestalt, sah ein Paar weiße Arme, die ihr unheimlich lang erschienen, aber nur einen flüchtigen Augenblick, dann war die ganze Erscheinung lautlos und still wie im Nebel verschwunden. Sie lauschte noch einige Augenblicke atemlos, aber der Spuk war vorbei, nichts rührte sich. Trotz ihres Mutes war es ihr recht unheimlich.

»Nun«, fragte Melanie, »sahst du etwas?«

»Ja«, entgegnete Orla, »ich sah deutlich eine Gestalt und ich könnte darauf schwören, dass sie von zwei langen, weißen Armen in Nellies Zimmer gezogen wurde.«

»Liebe, liebe Orla«, bat Melanie inständig und mit gerungenen Händen, »wecke die Leute! Wenn das Gespenst noch einmal erscheint, sterbe ich vor Angst.« Orla ergriff die Klingelschnur, die sich dicht neben ihrem Bett befand, und läutete. Laut und schrill wie eine Sturmglocke tönte es durch die Stille der Nacht. Nellie und Ilse zitterten, als hörten sie ihr Sterbeglöcklein.

Wie mit einem Zauberschlag wurde es im Hause lebendig. Die Fenster, die eben noch dunkel und wie träumend in den Garten geblickt hatten, erhellten sich. Türen wurden geöffnet, Stimmen ertönten.

Die Vorsteherin trat im Schlafrock aus ihrem Zimmer. Fast gleichzeitig erschien Fräulein Güssow.

Als beide über den Gang eilten, schoss Miss Lead aus ihrer Zimmertür; ängstlich fragend blickte sie die Damen an. Sie war keine Heldin, die gute Miss Lead; der Glockenschall war ihr in alle Glieder gefahren. In nervöser Hast hatte sie einen schottischen Plaid ergriffen und ihn wie einen Mantel um ihre Gestalt drapiert. Ihr spärliches Haar, das sie jeden Abend eine gute Viertelstunde kämmte und bürstete, hing gelöst auf ihre Schultern herab.

Sie bot in diesem abenteuerlichen Aufzug einen recht komischen Anblick und die Vorsteherin riet ihr ernstlich sich niederzulegen. Aber Miss Lead wies dieses Ansinnen lebhaft zurück. »Nein, nein!« Und sie hing sich so fest an Fräulein Güssows Arm, als suche sie bei ihr Schutz und Beistand.

Auch mehrere Schülerinnen waren von dem ungewohnten Lärm erwacht und aufgestanden. Angstvoll stürzten sie aus ihren Zimmern und folgten den Lehrerinnen dicht auf dem Fuß.

Orla hörte Stimmen im Flur und öffnete die Tür.

»Ist dir oder den Schwestern etwas geschehen?«, fragte Fräulein Raimar, schnell in das Zimmer tretend.

Statt Orla antwortete Melanie. »Etwas furchtbar Schreckliches haben wir erlebt!«, rief sie. »Ein furchtbares Gespenst haben wir gesehen!«

»Du hast geträumt«, sagte die Vorsteherin, »es gibt keine Gespenster.«

»Ich sah es mit offenen Augen, Fräulein Raimar«, entgegnete Melanie mit voller Überzeugung. »Erst erwachten wir alle drei von einem furchtbar lauten Schrei, nicht wahr, Orla? Gleich darauf sauste das Gespenst hier ganz dicht am Fenster vorüber.«

»Es war vielleicht ein Spitzbube, der sich Äpfel holen wollte«, beruhigte die Vorsteherin. »Hast du auch etwas gesehen, Orla?«

»Ja«, sagte Orla. »Ich sah zum Fenster hinaus und da schien es mir, als ob etwas in Nellies Zimmer verschwand.«

Die Pensionärinnen, sogar Miss Lead, drängten sich im dichten Knäuel ängstlich um Fräulein Raimar. Gespenster – Spitzbuben! Das war ja fürchterlich. So schauerliche Dinge hatte man noch niemals im Pensionat erlebt. Flora zitterte vor Furcht und Erregung; aber sie fand dieses Erlebnis höchst romantisch. Sie nahm sich vor, es in ihrem nächsten Roman zu verwerten. Kaum hörte Fräulein Güssow, dass der Spuk in Nellies Zimmer verschwunden sein sollte, als sie still die Treppe hinunterstieg und sich zu den beiden Mädchen begab. Sie öffnete die Tür und leuchtete in das Zimmer. Ihr prüfender Blick konnte nichts Verdächtiges entdecken. Die Fenster waren geschlossen und Ilse schien fest zu schlafen.

Nellie richtete sich im Bett auf und schien bei dem Anblick der Lehrerin sehr erstaunt. »Oh, was gibt es?«, fragte sie. »Warum ist der Glocke gezogen? Ich habe mir so erschreckt!«

»Es soll bei euch jemand in das Fenster gestiegen sein«, antwortete Fräulein Raimar, die mit den Übrigen Fräulein Güssow gefolgt war.

Nellie stockte der Atem vor Angst. Was soll sie beginnen? Die Wahrheit gestehen? Unmöglich! Es wäre zugleich Ilses und ihre Entlassung aus dem Institut gewesen. Und lügen? Dazu war sie nicht imstande. Entsetzt blickte sie die Vorsteherin an und gab keine Antwort.

Fräulein Raimar deutete Nellies stummes Entsetzen anders und sah es als eine Folge des plötzlichen Schreckens an. »Nun, nun«, beruhigte sie, »du darfst dich nicht weiter ängstigen. Orla und die Schwestern wollen durchaus einen lauten Schrei gehört haben und Orla behauptet fest, es sei ein Gespenst vor ihrem Zimmer vorbeigeflogen und hier bei euch verschwunden.«

»Oh, ein Gespenst! Wie furchtbar!«, wiederholten Nellies zitternde Lippen und ihr blasses Gesicht, die Angst, die sich in ihren Augen malte, erweckten Mitleid in Fräulein Raimars Herzen.

»Beruhige dich!«, sagte sie. »Die Mädchen haben geträumt und mit ihren Einbildungen das ganze Haus in Aufruhr gebracht. – Ich denke, wir legen uns wieder nieder«, wandte sie sich zu Fräulein Güssow; »es ist das beste Mittel, die erregten Gemüter zur Ruhe zu bringen.«

Die Lehrerin wandte sich zur Tür, als ihr Blick auf die fest schlafende Ilse fiel. Sie trat an das Bett und beugte sich leicht darüber. »Ist Ilse von dem Lärm nicht erwacht?«, fragte sie erstaunt.

Mit zitternder Spannung verfolgte Nellie jede Bewegung der Vorsteherin. Wenn sie sich ein wenig zur Seite wandte, wenn ihr Blick das Fußende des Bettes streifte, dann waren sie verloren. Unter der Bettdecke – o Entsetzen! – sah eine Spitze von Ilses fürchterlichem Stiefel vor.

»Sie hat immer so ein festen Schlaf«, brachte Nellie mühsam hervor und plötzlich, im Augenblick der höchsten Not, kehrte ihre Geistesgegenwart zurück. »Bitte, bitte, Fräulein Güssow«, sagte sie und erhob flehend die Hände, »sehen Sie unter meines Bett, ob kein Gespenst daliegt!«

Sofort lenkte sie die Aufmerksamkeit aller Anwesenden auf Nellie und die Angeredete nahm wirklich das Licht und leuchtete unter das Bett.

Fräulein Raimar schüttelte unwillig den Kopf. »Sei nicht kindisch, Nellie!«, tadelte sie. »Du wirst in deinem Alter doch wahrlich nicht mehr an Spukgeschichten glauben!« Und Miss Lead, die mit den Pensionärinnen vor der Tür stand, trat zu ihrer Landsmännin und schalt sie wegen ihrer Furchtsamkeit.

Kaum erblickte Nellie die sonderbar gekleidete Gestalt, als sie in lautes Gelächter ausbrach. »O Miss Lead«, rief sie, »Sie haben das Aussehen wie eine Räuberhauptmann! Seien Sie nicht böse, aber ich muss lachen!« Die übrigen Mädchen stimmten fröhlich in das Gelächter ein. Bis jetzt hatte niemand auf die englische Lehrerin geachtet.

Miss Lead wurde hochrot vor Ärger und die Vorsteherin gab Nellie einen ernsten Verweis über ihr unartiges Benehmen. Man vergaß darüber die Gespenstergeschichte und Ilse wurde nicht weiter beachtet.

Oder doch? Fräulein Güssow entfernte sich, mit dem Licht in der Hand, sehr schnell aus der Tür; hatte sie vielleicht die unselige Stiefelspitze entdeckt? »Wir wollen Ilses Ruhe nicht stören«, sagte sie. »Warum soll die Ärmste auch noch geweckt werden?«

»Sie haben Recht, wir wollen sie nicht stören. Ihr Schlaf ist wirklich bewundernswert. Melanies Gespenst war sicherlich nichts weiter als eine Katze, die im Baum einem Vogel nachjagte. Ihr könnt ganz ohne Sorge sein, zum zweitenmal wird es nicht wiederkehren.« Damit erreichte der nächtliche Spuk sein Ende. In kurzer Zeit lag alles wieder in tiefstem Schlaf. Melanie ließ die Lampe brennen; um keinen Preis wäre sie im Dunkeln geblieben.

Als sich Nellie überzeugt hatte, dass alles wieder still im Hause war, kehrte mit dem Gefühl der Sicherheit die frohe Laune wieder. Sie suchte die Äpfel unter der Bettdecke hervor und fing an, zu essen, als ob nichts vorgefallen wäre.

»Was machst du denn?«, fragte Ilse, als sie das knirschende Geräusch hörte. Sie wagte es noch immer nicht, sich zu rühren, und lag in Schweiß gebadet. »Ich speise Äpfel«, entgegnete Nellie sorglos.

»Aber Nellie, wie kannst du das nur!«, rief Ilse entrüstet. »Ich zittere noch an allen Gliedern, mein Herz schlägt wie ein

Hammer – und du kannst essen! Wirf die Äpfel fort! Sie gehören nicht uns! Ach Nellie, ich ärgere mich über meinen dummen Streich!«

»O was«, sagte Nellie, ruhig weiteressend, »man muss tun, als ob man zu Hause ist! Gräm dir nicht mit unnütze Gedanke! Zieh dir lieber aus und pack deine Sache fort in deine Koffer! Du kannst ruhig schlafen, mein Darling, morgen weiß kein Seel von unser lustiges Abenteuer und du wirst sehr klug sein, liebe Ilschen, und schweigen.«

Die Tage wurden kürzer. Der Oktoberwind fuhr sausend durch die Bäume und trieb sein lustiges Spiel mit den trockenen gelben Blättern. Der Garten des Instituts lag öde und verlassen, die Mädchen waren nun auch in ihrer Freizeit auf ihre Zimmer angewiesen.

Flora saß an einem Sonntagnachmittag bei Ilse und Nellie und wollte ihnen ihre neueste Novelle vorlesen, da wurde sie durch Melanies hastiges Eintreten unterbrochen. »Kinder«, rief Melanie aufgeregt, »es ist etwas furchtbar Interessantes geschehen! Denkt euch, eben ist eine sehr elegante Dame mit einem reizenden kleinen Mädchen vorgefahren. Fräulein Raimar empfing sie schon an der Tür und Orla hörte deutlich, wie sie sagte: ›Sie bringen das Kind selbst, gnädige Frau?‹ – Es bleibt also hier im Pensionat und wir haben nichts davon gewusst. Warum wird nur die ganze Geschichte so furchtbar geheimnisvoll gemacht? Wir haben doch stets gewusst, wenn eine neue Pensionärin ankam!«

Die Mädchen horchten erstaunt auf. Welch eine Bewandtnis hatte es mit dem kleinen Mädchen, das so plötzlich hereingeschneit kam?

»Oh, welch eine klassische Geschichte!«, rief Nellie. »Kommt, wir wollen gleich die fremde Frau mit ihres Kind uns ansehen!«

Alle eilten die Treppe hinunter, Nellie den andern immer voran; sie musste die Erste sein, die die Angekommenen in Augenschein nahm.

Es war aber gar nichts zu sehen, denn vorläufig blieben die Fremden in Fräulein Raimars Zimmer. Doch hielt der Wagen noch auf der Straße und Nellie schloss daraus, dass die Dame sich nicht allzu lange aufhalten werde. »Sehen müssen wir ihr!«, sagte Nellie. »Kommt, wir stellen uns an der großen Glastür am Speisesaal und warten, bis sie kommt!«

Als sie dort eintrafen, fanden sie bereits die Tür belagert. Es gab noch andere Neugierige im Mädchenpensionat.

Die Geduld der Mädchen wurde auf eine harte Probe gestellt; wohl eine gute halbe Stunde mussten sie noch warten, ehe der Besuch erschien. Langsam und lebhaft sprechend ging die fremde Dame mit der Vorsteherin an den Lauschenden vorüber. Zum Glück war es bereits dämmrig und die beiden waren so sehr in ihre Unterhaltung vertieft, dass sie nicht auf die vielen Mädchenköpfe hinter der Glastür achteten.

»Oh, wie sie hübsch ist!«, bemerkte Nellie halblaut. »Sei doch still, Nellie!«, gebot Orla, die das Ohr dicht an die Tür hielt, um einige Worte zu erlauschen. »Was sagt sie?«, fragte Flora. »Ich glaube, sie spricht französisch.«

»Nein. Italienisch«, behauptete Melanie, die seit einigen Tagen italienische Stunden nahm.

»Sie spricht deutsch«, erklärte Grete. »Eben sagte sie: ›Meine kleine Lilli‹.«

»Was du nur gehört hast!«, ereiferte sich Orla. »Sie spricht englisch.«

»Oh, eine Landsmann von mir!«, rief Nellie erfreut.

In diesem Augenblick kam von der andern Seite des Ganges Rosi Möller. Erstaunt sah sie auf die Belagerung der Glastür. Die Mädchen mussten zurücktreten um sie einzulassen. »Wie könnt ihr euch nur so kindisch benehmen!«, rügte sie sanft und vorwurfsvoll. »Ich begreife eure Neugierde nicht.«

»Du bist auch unsere ›Artige‹!«, meinte Grete.

Rosi überhörte diese vorlaute Bemerkung. »Kommt, setzen wir uns an die Tafel mit unserer Handarbeit!«, fuhr sie fort, als das Licht angezündet war. »Wir haben die Erzählung von Gottfried Keller noch nicht zu Ende gehört. Willst du heute vorlesen, Orla?«

Aber es kam nicht dazu. Gerade als sich Orla zum Vorlesen zurechtsetzte, trat Fräulein Güssow mit der kleinen Lilli an der Hand ein.

Sofort sprangen die Mädchen von ihren Plätzen auf und umringten sie.

»Sieh, Lilli«, sagte die junge Lehrerin, »nun kannst du gleich deine zukünftigen Freundinnen kennen lernen!«

Die Kleine schüttelte den Kopf. »Die Madel sind schon so groß«, antwortete sie unbefangen in ihrem Wiener Dialekt, »die können doch net meine Freundinnen sein!«

Nellie fand gleich einen Ausweg, sie kniete neben dem kleinen Mädchen nieder und sagte: »Jetzt bin ich ein klein Madel wie du und kannst mit mich spielen.«

Lilli lachte. »Nein, du bist groß«, sagte sie, »aber du gefallst mir. – Und auch du«, wandte sie sich zu Ilse, die neben Nellie stand. »Du hast so schöne Lockerln wie ich. Weißt, du sollst meine Freundin sein, mit dir will ich spielen.« Sie ergriff Ilses Hand und sah sie treuherzig an.

Ilse, gerührt von der Zutraulichkeit des anmutigen Kindes, kniete neben ihm nieder und schloss es in die Arme.

Die Mädchen waren ohne Ausnahme von der Kleinen bezaubert. Lange blonde Locken fielen ihr über die Schultern herab und bildeten einen sonderbaren Gegensatz zu den schwarzen Augen mit den fein geschnittenen, dunklen Augenbrauen. Sie trug ein sehr hübsches, weißes Kleidchen, das Hals und Arme frei ließ. Fräulein Raimar war unbemerkt hereingekommen. Nun trat sie in den Kreis und nahm Lilli bei der Hand. »Komm«, sagte sie, »du sollst erst umgekleidet werden! Du könntest dich in dem leichten Kleid erkälten.«

»Bitt schön, lass mich hier, Fräulein!«, bat das Kind. »Ich hab gar net kalt. Schau, ich geh immer so! Die Mädel sind so lieb; es gefallt mir hier.«

Fräulein Raimar ließ sich nicht erweichen. »Komm nur, Kind!«, sagte sie freundlich. »Du wirst die Mädchen alle beim Abendessen wiedersehen.«

Die abgeschlagene Bitte verstimmte Lilli nicht. »Lass Ilse mit mir gehen, Fräulein!«, bat sie.

Dieser Wunsch wurde ihr erfüllt und Ilse verließ mit dem Kind das Zimmer. Die Vorsteherin wandte sich ernst und mahnend an ihre Zöglinge. »Ich bitte euch, Lilli nicht zu viele Schmeicheleien zu sagen. Wollt ihr sie eitel und oberflächlich machen? Sie ist ein sehr schönes Kind und wird bereits manche Äußerung hierüber gehört haben; es gibt ja unvernünftige Leute genug. Wir wollen nicht in diesen Fehler verfallen. – Lilli bleibt bei uns. Ich erwähnte bisher nichts darüber, weil ihr Eintritt in unser Pensionat noch nicht fest beschlossen war.«

»Wo wohnen Lillis Eltern?«, fragte Flora.

»In Wien«, entgegnete das Fräulein. »Der Vater ist tot und die Mutter eine gefeierte Burgtheater-Schauspielerin. Sie kann sich in ihrem Beruf wenig um die Erziehung ihres Kindes kümmern und daher kommt die kleine Lilli zu uns.«

Lilli erhielt ihren Tischplatz zwischen der Vorsteherin und Ilse. Während der Mahlzeit belustigte sie die ganze Tischrunde. Sie plauderte unbefangen und war weder schüchtern noch ängstlich. »Das macht«, bemerkte Flora, »weil sie unter Künstlern groß geworden ist.«

»Du, Fräulein, gib mir noch a Kipferl, bitt schön! Ich hab so großen Hunger«, rief Lilli unbefangen. Und als Fräulein Güssow fragte, welches ihre Lieblingsgerichte seien, meinte sie: »Wiener Würstel.«

»Aber eine Mehlspeis wirst du wohl lieber essen?«

»O nein, Mehlspeis ess i gar net gern! Aber a großes Stückerl Rindfleisch mit Gemüs, das mag i.«

Alles lachte. Selbst die Vorsteherin stimmte mit ein. Wer wollte auch nicht mit Vergnügen dem Geplauder der Kleinen zuhören!

Mit Lilli war ein anderes Leben in die Pension gekommen. Alles drehte sich um sie, jeder wollte ihr Freude machen. Die Mädchen vermieden ihr Schmeicheleien zu sagen, aber alle umwarben und umsorgten sie zärtlich. Flora geriet jedes Mal in Verzückung, wenn ihnen Lilli ein kleines Volkslied vortrug, prophezeite ihr eine große Zukunft und schwur darauf, dass sie einst mit ihrer vollen, weichen Stimme ein Stern am Theaterhimmel sein würde.

Voll und weich war die Stimme zwar nicht, Flora blickte wieder einmal durch ihre romantische Brille.

»Sie ist furchtbar süß!«, lispelte Melanie, als Lilli zum ersten Mal »Kommt a Vogerl geflogen« vortrug. »Sieh nur, Flora, wie melancholisch sie die Augen in die Ferne richtet!«

»Ja, melancholisch«, wiederholte Flora langsam und feierlich, »du hast Recht. Weißt du, Melanie, es liegt so etwas Geheimnisvolles, Traumverlorenes in ihren samtnen dunklen Mignonaugen, so etwas, das sagen möchte: ›Du hässliche Welt, ich passe nicht für dich!‹«

»Denn es kümmert sich ka Katzerl – ka Hunderl um mi«, schloss ihr Liedchen.

»O wie reizend!«, rief Nellie und klatschte in die Hände.

»Wie kann man diese Worte reizend finden!«, rief Flora entrüstet. »Traurig – düster, das ist der rechte Ausdruck dafür. Ein einsames, verlassenes Herz hat sie empfunden; welche Folterqualen mag es dabei erlitten haben!«

Weihnachten rückte heran und fleißig rührten sich alle Hände.

Es wurde genäht, gestickt, gezeichnet; Klavierstücke wurden eingeübt, um Eltern und Angehörige liebevoll zu überraschen.

»Was willst du deinen Eltern geben?«, fragte Nellie, die eifrig dabei war, mit viel Talent eine Kreidezeichnung zu vollenden. Sie sollte ein Geschenk für den Onkel in London werden, der sie im Institut ausbilden ließ.

»Ich habe noch nicht darüber nachgedacht«, entgegnete Ilse. »Meinst du, Nellie«, fügte sie nach einigem Nachdenken hinzu, »dass die Blumen, die ich jetzt zeichne, Papa Freude machen würden?«

»Oh, sicher! Aber du musst sehr fleißig sein, mein klein Ilschen, sonst wird die liebe Christfest kommen und du bist noch lange nicht fertig. – Und was willst du deiner Mutter geben?«, fragte Nellie.

»Meiner Mama?« Ilse dehnte ihre Frage in die Länge. »Ich werde ihr etwas kaufen«, sagte sie dann obenhin.

Nellie war mit dieser Antwort nicht zufrieden. »Kaufen, das macht keine Freude«, tadelte sie. «Warum wollen deine Finger faul sein?«

»Nellie hat Recht«, mischte sich Rosi in das Gespräch, die neben Ilse saß und an einer Tischdecke arbeitete. »Deine Mutter wird wenig Freude an einem gekauften Gegenstand haben.«

»Ich bin zu ungeschickt«, gestand Ilse offen.

»Wir werden dir helfen und dir alles gern zeigen«, versprach Rosi. »Du kannst ein kleines Nähkörbchen wie Annemie arbeiten, ich weiß bestimmt, es wird dir gelingen.«

Und es gelang wirklich, sogar weit besser, als Ilse es sich selbst zugetraut hatte. Sie freute sich wie ein Kind, als das Körbchen so wohlgelungen in acht Tagen fix und fertig vor ihr stand. »Es sind noch vierzehn Tage bis Weihnachten«, sagte Rosi, »und ich möchte noch etwas arbeiten, für Fräulein Güssow und Fräulein Raimar.«

»Und für meine Lori, bitt schön, meine gute Ilse!«, bettelte Lilli, die gewöhnlich an den Mittwochnachmittagen im Arbeitssaal zugegen war und dann ihren Platz dicht bei Ilse wählte. »Meine Lori muss a neues Kleiderl haben«, fuhr Lilli fort und hielt ihre Puppe in die Höhe. »Bescher ihr eins zum heil'gen Christ! Schau, das alte is schon hin!« Natürlich versprach Ilse, ihr diesen Herzenswunsch zu erfüllen.

»Ich habe einen famosen Einfall!«, rief Ilse am Abend, als

sie mit Nellie allein war. Famos war seit kurzer Zeit Modewort im Institut. »Ich kaufe für Lilli eine neue Puppe und kleide sie selbst an. Was meinst du dazu?«

»Oh, das ist wirklich ein famos Gedanke«, entgegnete Nellie. »Aber, lieb Kind, hast du auch an der viele Geld gedacht, die so ein Puppe mit ihren Siebensachen kostet? Wie stehts mit dein Kasse?«

»Oh, ich habe sehr viel Geld!«, versicherte Ilse ganz bestimmt. Und sie nahm ihre Geldtasche aus der Kommode und zählte ihre Schätze.

»Zwölf Mark«, sagte sie, »das ist mehr, als ich brauche, nicht wahr?«

»Sie sind ein sehr schlecht' Rechenmeister, mein Fräulein, ich mein, sie reichen lang nicht aus.«

Ilse sah ihre Freundin zweifelnd an. »Zwölf Mark ist doch furchtbar viel Geld!«

»Reicht lang nicht«, wiederholte Nellie unerbittlich. »Hör zu, ich will dir vorrechnen:

1. Ein Nähtischchen für Fräulein Raimar macht vier Mark.

2. Ein Arbeitstaschen für Fräulein Güssow macht drei Mark.

3. Eine schöne Geschenk für die liebe Nellie und all die andren jungen Freundinnen macht – sehr viele Mark.

Wo willst du Geld zu Puppen nehmen?«

»Ach«, fiel ihr Ilse ins Wort, »und unser Kutscher daheim und seine drei Kinder, daran habe ich noch gar nicht gedacht!« Sie machte ein recht betrübtes Gesicht.

Sie überlegte einige Augenblicke, dann leuchteten plötzlich ihre Augen freudig auf. »Halt«, rief sie aus, »ich weiß etwas! Heute Abend schreibe ich an Papa und bitte ihn, mir

Geld zu schicken. Er tut es, ich weiß es ganz bestimmt. Vater ist so gut!«

»Und dein Mutter?«, fragte Nellie, »ist sie nicht auch ein sehr gütige Frau? Wie macht sie dich immer Freude mit die viel schönen Sachen, die sie an dir schickt! – Freust du dir sehr auf Weihnachten? Ja? Es ist doch schön, die lieben Eltern wiederzusehen.«

Ilse zögerte mit der Antwort. Sie erinnerte sich, wie sie im Sommer ihrem Vater entschieden erklärt hatte, zum Christfest nicht nach Hause kommen zu wollen. Ihre Einstellung war die gleiche geblieben, denn sie konnte den Groll gegen die Mutter nicht überwinden. Sie war sich selbst darüber im Klaren und gestand es sich in ihrem Inneren heimlich ein, wie nötig für ihr Wissen und ihre Ausbildung der Aufenthalt in der Pension war, doch hielt sie immer noch an dem Gedanken fest: »Sie hat mich fortgeschickt.«

»Ich werde hier bleiben!«, sagte sie; »ich will das Weihnachtsfest mit euch verleben!«

»Das ist famos!«, rief Nellie entzückt. »Ich freue mir furchtbar, dass du nicht fortreisen willst! All unsre Freunde reisen auch nicht und es ist so schön hier, die heilige Christ. Alles bekommt eine große Kiste von Haus, mit allen Bescherung und Schokolad und Marzipan. Und die Christabend wird jede Kiste aufgenagelt und ich helfe auspacken, der einen und der andren.«

»Erhältst du keine Kiste?«, fragte Ilse.

»Du weißt, ich hab kein Eltern! Wer sollte mich beschenken?«

»Gar nichts bekommst du?« Ilse begriff es nicht.

»Zu Neujahr schenkt mein Onkel für mir Geld; da kaufe ich mir, was ich notwendig habe.«

Ilse sah die Freundin schweigend an. Am Abend aber schrieb sie einen langen Brief nach Hause, in dem sie zuerst ihren Entschluss mitteilte, dass sie die Weihnachtstage mit den Freundinnen feiern wollte. Dann schilderte sie ihrem Vater mit vielen zärtlichen Schmeicheleien ihren Geldmangel und zuletzt gedachte sie mit warmen Worten Nellies. »Noch eine dringende Bitte habe ich zum Schluss«, fuhr sie in ihrem Brief fort, »an dich, Mama«, wollte sie schreiben, aber sie besann sich und schrieb: »an euch, liebe Eltern.

Meine Freundin Nellie ist die Einzige in der ganzen Schule, die keine Weihnachtskiste erhalten wird. Sie ist eine Waise und steht ganz allein in der Welt. Ihr Onkel in London lässt sie als Erzieherin ausbilden. Ist das nicht furchtbar traurig? Ach, und die arme Nellie ist noch so jung und immer so fröhlich! Ich kann mir gar nicht denken, dass sie Erzieherin werden soll. Es ist doch schrecklich, wenn man kein liebes Vaterhaus hat! – Nun wollt ich euch recht von Herzen bitten, ihr möchtet die Geschenke, die ihr mir zugedacht habt, zwischen mir und meiner Nellie teilen und zwei Kisten daraus machen. Bitte, bitte! Ihr schenkt mir stets so viel, dass ich doch immer noch genug habe, wenn es auch nur die Hälfte ist. Ich würde gewiss keine rechte Freude am Heiligen Abend haben, wenn Nellie gar nichts auszupacken hätte.

Ich erhielt eure Erlaubnis, an den Tanzstunden nach Weihnachten teilnehmen zu dürfen, und du, liebe Mama, versprachst mir ein neues Kleid dazu. Kaufe mir keins! Mein blaues ist noch sehr gut und ich komme damit aus. Schenk Nellie dafür etwas, bitte!

Mit diesem heißen Wunsch umarmt euch
eure
dankbare Ilse

N. S. Das Geld schicke nur recht bald, einziges Papachen! Ich brauche es dringend!«

Ilses Wunsch, Weihnachten im Institut zu verbleiben, wurde gern gewährt; der Vater schrieb, er billige ihren verständigen Entschluss. Die weite Reise war im Winter nicht ratsam. Freilich werde er seinen Wildfang schmerzlich vermissen und es werde Mama und ihm recht einsam sein, aber er wolle sich mit dem Gedanken an das nächste Christfest trösten.

Ilse war über diese bereitwillige Zustimmung leicht gekränkt, aber es blieb ihr keine Zeit, ihren trübseligen Gedanken nachzuhängen, denn der Briefträger kam und brachte ihr dreißig Mark.

»Dreißig Mark!«, jubelte Ilse. »Nellie, nun sind wir reich! Komm, lass uns gleich gehen und unsere Einkäufe machen! Ich kann die Zeit nicht erwarten.«

»O nein, Kind!«, entgegnete Nellie bedächtig. »Erst müssen wir ein langer Zettel aufschreiben mit alle Sachen, die wir kaufen werden. Wir müssen doch rechnen, was sie kosten!«

Die beiden Mädchen machten sich also daran, eine Liste der Geschenke aufzusetzen, und Nellie setzte den ungefähren Preis dahinter.

Die wenigen Wochen bis zum Heiligen Abend vergingen viel zu schnell. Nellie und Ilse mussten neben mancherlei anderen Arbeiten auch noch die Puppe ankleiden. Das bedeutete für Ilse eine schwere Aufgabe, und ohne ihre geschickt Freundin wäre sie niemals damit zurechtgekommen.

»Wie geschickt du bist, Nellie!«, sagte Ilse, als die Freundin der Puppe das schottische Kleid anprobierte. »Das hast du doch geradezu klassisch gemacht! Ich hätte es wirklich nicht fertig gebracht.«

»Aber hast du niemals ein Kleid für dein Puppen genäht oder eine Hut oder ein Mantel?«

»Nein«, antwortete Ilse aufrichtig, »niemals. Viel lieber habe ich mit den Hunden gespielt.«

»Da ist kein Wunder, wenn du ein klein, dumm Ding geblieben bist. Deine Hunde brauchen kein Kleid«, sagte Nellie lachend. »Nun musst auf dein alt Tage nähen lernen, siehst du.«

Ilse lachte fröhlich mit und bemühte sich, das weiße Batistschürzchen für die Puppe, an das sie ringsherum Spitzen nähte, recht sauber und nett fertig zu bringen. Einen Tag vor der Bescherung erhielten die erwachsenen Mädchen die Erlaubnis, die schöne, große Tanne aufzuputzen. Nach dem Abendbrot, als die jüngeren Mädchen zu Bett gegangen waren, begann das Werk.

Orla brachte einen großen Korb mit selbst gesuchten Tannenzapfen und stellte ihn auf die Tafel. Annemie stellte zwei Schälchen mit Klebstoff daneben; in das eine schüttete sie Silber-, in das andere Goldpuder und rührte es mit einem Stäbchen um.

Melanie und Rosi ergriffen die Pinsel und begannen den unansehnlichen braunen Dingern ein goldenes oder silbernes Gewand zu geben. Und wie schnell das ging! Kaum pinselten sie ein paar Mal darüber, so waren sie fertig.

»Sieh nur, Rosie«, rief Melanie aus und hielt einen vergoldeten Zapfen unter die Lampe, »ist das nicht furchtbar reizend? Wundervoll, nicht? Gleichmäßig, wirklich künstlerisch ist er vergoldet; kein dunkles Pünktchen ist an ihm zu sehen.« Und sie betrachtete das Prunkstück wohlgefällig von allen Seiten.

»Du bist im höchsten Grad langweilig mit deinem ewigen Selbstlob«, tadelte Orla. »Ich kenne niemand, der so von sich selbst begeistert ist, wie du es bist. Pinsle lieber weiter und halte dich nicht bei unnützen Lobhudeleien auf!«

Melanie fühlte sich getroffen und errötete. »Wie grob du bist, Orla!«, sagte sie gereizt. »Du hast freilich keinen Sinn für harmloses Vergnügen.«

»Kinder«, unterbrach Fräulein Güssow, die am anderen Ende der Tafel saß und Äpfel und Nüsse vergoldete, »keinen Streit! – Melanie, komm zu mir! Du kannst mir helfen und du, Ilse, versuche einmal, ob du Melanies Stelle ersetzen kannst!«

Ilse ließ sich das nicht zweimal sagen. Eilig griff sie zum Pinsel und tat flink und gewandt ihre Arbeit. Orla war sehr zufrieden. »Nur nicht ganz so dick aufstreichen!«, mahnte sie. »Sonst reichen wir nicht mit unserm Gold- und Silbervorrat.«

Flora und Annemie fertigten Netze aus Goldpapier an. »Eine geisttötende Arbeit«, flüsterte Flora Annemie zu, »und außerdem ohne jede Poesie. Warum die Tanne mit allerhand Tand aufputzen? Ist sie nicht am herrlichsten in ihrem duftigen, grünen Waldkleid? Lichter vom gelben Wachsstock in ihr dunkles Nadelhaar gesteckt, ein goldener Stern hoch oben auf ihrer schlanken Spitze, schwebend, strahlend, das nenn ich Poesie!« Annemie konnte sich nicht mehr halten, sie bekam einen solchen Lachreiz, dass sie aufsprang und hinauslief, um sich draußen erst auszulachen.

Dicht unter dem Baum standen Grete und Nellie; Letztere hoch auf einer Trittleiter, eine große Tüte Salz in der Hand haltend. Die andere, mit einem Leimtiegel in der Hand, war ihre Gehilfin. Sie reichte Nellie den Pinsel zu und Nellie bestrich die Zweige mit Leim und schüttete dann Salz darauf.

»Jetzt bin ich eine große Sturmwind und mache der Baum voller Schnee«, scherzte Nellie.

Freilich fiel ein großer Teil Salz unter den Baum, aber Nellie ließ sich die Mühe nicht verdrießen; immer wieder kehrte sie es zusammen und strich es mit der Hand dick auf den Leim. »Du alt Baum wirfst sonst alles Schnee auf die Erde«, meinte sie. »Aber das ist schlechte Arbeit, alle meine Finger kleben.«

Rosi trat jetzt auch an den Baum heran, um ihn mit den glänzenden Tannenzapfen zu schmücken. »O du fröhliche, o du selige Weihnachtszeit!«, summte sie vor sich hin und Fräulein Güssow rief ihr zu: »Sing nur laut, Rosi! Das bringt erst die Weihnachtsstimmung.«

»Wir wollen alle singen!«, riefen Grete und Annemie. Und nun erklang aus den jugendlichen Kehlen das schöne Lied vierstimmig. – Die junge Lehrerin senkte den Kopf, der Gesang stimmte sie traurig. Ihre Kindheit, ihre Jugendzeit standen plötzlich lebendig vor ihrer Seele. Wo waren ihre Hoffnungen, ihre Träume geblieben? Alles war zerstört durch ihre eigene Schuld. –

Das war ein Leben am andern Tag! Die Mädchen waren ganz außer Rand und Band. Ilse war ausgelassen fröhlich und Nellie stand ihr darin bei. Annemie lachte über jede

Kleinigkeit; ja, selbst Rosi, die stets Vernünftige, machte heute eine Ausnahme und schloss sich der allgemeinen Stimmung an. Als Flora ein selbst gedichtetes Weihnachtslied zum Besten gab und die ganze übermütige Schar sie dabei auslachte, lachte Rosi mit; nur als Nellie zu necken anfing, bat sie sanft: »Bitte, Nellie, nicht spotten! Wir haben die arme Flora schon genug gekränkt, als wir sie auslachten.«

Melanie und Grete waren die Einzigen, die eine leise Verstimmung nicht unterdrücken konnten. Sie hatten gehofft, Weihnachten zu Hause verleben zu können, und waren enttäuscht, als die Eltern ihnen nicht die Erlaubnis gaben.

Endlich brach der Abend herein. Die Vorsteherin und Fräulein Güssow hielten sich schon seit zwei Uhr in dem großen Saal auf und in einer Klasse, die dicht daneben lag, saßen erwartungsvoll die Pensionärinnen, natürlich im Dunkeln, denn Licht durfte vor der Bescherung nicht gemacht werden.

Lilli fürchtete sich in der Finsternis. Sie kletterte auf Ilses Schoß und schlang den Arm um ihren Hals. »Kommt denn das Christkind noch net bald?«, fragte sie immer wieder. »Schau, es ist schon stockfinster!«

»Bald«, tröstete Ilse und drückte Lilli zärtlich an sich »Bald kommt das Christkind, ach, und wie schön wird das sein! Soll ich dir ein Märchen erzählen, damit dir die Zeit schneller vergeht?«

»Bitt schön, von Hänsel und Gretel!«

Ilse begann: »Es war einmal«, als Lilli ihr den Mund zuhielt. »Net weiter!«, unterbrach sie. »Ich mag das heut net hören. Ich muss immer an das Christkindl denken. Kennst du das liebe Christkindl, Ilse? Hast du's schon g'schaut?«

»Nein«, sagte Ilse, »gesehen habe ich es noch niemals. Niemand kann es sehen, es wohnt nicht auf der Erde.«

»Wohnt es im Himmel?«, fragte Lilli. »Schau, da möcht ich auch wohnen, da ists schön, net? Da singen die lieben Englein und die lieben Englein, die wohnten früher auf der Erde, das waren die artigen Kinder, net? Der liebe Gott hat sie in sein Himmelreich geholt, net wahr, Ilse?«

Das kindliche Geplauder rief sentimentale Ahnungen in Flora wach; sie war im Begriff, ihnen Ausdruck zu verleihen, als ihr Nellie das Wort abschnitt. »Was schwatzt der kleine Kind für Zeug?«, sagte sie und streichelte Lillis Hand. »Wo hast du dies gehört? Keiner Mensch hat noch in der Himmel geschaut.«

»Aber Mama hats gesagt; sie weiß es, net wahr, Ilse?«, rief Lilli heftig.

Die gab ihr keine Antwort darauf; sie versuchte das Kind auf andere Gedanken zu bringen. »Möchtest du wieder zu deiner Mama?«, fragte sie.

»Nein«, entgegnete Lilli, »ich bleib lieber bei euch. Die Mama kümmert sich so wenig um mich. Sie hat kein Zeit, sie muss immer Rollen studieren«, setzte sie altklug hinzu. »Alle Abend geht sie ins Theater.«

»Denn es kümmert sich ka Katzerl, ka Hunderl um mi!«, sagte Flora schwärmerisch.

»Komm zu mir, Lilli!«, bat Melanie. »Ich will dir eine schöne Weihnachtsgeschichte erzählen.«

»Bitt, bitt, lass mich bei Ilse bleiben, Melanie! Ich will ganz gewiss recht genau zuhören auf deine G'schicht.« –

Im großen Saal, in dem die Bescherung stattfinden sollte, waren die beiden Damen mit den Vorbereitungen nahezu fertig. Fräulein Güssow verteilte einige versiegelte Pakete auf verschiedene Plätze. Es waren die Geschenke, welche die jungen Mädchen sich untereinander bescherten. Der Name der Empfängerin war draufgeschrieben, die Geberin musste erraten werden. Fräulein Raimar stand neben dem Gärtner, der damit beschäftigt war, die angekommenen Kisten zu öffnen. Die Deckel wurden lose wieder daraufgelegt, denn das Auspacken besorgten die Empfängerinnen selbst.

Nur mit Lilli wurde eine Ausnahme gemacht: Fräulein Raimar packte die Kiste aus und schüttelte den Kopf.

»Sehen Sie nur den Tand, liebe Freundin!«, sagte sie. »Nicht ein vernünftiges Stück finde ich dabei! Zwei weiße Kleider, so kurz, dass sie dem Kind kaum bis an die Knie reichen, ein kleiner Hermelinmuff, ein Paar feine Saffianstiefel, eine Puppe im Ballstaat und vieles Zuckerwerk – das ist alles. Warme Strümpfe und eine warme Decke, um die ich so sehr ersuchte und die dem Kind so nötig sind, fehlen.«

»Hier scheint eine Mitteilung für Sie zu sein«, sagte Fräulein Güssow und nahm ein duftiges rosa Briefchen von der Erde auf. Wahrscheinlich war es aus dem Muff gefallen, den die Vorsteherin noch in der Hand hielt. Sie erbrach das an sie gerichtete Schreiben und las:

»Ich ersuche Sie freundlich, meiner Lilli die Kleinigkeiten unter den Baum zu legen. Hoffentlich ist das liebe Herzl recht gesund. Nun brauche ich mich nicht zu sorgen, weiß ich doch meinen Liebling in guten Händen! – Wollene Strümpfe und eine Jacke habe ich nicht mitgeschickt; ich möchte das Kind nicht verwöhnen. Es soll immer ein weißes

Kleiderl anziehen, Hals und Arme frei; so ist sie es gewohnt, und dabei möchte ich es lassen.

Geben Sie meinem Herzblatt tausend Küsse und dass es die Mama nie vergisst!

Mit dankbaren Grüßen verbleibe ich
Ihre ergebene
Toni Lubauer.«

»Weiße Kleider und dünne Strümpfe!«, wiederholte Fräulein Raimar kopfschüttelnd. »Es ist gut, dass wir für einiges gesorgt haben; ich könnte es nicht vor mir selbst verantworten, das kleine Ding so durchsichtig und leicht bekleidet zu sehen.«

Der Gärtner war mit seiner Arbeit fertig und verließ das Zimmer. Die Damen zündeten die Lichter des Baumes an, und als auch das geschehen war, ergriff die Vorsteherin eine silberne Klingel und läutete.

Wie mit einem Zauberschlag flogen die Flügeltüren auf, und die junge Schar stürmte herein.

Lilli stand wie gebannt und hielt Ilses Hand krampfhaft fest.

»Komm!«, sagte Fräulein Raimar freundlich. »Ich will dich an deinen Tisch führen, du bist ja ganz stumm geworden!«

Als das Kind vor seiner Bescherung stand, kehrte seine Lebhaftigkeit zurück. »Die schöne Puppe!«, rief es entzückt und schlug die Händchen zusammen. »Die ist aber zu schön! Meine alte Loni ist lang net so süß! – Und ein Strohhüterl hat sie auf, ach, und die langen Zopferln! Und ein Schultascherl tragt sie am Arm! Bitt schön, Fräulein, darf ich sie in die Hand nehmen? Ich möcht sie ganz nah anschaun. Bitt schön, erlaub mir's!«

Fräulein Raimar erfüllte gern die Bitte des Kindes, das behutsam sein Püppchen in den Arm nahm.

»Sie kann die Augerln schließen!«, fuhr die Kleine fort. »Schau, Fräulein, sie will schlafen!« Das Kind war ganz außer sich vor Entzücken bei dieser Entdeckung. »Hast du mir die Puppe geschenkt, Fräulein Raimar?«

»Nein«, entgegnete die Vorsteherin, »Ilse und Nellie haben sie dir angezogen. Aber sieh, hier hast du noch eine Puppe, die hat dir deine Mama geschenkt!«

Sie gönnte der kostbaren Balldame kaum einen Blick. »Die ist mir zu geputzt«, sagte sie, »die kann ich doch net in das Bett legen! Die kann net mein Kind sein.« Und mit der Puppe im Arm lief sie zu Ilse um sich zu bedanken.

Ilse war sehr beschäftigt. Sie packte ihre Kiste aus und hatte keine Zeit, an etwas anderes zu denken. »Später, Liebling«, sagte sie und fertigte die Kleine mit einem flüchtigen Kuss ab. Soeben hielt sie einen prächtigen rosa Wollstoff in der Hand und Nellie stand neben ihr und bewunderte ihn lebhaft.

»O wie süß!«, rief sie. »Wie von Spinnweb so fein! Und wie er dir kleidet! Das wird ein schön Tanzstundenkleid; du wirst dir wie eine Fee darin machen.«

Aber Ilse freute sich nicht über das kostbare Geschenk, es malte sich sogar etwas wie Enttäuschung in ihrem Gesicht. Warum hatten die Eltern ihre Bitte nicht berücksichtigt, ja nicht einmal eine Antwort darauf gegeben? Und Nellie war so gut, so neidlos teilte sie ihre Freude!

So mochte auch Fräulein Güssow denken, die näher getreten war. Sie legte den Arm um Nellies Schultern und fragte: »Warum packst du nicht deine Kiste aus?«

»Meine Kiste?«, wiederholte Nellie. »O Fräulein, Sie spaßen! Für mich gibt es das nicht.«

Ilse horchte auf. Sie warf der jungen Lehrerin einen schnellen, fragenden Blick zu. Fräulein Güssow antwortete mit einem geheimnisvollen Lächeln. »Wer weiß!«, fuhr sie fort. »Sieh einmal nach! Vielleicht hat eine gütige Fee dir etwas beschert.«

Ilse erhob sich schnell aus ihrer knienden Stellung und nahm die Freundin an der Hand. »Komm«, sagte sie, »wir wollen suchen!« Ilse hatte am Ende des Saales eine herrenlose Kiste entdeckt. Dorthin zog sie Nellie.

Und richtig, da stand mit großen Buchstaben auf dem Deckel: »An Miss Nellie Grey.« – Es gab keinen Zweifel mehr.

»Oh, was ist dies?«, rief Nellie überrascht und ihre Wangen röteten sich. »Wer hat an mir gedacht?«

»Ja, sie ist wirklich für dich«, versicherte Ilse strahlend, denn nun empfand sie erst die echte Weihnachtsfreude. »Nimm nur den Deckel hoch!«

Immer noch etwas zögernd folgte Nellie dieser Aufforderung. Welche Überraschung! Da lag obenauf ein gleicher Stoff in Blassblau, wie sie ihn soeben in Rosa bei Ilse bewundert hatte.

Und wie sie nun weiter auspackten, jetzt eine jede ihre eigene Kiste, da fanden sie jubelnd stets die gleichen Herrlichkeiten. Bald war es eine gestickte Schürze, dann kamen feine Strümpfe und Handschuhe an die Reihe; sogar die Korallenkette, die ein sehnlicher Wunsch Ilses war, fehlte bei Nellies Bescherung nicht. Auch die vielen Leckereien waren gleichmäßig verteilt.

Ilse fand in einem Karton mit Briefpapier einen langen,

zärtlichen Brief der Eltern, und als Nellie den ihrigen öffnete, lag auch für sie ein kleines Briefchen darin.

»Meine liebe Nellie«, schrieb Ilses Mama, »ich darf Sie doch so nennen als meiner Ilse liebste Freundin? Mein Mann und ich möchten Ihnen so gern einen kleinen Beweis geben, wie dankbar wir Ihnen sind für die Liebe und Freundschaft, die Sie stets unserem Kind zuteil werden ließen. Zwei Freundinnen müssen aber auch gleiche Freuden haben und mit diesem Gedanken bitten wir Sie herzlich, den Inhalt der Kiste freundlich anzunehmen.

Mit dem aufrichtigen Wunsch, dass Sie auch fernerhin unserer Ilse eine treue Freundin bleiben mögen, grüßt Sie herzlich

Anne Macket.«

Nellie fiel Ilse um den Hals und vermochte kein Wort hervorzubringen. Die Rührung schnürte ihr die Kehle zu; Tränen waren seltene Gäste bei unserer Nellie. Wer hätte auch auf ihre Tränen achten sollen! »Dein Mutter ist ein Engel!«, brachte sie endlich, halb schluchzend, heraus. »Wie soll ich sie für alles danken!«

»Ja, Mama ist sehr gut«, bestätigte Ilse und zum ersten Mal stieg ein warmes, zärtliches Gefühl für die Mutter in ihrem Herzen auf.

»Seid ihr fertig, Kinder? Habt ihr alle eure Kisten ausgepackt?«, rief Fräulein Raimar und unterbrach das Gewirr von Stimmen, das laut und lebhaft durcheinander klang.

»Ja, ja!«, kam es zurück, und nun begann ein allgemeines Zeigen und Bewundern der Geschenke. Die Vorsteherin blickte in lauter freudig erregte und zufriedene Gesichter. Nur Flora sah etwas enttäuscht aus. Sie hatte anstatt Jean Pauls Werke, die sie sich so glühend gewünscht hatte, Schlossers Weltgeschichte erhalten. Ihr Vater schrieb dazu, dass sie das gewünschte Werk erst erhalten werde, wenn sie reifer für solche Lektüre sei.

Reifer! Es klang wie bitterer Hohn. Sie fühlte sich mit ihren sechzehn Jahren schon überreif, da sie selbst poetische Werke schuf, und sie sollte nicht Jean Paul lesen!

Nun nahmen die Mädchen die Gaben der Lehrerinnen in Empfang. Und zum Schluss kamen endlich die versiegelten und verpackten Überraschungen an die Reihe.

Da gab es allerhand drollige und lustige Dinge und der Jubel und das Lachen wollte kein Ende nehmen. Flora wickelte aus zahllosen Papieren einen langen, blauen Strumpf und hielt ihn hoch in der Hand. Sehr verwundert drehte sie diese sonderbare Gabe nach allen Seiten, die ironische Anspielung, die darin zum Ausdruck kam, fiel ihr nicht gleich ein. »Ein Strumpf?«, fragte sie. »Was soll ich damit?«

»Er ist dein Wappen, lieber Blaustrumpf«, belehrte sie Orla. »Der Einfall ist wirklich famos!«

»Er ist von dir«, beschuldigte sie Flora.

»Leider nein«, entgegnete Orla.

Annemie lachte so laut und herzhaft, dass sie sich als die Geberin verriet. »Bist du mir böse, Flora?«, fragte sie gutmütig.

Sonderbare Frage! Ganz im Gegenteil, Flora fühlte sich sehr geschmeichelt, dass man sie zu den Blaustrümpfen zählte. Der gestickte Schlips, der in dem Strumpf steckte, erfreute sie nicht halb so wie die dichterische Anerkennung. –

In bester Stimmung löste sie jetzt den Bindfaden von einem Pappkasten. Auf den Deckel war ein Weinglas gemalt und mit großen Buchstaben stand »Vorsicht!« daneben geschrieben. Ganz behutsam nahm sie dann auch den Deckel ab, warf die Papierschnitzel heraus und fand, in feines Seidenpapier eingeschlagen, ein zerbrochenes Herz von Biskuit. »Wie abscheulich von dir, Nellie!«, rief sie gekränkt.

»Nicht so hitzig, Flora!«, rief Grete. »Sieh doch das zerbrochene Herz erst näher an!«

Sie entschloss sich nur zögernd, aber als sie geschickt darin verborgen ein reizendes kleines Nadelkissen entdeckte, söhnte sie sich mit der bösen Nellie aus.

Aber nicht nur Flora, auch all die Übrigen mussten manche kleine Neckerei in Kauf nehmen. Nellie stand vor einem großen Berg Esswaren, die sie aus ihren Paketen herausgewickelt hatte: Schokolade, Marzipan, Apfelsinen, Rosinen und Mandeln, Lebkuchen und in einer reizenden Porzellandose zwei saure Gurken, ihre Lieblingsspeise. Sie lachte und fragte, ob sie ein so hungriges Mädchen sei. »Oh, da ist ja noch ein Paket!«, fuhr sie fort. »Was für ein leckerer Bissen wird darin sein?«

Aber sie irrte sich, diesmal kam ein Buch zum Vorschein, und als sie es aufschlug, las sie auf dem Titelblatt: »Deutsche Grammatik«. Ein Blatt Papier mit einem Gedicht lag dabei. Nellie las es vor:

»Lerne fleißig die deutsche Sprache,
Willst du begreifen holde Poesie!
Dies Buch ist einer Verkannten Rache,
Die du verstanden hast noch nie.«

»Flora«, rief Nellie, »du hast mir mit deine edle Rache sehr beschämt. Ich werde lernen aus dieses Buch und dir verstehen. Komm, gib dein Hand! Ich verspreche dich, dass ich nie wieder deine holde Poesie auslachen will, und wenn sie voll lauter zerbrochene Herzen ist.«

Orla erhielt unter anderem eine Brille und – o Schrecken! – auch eine Schachtel Zigaretten.

Fräulein Raimar stand neben ihr und sah das verräterische Ding. »Was ist denn das?«, fragte sie. »Ich will nicht hoffen, Orla, dass du rauchst. Du würdest mich sehr erzürnen, wenn dies der Fall wäre. Doch«, unterbrach sie sich, »wie komme ich dazu, einen Scherz für ernst zu nehmen! Am Weihnachtsabend sind dergleichen Witze erlaubt.« Leiser und nur für die Russin vernehmbar setzte sie hinzu: »Ich habe das feste Vertrauen zu dir, dass du niemals rauchen wirst.«

Die Angeredete schwieg und senkte die Augen. Der Tadel traf die Wahrheit, sie rauchte wirklich manchmal im Verborgenen eine heimliche Zigarette.

Melanie liebäugelte mit einem zierlichen Handspiegel. Sie freute sich sehr über ihn, noch mehr aber über ihr eigenes Bild, das ihr entgegenlachte.

Grete blickte ihr über die Schulter. »Das ist eine Anspielung auf deine Eitelkeit, Melanie. Ich habe nichts bekommen, was mich ärgern oder wodurch ich mich betroffen fühlen könnte.«

»Nun glaubst du dich wohl fehlerfrei, liebe Grete?«, spottete Melanie. »Bilde dir das ja nicht ein, liebes Kind! Du bist noch lange kein vollkommenes Wesen. Es gibt sehr vieles an dir auszusetzen.«

Als sollten ihre Worte sofort in Erfüllung gehen, rief Fräulein Güssow: »Grete, da steht noch eine Schachtel auf deinem Platz. Es lag Papier darauf und du wirst sie deshalb übersehen haben.«

Vergnügt und erwartungsvoll öffnete Gretchen die Schachtel. O weh. Als sie den Deckel abhob, lachte sie ein glänzendes, zierlich gearbeitetes Vorlegeschloss boshaft an.

»Das ist eine Anspielung auf dich, teures Plappermäulchen«, rief Melanie mit schwesterlicher Schadenfreude und hielt das Schloss an Gretes Lippen. »So, damit du in Zukunft hübsch schweigst und nicht so vorlaut bist.«

Ilse holte aus einer mächtigen Kiste, die bis obenhin mit Heu gefüllt war, einen Hund. Keinen lebendigen, o nein! Es war nur einer aus Pappe. Er war braun und hatte weiße Pfötchen. Um den Hals trug er an einem roten Band einen Zettel, auf dem mit großen Buchstaben »Bob« geschrieben war.

»Orla!«, erriet Ilse sofort. Orla zog sie oft genug mit ihrem Hund auf. Es kam ihr jetzt selbst recht lächerlich vor, wenn sie sich ihren Einzug in der Pension mit Bob auf dem Arm ausmalte.

Ilse fand noch eine Überraschung vor. In einem reizenden Arbeitskorb fand sie einige Äpfel aus Marzipan. Nellie stand neben Ilse und flüsterte ihr zu: »Diese sind Äpfel von der Baum – weißt du noch?«

Ilse blickte ängstlich zur Seite, aber Nellie fuhr beruhigend fort: »Du darfst nicht Angst haben, niemand hört uns.«

Sie hatte Recht. Die allgemeine Aufmerksamkeit war auf einen Vogelkäfig gerichtet, in dem eine Lachtaube saß. Annemie hielt ihn freudig überrascht in der Hand. »Nun könnt ihr um die Wette lachen«, scherzte die Vorsteherin, »denn das Täubchen darfst du behalten und in deinem Zimmer aufhängen. Aber vergiss niemals, Annemie, dass du das Tierchen regelmäßig füttern musst!«

So erhielt eine jede ihre scherzhafte Rüge, nur Rosi nicht. Die Pensionärinnen hatten sich den Kopf zerbrochen, um einen Tadel an ihr zu entdecken, aber zu ihrem Bedauern keinen gefunden. »Ganz ohne Scherz darf sie nicht sein«, hatte Nellie erklärt und ein Bilderbuch gekauft, auf dessen Titelblatt in goldenen Buchstaben drei Worte glänzten: »Für artige Kinder.« – Nachdem die Bescherung zu Ende war, wurde der Tee eingenommen und kurze Zeit darauf zur Ruhe gegangen. Lilli wurde es schwer, sich von ihren schönen Dingen zu trennen; sie wollte nicht zu Bett gehen, aber der Sandmann kam und streute ihr den Schlaf in die Augen.

Es wurde still im Haus. Der Christabend war zu Ende mit seiner frohen Erwartung und seinem Lichterglanz.

Neujahr war vorüber und alles wieder im alten Geleise. Der Unterricht begann und Miss Lead kehrte wenige Tage nach Neujahr von ihrer Reise zurück. Sie brachte sechs junge Engländerinnen mit, die kein Wort Deutsch verstanden und sehr an Heimweh litten.

Die längst ersehnten Tanzstunden waren bereits seit vierzehn Tagen in Gang und brachten Abwechslung in das gleichmäßige Institutsleben. Zweimal in der Woche kam von sechs bis acht Uhr abends der Tanzlehrer mit einer Geige und unterrichtete im großen Saal.

Die kleineren Mädchen nahmen an dem Unterricht nicht teil und auch die Engländerinnen schlossen sich aus; sie verstanden noch zu wenig Deutsch und sie fanden auch keinen Geschmack an den einförmigen Tanzschritten. Melanie auch nicht und sie nannte bis jetzt die Tanzstunde »furchtbar öde«. »Es ist ein schrecklich langweiliges Vergnügen, die Hüpferei«, äußerte sie auf einem Spaziergang zu Flora. »Wozu das alles? Wir können doch alle schon tanzen? Und wie wir uns zu benehmen haben und grüßen müssen, das wissen wir erst recht! Wir sind doch erwachsene Mädchen!«

»Ach!«, seufzte Flora und ein schwärmerischer Blick glitt seitwärts über den spiegelglatten Teich zu den Schlittschuh laufenden Gymnasiasten hinüber. »Ach, das ginge noch alles! Das Fürchterlichste ist doch, dass wir zwei volle Monate ohne Herren tanzen müssen.«

»Wie furchtbar öde!«, rief Melanie entrüstet. »Man behandelt uns wahrhaftig mit puritanischer Strenge. Ohne Herren, es ist kaum zu glauben!«

»Ja, mit puritanischer Strenge«, wiederholte Flora, der dieses Wort außerordentlich gefiel. »Ich begreife nicht, warum uns der Umgang mit den Herren so lange vorenthalten wird. Man behandelt uns eben wie Kinder.«

Die »furchtbar öden« Monate gingen indessen auch zu Ende und Fräulein Raimar schickte Einladungen an junge Herren aus, die das Gymnasium besuchten, und ersuchte sie, die letzten vier Wochen an dem Tanzunterricht teilzunehmen.

»Ihr werdet heute Abend zum ersten Mal mit Herren tanzen, Kinder«, kündigte Fräulein Raimar eines Mittwochs bei der Mittagstafel an. Als sie bemerkte, wie vergnügt die meisten diese Botschaft entgegennahmen, fügte sie hinzu: »Ich hoffe, dass ihr euch nicht zu lebhaft mit den jungen Leuten unterhalten werdet! Vergesst nicht, dass sie nur des Tanzes wegen da sind!«

Annemie kamen diese Ermahnungen so komisch vor, dass sie zu kichern anfing. Ein strafender Blick traf sie dafür. »Besonders für dich sind meine Worte gesprochen, Annemie«, nahm die Vorsteherin wieder das Wort; »ich fürchte, du wirst durch dein albernes Lachen unliebsam auffallen. Hüte dich davor! Und dich, Grete, ermahne ich ernstlich, nicht so viel zu schwatzen. Überlege dir, was du sagen willst, damit kein Unsinn herauskommt!«

So und in ähnlicher Weise warnte und ermahnte sie ihre jungen Zöglinge, die in ihrer erwartungsvollen Aufregung heute nur mit halbem Ohr hörten, was ihnen so eindringlich vorgehalten wurde. Viel wichtiger erschien ihnen die Frage: »Was ziehen wir heute Abend an? Womit werden wir uns schmücken?«

Nach dem Essen stürmten sie in Orlas und der Schwestern Zimmer, um eine große Beratung zu halten. Melanie holte einen alten Pappkasten hervor und fing an, Blumen und Bänder herauszukramen. Sie stellte sich vor den Spiegel und hielt eine Rose in ihr schönes aschblondes Haar. »Wie findet ihr diese Rose?«, fragte sie.

»Sie steht dir gut, Melanie«, antwortete Rosi, die eben erst eintrat und die letzten Worte hörte. »Das dunkle Rot in deinem blonden Haar sieht prächtig aus.«

»Du hast nicht viel Geschmack, liebste Rosi. Nimm mir nicht übel, dass ich es dir frei heraussage!«, fertigte Melanie die Ärmste ab. »Orla, bitte, gib du dein Urteil ab!«

Die Russin galt als die Eleganteste, die stets am geschmackvollsten gekleidet war. Mit Kennermiene musterte sie denn auch Melanie. »Die dunkle Rose wirkt zu kräftig«, entschied sie, »für dein Haar passt eine blassrote besser. Übrigens, was willst du denn anziehen? Das ist doch am Ende die Hauptsache und danach musst du die Blumen wählen.«

»Mein blaues Batistkleid, denke ich.«

»Dein bestes Kleid?«, rief die vorlaute Grete erstaunt. »Gut, dann ziehe ich mein geblumtes an!«

Gerade als die Verhandlungen am lautesten im Gange waren, öffnete sich die Tür und Fräulein Güssow trat ein. »Fräulein Raimar lässt euch sagen, ihr möchtet heute Abend eure Sonntagskleider anziehen«, verkündete sie.

»Oh!« Lang gedehnt kam es über Melanies Lippen. »Oh, Fräulein Güssow, die alten, dunklen Kleider! Die hellen sind so viel besser.«

Aber es blieb bei den Wollkleidern. Bevor sie in den Tanzsaal hinuntergingen, fanden sich die Mädchen noch einmal bei Orla ein. Orla hielt als Modeberaterin erst eine allgemeine Musterung, änderte hier einen Gürtel, dort einen Kragen und verstand es, durch eine Kleinigkeit dem einfachsten Kleid einen festlichen Anstrich zu geben.

Melanie hatte sich nach besten Kräften herausgeputzt. Ein weißes Spitzentuch schmiegte sich in weichen Falten um ihren Hals und eine blassrote Ansteckblume passte gut dazu. Sie wirkte trotz des einfachen braunen Kleides elegant und hübsch.

An Gretes ungeschickter Figur war nicht viel zu ändern. Lange Arme, große Füße, schlechte Haltung und starke Taille, das waren Dinge, die leider nicht zu verbergen waren, auch trugen ihre ungraziösen Bewegungen durchaus nicht zur Verschönerung bei.

»Für dich ist die dunkle Kleidung ganz vorteilhaft«, meinte Orla. Sie nahm eine Korallenkette aus ihrem Schmuckkasten und schlang sie dem hocherfreuten Gretchen um den Hals. »So, die will ich dir leihen, damit du nicht zu einfach aussiehst.«

Flora unterwarf sich keiner Musterung; sie fand es unnütz, da ihr Geschmack ihrer Meinung nach weit eigenartiger war als der Orlas. Mit unendlicher Mühe hatte sie sich eine griechische Haartracht zurechtgemacht. Im Nacken trug sie ihr Haar im Knoten, mit einigen herausfallenden Locken, vorn war es mit einem schwarzen Samtband mit weißen Perlen dreimal abgebunden. In die Stirn fielen gekräuselte Fransen. Sie fand sich entzückend; diese Haartracht söhnte sie sogar mit dem grünen Wollkleid aus, in dem sie wie eine wirkliche Hopfenstange aussah.

Rosi erschien ohne besonderen Schmuck. Ihr schwarzes Kaschmirkleid war unverändert geblieben; es zeigte als einzigen Schmuck nur einen weißen Spitzenkragen, am Halsausschnitt von einer kleinen Schleife zusammengehalten, die einen silbernen Pfeil trug. So ging sie sonntags gekleidet und Fräulein Raimars Vorschrift lautete, dass sie sich heute sonntäglich kleiden sollten. »Aber, Rosi, wie hausbacken siehst du aus! Als ob du in die Kirche gehen wolltest, so ernst und feierlich!«, rief Orla. »Hast du denn nicht ein farbiges Band anstatt der weißen Schleife?«

Sie besaß keins und jetzt half Melanie aus. Bereitwillig lieh sie Rosi eine ganz neue hübsche Schleife und freute sich herzlich, wie gut sie Rosi stand. »Betrachte dich nur einmal!«, sagte sie und hielt ihr den Handspiegel vor die Augen. »Nun, was meinst du dazu?«

»Die Schleife gefällt mir wohl gut«, meinte Rosi, »aber es ist mir peinlich, geliehene Sachen zu tragen.«

»O sancta simplicitas!«, rief die großzügigere Flora. »Kind, du gehst in deiner Pedanterie wirklich zu weit! Unter Freundinnen kann von geliehenen Sachen keine Rede sein.« Und um dieses Wort gleichsam zur Tat zu machen, griff sie in Melanies offen stehenden Blumenkasten, nahm eine feuerfarbene Nelke heraus und befestigte sie an ihrem Gürtel. »Du erlaubst doch, Melanie?«, fragte sie so nebenbei. »Die rote Farbe steht mir wirklich brillant.« Wohlgefällig betrachtete sie sich im Spiegel.

»Wo bleiben nur Nellie und Ilse?«, fragte Orla.

Eben traten sie ein. Beide waren geschmackvoll gekleidet, Nellie im schottischen Kleid, an Hals und Ärmeln mit echten Spitzen verziert, sah anmutig und vorteilhaft aus, ebenso Ilse, die über ihrem blauen Kleid einen breiten Spitzenkragen und die neue Korallenkette trug, die auch Nellie schmückte.

Die Mädchen verließen das Zimmer und stiegen die Treppe hinunter.

»Orla ist doch die Eleganteste von uns«, bemerkte Melanie nicht ohne einen Anflug von Neid zu Nellie und musterte Orla, die in der blauen Samtbluse und einem gleichfarbigen seidenen Rock besonders vornehm aussah. »In Samt und Seide kleiden mich meine Eltern freilich nicht.«

»Tut nix«, erwiderte Nellie, »man muss mit Weniges auch zufrieden sein.«

»Bitte, bitte, wartet einen Augenblick!«, rief es plötzlich hinter ihnen. Annemie war es, die in voller Eile allein nachgelaufen kam. »Ich bin noch nicht ganz fertig«, fuhr sie atemlos fort, »ich kann aber nichts dafür. Als ich mein Kleid anzog, riss irgendwo ein Band; nun hängt der eine Zipfel bis auf die Erde. Bitte, seht einmal nach!«

Alle waren stehen geblieben und betrachteten Annemie. Nellie, praktisch wie immer, untersuchte gleich, wo der Schaden saß. »Komm her«, sagte sie, »ich werde dir ausbessern! Aber ein Nadel und Faden muss ich haben, dann nähe ich dir gleich mit weniger Stich in Ordnung.«

»Sei nicht umständlich!«, meinte Flora. »Hier hast du eine Stecknadel; damit wirst du es ebenso gut machen können. Wie oft habe ich mir schon ein Band oder einen kleinen Riss schnell mit der Nadel gesteckt!«

Aber davon wollte die Engländerin nichts wissen. Sie nahm Annemie mit in ihr Zimmer und nähte die wenigen Stiche. Als sie fertig war, zupfte sie an Annemie hier und dort herum; nichts saß an der kleinen, runden Lachtaube, wie es sitzen sollte. Der Kragen saß schief und an dem einen Schuh fehlte die Schnalle.

»Du bist aber ein sehr unordentlich Mädchen, liebes Lachtaube!«, schalt Nellie. »Aber ich kann dir nicht helfen, du musst mit deiner abgerissener Schnalle gehen. Es schlägt sechs, wir müssen pünktlich erscheinen.«

Die übrigen Mädchen warteten an der Treppe; nun gingen alle zusammen hinunter. An der Tür des Saales blieben sie stehen, keine brachte den Mut auf, hineinzugehen.

»Ich höre sprechen«, sagte Orla gedämpft, »ich glaube, die Herren sind schon da.« Sie legte das Ohr an die Tür und horchte. »Wirklich, sie sind da!«, bestätigte sie.

»Lass mich durchs Schlüsselloch sehen, Orla!«, bat die neugierige Flora und schob die Freundin leicht beiseite. Sie beugte den Kopf. Als sie das Auge an die Tür legen wollte, packte Grete der Übermut, sie gab Flora einen Stoß und die Dichterin flog mit dem Kopf gegen die Tür. Das war ein

Schreck! Wie der Wind flüchteten alle bis an das Ende des Vorsaals. Wenn Fräulein Raimar das Geräusch gehört hatte! »Dann sind wir einfach furchtbar blamiert«, erklärte Melanie und schalt Grete albern und ungezogen.

Annemie lachte, dass ihr die hellen Tränen über die Wangen liefen. »Sei mir nicht böse, dass ich dich auslache, Flora!«, sagte sie. »Aber ich kann nicht anders. Du sahst zu komisch aus und machtest ein so entsetztes Gesicht, als du mit deinem griechisch frisierten Kopf gegen die Tür fielst.«

Fräulein Raimar hatte wirklich ein Klopfen vernommen, sie öffnete die Tür, und als sie die Mädchen draußen stehen sah, rief sie ihnen zu, sich zu beeilen.

»Du musst vorangehen, Orla, du bist die Älteste«, flüsterte Ilse.

»Ich bin die Jüngste, ich komme zuletzt«, rief Grete, die sonst immer mit ihrem Mund die Erste war.

»Lass mich die Letzte sein, Grete!«, bat Annemie. »Ich habe mich noch nicht ausgelacht.«

Rosi war die Verständigste, wie immer. »Komm, Orla«, sagte sie, »wir dürfen Fräulein Raimar nicht warten lassen! Wir benehmen uns überhaupt recht kindisch, finde ich. An allem ist Gretes Albernheit schuld.«

Das gute Beispiel der beiden Ältesten wirkte wohltuend auf die Übrigen. Sie nahmen sich zusammen und gingen ruhig und ernst in den Saal.

»Meine Damen, erlauben Sie, dass ich Ihnen die Herren vorstelle«, mit diesen Worten empfing sie der Tanzlehrer. Es folgten Verbeugungen von beiden Seiten.

Flora strahlte vor Seligkeit; sie erkannte unter den Herren einen Primaner, für den sie bereits längst im Geheimen schwärmte. Er trat sogar in einem ihrer Gedichte als Apoll in Erscheinung.

Fräulein Güssow stand neben der Vorsteherin und hatte ihre Freude an den jungen Mädchen. An Ilse hing ihr Auge am zärtlichsten. Wie reizend begann sich ihr Liebling zu entfalten! Wo war der böse Trotz geblieben? Sie verglich Ilse mit den Übrigen und fand, dass sie nicht nur die Hübscheste, sondern auch weit natürlicher und unbefangener war als die meisten andern. Keine Spur von Koketterie äußerte sich in ihrem Wesen. Melanies Züge waren regelmäßiger, aber längst nicht so unbewusst lieblich; man merkte dem hübschen Mädchen an, dass es schon gar zu oft den Spiegel um seine Meinung befragte.

Flora und Melanie standen beisammen und machten über die Gymnasiasten Bemerkungen, während sie verstohlen hinüberschielten. Sie gaben sich dabei den Anschein, als kümmerten sie sich nicht im Geringsten um die Herrenwelt.

Orla war aufrichtiger. Sie setzte die Brille auf die Nase und betrachtete die Jünglinge ganz ungeniert. Später erhielt sie deswegen einen Tadel von der Vorsteherin.

Grete und Annemie saßen in einer Fensternische und kicherten und schwatzten das dümmste Zeug. Sogar Nellie war nicht ganz frei von einer harmlosen Gefallsucht. Sie wusste sich so zu setzen, dass ihr kleiner, schmaler Fuß im braunen Wildlederschuh nicht übersehen werden konnte. Rosi war natürlich weder gefallsüchtig, noch empfand sie die geringste Erregung. Ruhig und freundlich wie immer saß sie da und hielt sich so tadellos gerade, dass sie auch in der Tanzstunde das Musterkind für die andern war.

»Anfangen!«, rief der Tanzlehrer und klatschte.

Die Musik, die aus einem Klavier und einer Geige bestand, begann eine bekannte Melodie im Dreivierteltakt zu spielen.

Wie herrlich klangen die Töne den jungen, unverwöhnten Ohren! Wie hinreißend fanden sie die Walzerklänge!

»Bitte die Herren, zum Tanz aufzufordern!«, kommandierte der Tanzlehrer und jeder der tanzlustigen Jünglinge stürzte auf die Dame zu, die er sich bereits im Stillen als Ziel seiner Wünsche ausgesucht hatte.

Vor der herausgeputzten Melanie verbeugten sich drei Herren zugleich. Welch ein Triumph für ihr eitles Herz! Leider konnte sie nicht mit allen dreien auf einmal tanzen und musste sich mit der Genugtuung begnügen, dass alle Anwesenden doch sicher diese Auszeichnung bemerkten. Alle wohl nicht, aber Flora und Grete sahen sie und mussten die schmerzliche Erfahrung machen, dass die Verschmähten zu ihnen kamen um sie zu erlösen. Sie waren als einzige von all den jungen Damen übrig geblieben. Flora fühlte sich besonders tief gekränkt und mit neidischen Blicken folgte sie Ilse, die eben mit »Apoll« vorüberwalzte.

Lebhaft war die Unterhaltung am ersten Herrenabend nicht. Die Gegenwart der Vorsteherin, ihre beobachtenden Blicke legten einigen Zwang auf. Nellie, die sich sehr bemühte, keinen Sprachfehler zu machen, war besonders schweigsam. Einige Mal, als sie angeredet wurde und sich recht gewählt ausdrücken wollte, entstanden die drolligsten Gesprächswendungen.

Ein junger Mann erzählte ihr, dass er in einigen Jahren, wenn er fertig studiert habe, nach England gehen werde.

»Werden Sie dort verständig (beständig, meinte sie) sein?«, fragte sie. – Ein andrer wollte wissen, ob sie gern in Deutschland weile. »O ja, ich bin ganz verliebt in der Deutsche!«, gab sie zur Antwort.

Aber Nellie konnte nie missverstanden werden. Ihre kindliche Art nahm sofort alle Herzen für sie ein. Die jungen Herren waren denn auch alle entzückt von der jungen Engländerin, und da sie obendrein sehr gut tanzte, wurde sie bald zum allgemeinen Liebling erkoren.

Grete wurde die schweigsame Zurückhaltung der Herren äußerst sauer; verschiedene Male fiel sie aus der Rolle. Einmal ertappte Orla, die gerade hinter ihr stand, Grete bei einer kleinen Taktlosigkeit. »Wie heißt die junge Dame mit den Locken?«, wurde sie von ihrem Tänzer gefragt.

»Das ist Ilse Macket«, gab Grete schnell zur Antwort. Und nun begann sie ausführlich zu berichten. »Sie ist erst seit Juli hier«, fuhr sie fort und der Mund ging ihr wie eine Plappermühle. »Ihr Vater brachte sie hierher. Sie ist nämlich weit her, aus Pommern. Denken Sie sich, sie brachte ihren Hund mit und wollte ihn durchaus mit in das Institut nehmen! Natürlich erlaubte es ihr Fräulein Raimar nicht. Ach, und ungeschickt war sie! Kein Mensch kann sich davon einen Begriff machen. Einmal hat sie einen ganzen Stoß Teller ...«

»Grete«, unterbrach Orla ihren Redefluss, »du verlierst eine Nadel! Tritt einen Augenblick mit mir zur Seite, damit ich sie wieder befestige.«

»Wie ungezogen, wie abscheulich von dir!«, schalt Orla, indem sie sich scheinbar an Gretes Kragen zu schaffen machte. »Warum stellst du Ilse so bloß? Du siehst den Herrn heute zum ersten Mal und machst ihn sofort zum Mitwisser unserer

Institutsgeheimnisse. Willst du denn die arme Ilse dem Spott preisgeben?«

Grete erschrak. Daran hatte sie gar nicht gedacht. Ihre Schwatzhaftigkeit hatte ihr wieder einmal einen bösen Streich gespielt. Betrübt und niedergeschlagen trat sie wieder in die Reihe der Tanzenden. Sie fasste den festen Entschluss, in Zukunft vorsichtiger zu sein.

Fräulein Raimar hielt streng darauf, dass außerhalb der Tanzstunden keine Zusammenkünfte mit den jungen Herren stattfanden. In diesem Punkt kannte sie keine Nachsicht. Es war ihr durchaus nicht recht, dass die jungen Leute sich herausnahmen, auf ihren täglichen Spaziergängen die Zöglinge zu treffen und grüßend an ihnen vorüberzuschreiten. Es war ihr geradezu unbegreiflich, wie die Gymnasiasten es herausbrachten, welchen Weg sie wählte. Denn wenn sie ihre junge Schar heute durch den Park, morgen in dieses Tal, übermorgen über jenen Berg führte, immer konnte sie überzeugt sein, die roten Primanermützen auftauchen zu sehen; sie konnte ihnen nicht entgehen. Die Lösung dieses Rätsels war einfach genug, der Verrat wurde durch die Tagesschülerinnen ausgeführt. Sie waren die Vermittlerinnen zwischen ihren Brüdern, Vettern oder Bekannten und den Pensionärinnen. Sie schmuggelten Grüße, Gedichte, sogar Fotografien ein und Flora benutzte diesen Weg, ihr Album den Herren zuzusenden mit der Bitte, ein selbst verfasstes Gedicht hineinzuschreiben.

Die Tanzstunde nahte ihrem Ende. »Leider!«, seufzte die Jugend. Fräulein Raimar indes atmete auf, denn wenn sie auch der Jugend gern fröhliche Stunden bereitete, so sehnte sie sich doch wieder Ruhe und Gleichmäßigkeit zurück. Ihrer Erfahrung nach litt der Ernst des Lernens doch stark unter der Zerstreuung.

Den Schluss und Glanzpunkt bildete alljährlich ein kleiner Ball und morgen, am Sonnabend, sollte das Ereignis stattfinden.

Die Benennung »Ball« war vielleicht zu anspruchsvoll für das kleine Fest. Es wurden noch einige Gäste geladen, das Orchester schwang sich zu einer zweiten Geige auf, dem Tee nebst belegten Butterbroten folgte eine leichte Bowle mit Kuchen und die jungen Mädchen zogen ihre besten Kleider an. Das war alles.

Der große Saal erhielt ein festliches Ansehen; dafür trug Fräulein Raimar Sorge. Sie liebte es, den Schönheitssinn ihrer jungen Zöglinge zu wecken und zu zeigen, wie man mit wenigen Mitteln auch dem einfachsten Fest einen geschmackvollen Rahmen geben konnte.

Soeben stand sie neben dem Gärtner und ordnete an, wie die frischen Tannen mit den blühenden Topfgewächsen in den Ecken zu stellen waren. Dann musste er Vasen von rotem Ton zwischen verschiedenen Wandleuchtern befestigen. Üppige Schlingpflanzen wurden darauf gestellt und hingen anmutig herab. Am Abend, wenn die Kerzen brannten, bot der Saal mit dem Pflanzenschmuck einen heiteren und festlichen Anblick.

Die jungen Mädchen waren in großer Aufregung. Es war der erste Ball, der ihnen bevorstand, und dieses wichtige Ereignis nahm alle ihre Gedanken in Anspruch. Einige betrachteten immer wieder die duftigen Kleider, andere versuchten besondere Haartrachten, so Flora, die eine Schwäche dafür besaß; wieder andre probierten die Kleider an, der Sicherheit wegen, wie Nellie meinte, die soeben ebenso wie Ilse ihr neues Kleid von der Schneiderin bekommen hatte.

Als die beiden Mädchen vor dem Spiegel standen, kam Lilli laut jubelnd in das Zimmer. »Ich geh mit auf euren Ball«, rief sie, »das Fräulein hat es mir erlaubt. Und mein neues weißes Kleiderl zieh ich an und die rote Schleife bind ich um und ich darf mittanzen. Ich freu mich so sehr auf morgen!« Und sie fasste mit beiden Händen ihre Schürze und tanzte durchs Zimmer.

Es war schon dunkel und so konnte die Kleine zuerst nicht sehen, dass Ilse und Nellie so festlich gekleidet waren. Als Licht angezündet wurde, blieb Lilli überrascht stehen und sah erstaunt von einer zur andern. »Wie schön schaut ihr aus!«, rief sie bewundernd und mit gefalteten Händen, fast andächtig, sah sie die beiden Mädchen an.

Ilse nahm ihren Liebling zärtlich in die Arme und küsste ihn herzhaft. »Du bist ja so heiß, Lilli!«, sagte sie und befühlte Stirn und Wange des Kindes. »Fehlt dir etwas?«

»Der Kopf tut mir halt a bisserl weh«, entgegnete Lilli. »Aber gar net viel, gewiss net!«, beteuerte sie, als Ilse sie besorgt ansah. »Morgen tut er net mehr weh, morgen geh ich ganz gewiss auf den Ball.«

Am andern Morgen lag Lilli heftig fiebernd in ihrem Bett. Der herbeigerufene Arzt machte ein ernstes Gesicht. »Sie hat starkes Fieber«, sagte er und verordnete Eisumschläge auf den Kopf, die jede halbe Stunde gewechselt werden mussten. Das lebhafte Kind lag still und teilnahmslos da.

Fräulein Güssow saß sorgenvoll an Lillis Bett, die eben eingeschlummert war. Die Vorsteherin beruhigte die junge

Lehrerin und meinte, Lillis Krankheit werde wohl ein heftiges Schnupfenfieber sein, sie habe bei Kindern oftmals ähnliche Fälle erlebt.

Die junge Lehrerin schüttelte ungläubig den Kopf. »Wenn nur der Ball heute Abend nicht wäre!«, sprach sie seufzend. »Der Lärm im Haus und das kranke Kind – es will mir nicht in den Kopf. Wenn wir die Veranstaltung hinausschieben würden, Fräulein Raimar?«

»Sie sehen zu schwarz, liebe Freundin«, entgegnete die Vorsteherin. »Der Lärm wird Lilli nicht stören. Wie sollte er aus dem Vorderhaus bis hierher in ihr stilles Zimmer dringen! Bedenken Sie, wie sehr sich die Kinder auf den heutigen Abend gefreut haben! Wie grausam wäre es, wollten wir ihre Freude zerstören! Noch sehe ich keine Gefahr und wir können unbesorgt den Ball stattfinden lassen.«

»Ball!«, wiederholte Lilli, die erwacht war und das Wort hörte. »Ich will tanzen! Zieh mich an, Fräulein! Bitt schön, lass mich tanzen!«

Fräulein Güssow warf der Vorsteherin einen Blick zu. Sie musste doch sehen, wie krank die Kleine war; sie fantasierte.

Aber Fräulein Raimar war nicht überzeugt und auch nicht erschrocken. Sie trat zu Lilli an das Bett und ergriff ihre Hand.

»Es ist noch heller Tag, Lilli«, sagte sie freundlich. »Siehst du nicht, wie die Sonne scheint? Heute Abend sollst du tanzen, jetzt ist es noch viel zu früh. Leg dich nieder und schlaf noch eine Weile! Wenn du aufwachst, bist du gesund und ziehst dein gesticktes Kleid an.«

»Die Sonne scheint«, wiederholte das Kind, wie aus einem

Traum erwacht, und sah mit offenen Augen zum Fenster hinaus. Dann legte sie die Hand gegen die Stirn und sagte leise: »Ach, Fräulein, mir tut der Kopf so weh!«

»Das wird sich geben, mein Herz. Nimm nur recht artig deine Medizin ein!«

Die Vorsteherin küsste Lilli und versicherte der geängstigten Lehrerin, das Fantasieren der kleinen Kranken habe nichts zu bedeuten; bei lebhaften Kindern stelle sich das bei einem harmlosen Schnupfenfieber ein. Mit diesem aufrichtig gemeinten Trost verließ sie das Zimmer.

Es schien, als sollte sie Recht behalten. Gegen Mittag schlief Lilli ein. Das Fieber ließ nach und Fräulein Güssow atmete erleichtert auf. Als Ilse kam und teilnehmend nach Lillis Befinden fragte, flüsterte sie ihr freudig zu: »Sie schläft, es scheint eine Besserung eingetreten zu sein.«

Lillis Besserung war leider nur trügerisch. Während sich die jungen Mädchen heiter und fröhlich zum Fest schmückten, lag die Kleine im heftigsten Fieber. Fräulein Güssow wich nicht von ihrem Bett und erklärte mit aller Bestimmtheit, dass sie diesen Platz nicht verlassen werde. Auf Fräulein Raimars Wunsch wurde die Verschlimmerung vorläufig geheim gehalten; sie mochte keinen Misston in die unbefangene Freude ihrer Zöglinge bringen, musste sie sich doch bei ruhiger Überlegung sagen, dass nichts damit gebessert werden konnte.

So blieb denn die junge Lehrerin allein im Krankenzimmer. Sie hörte das unruhige Getrappel im Vorderhaus; dann und wann schlug ein fröhliches Lachen an ihr Ohr und endlich vernahm sie die gedämpften Töne der Polonaise.

»Ilse, komm!«, rief Lilli plötzlich, und Fräulein Güssow fuhr erschreckt zusammen. »Ilse, bitt schön, komm! Ich führ dich in den Saal, komm!« Sie stellte sich im Bett auf und machte alle Anstrengungen, herauszuspringen.

Fräulein Güssow legte den Arm um das fiebernde Kind und versuchte es niederzulegen, aber Lilli stieß sie von sich. »Geh fort!«, rief sie. »Du bist nicht meine Ilse, du hast kein schönes Kleiderl an. – Ilse! Ilse, komm!« Angstvoll stieß sie diese Worte heraus und mit starren Augen blickte sie ihre Pflegerin an.

»Wenn du ruhig bist, wird Ilse kommen«, sagte Fräulein Güssow mit zitternder Stimme, die Angst schnürte ihr fast die Kehle zu. »Sei ruhig, mein Liebling! Lege dich nieder, ganz still! So.« Und sie bettete Lilli mit sanfter Gewalt in die Kissen.

»Ganz still!«, wiederholte das Kind mechanisch. »Ilse, komm! – Ganz still!«

Fräulein Güssow zog an der Klingelschnur und nach einiger Zeit erschien die Köchin. Sie war die Einzige, welche die Glocke vernommen hatte; die beiden andern Hausgehilfinnen waren im Vorderhaus beschäftigt.

»Ruf sofort Fräulein Ilse«, gebot Fräulein Güssow mit halblauter Stimme, »und dann hole den Arzt! Das Kind ist sehr krank. Aber still und ohne Aufsehen, Barbara! Niemand darf es wissen.«

»Aber wenn mich Fräulein Raimar fragen sollte«, wandte die Köchin ein, »dann muss ich es ihr sagen, nicht?«

»Sie wird dich nicht fragen, wenn du deine Sache klug machst. Beeile dich nur, ich bitte dich!«

Der Zufall kam der Köchin zu Hilfe. Gerade als sie sich dem Saal näherte, traten Ilse und Nellie lachend und plaudernd, mit erhitzten Wangen, Arm in Arm aus der Tür.

Geheimnisvoll winkte ihnen die Köchin zu. »Fräulein Ilschen«, sagte sie, »Sie möchten gleich zu Fräulein Güssow kommen.«

»Es ist doch nichts geschehen, Barbara?«, fragten beide Mädchen fast zugleich.

»O nein, passiert ist gerade nichts, aber das Kind ist kränker geworden; ich soll gleich den Doktor holen. Es soll aber niemand etwas wissen. Sie brauchen keine Angst zu haben, Fräuleinchens«, beruhigte sie, als sie die erschrockenen Gesichter vor sich sah, »so schnell geht es nicht mit so kleinen Kindern. Krank – gesund –, man weiß nicht, woher es kommt. Aber nun will ich laufen!«

»Ich gehe mit dich«, sagte Nellie, aber Ilse wehrte ab. »Du musst in den Saal zurückkehren, Nellie«, erklärte sie entschieden, »es würde Aufsehen erregen, wenn wir beide fehlten. Ich gehe allein und gebe dir bald Bescheid.«

Traurig sah Nellie der Freundin nach, dann kehrte sie in den hell erleuchteten Saal zurück. Das Herz wurde ihr schwer, als sie ringsum nur glückliche, fröhliche Menschen sah, und unwillkürlich füllten sich ihre Augen mit Tränen. Aber ihr betrübtes Gesicht durfte niemand sehen, sie trat deshalb unauffällig hinter eine Tannengruppe.

Aber einer beachtete sie doch und das war Doktor Althoff. Als er sie mit so ernstem Gesicht eintreten und gleich darauf verschwinden sah, näherte er sich ihr langsam. »Weshalb suchen Sie die Einsamkeit, Miss Nellie?«, fragte er herzlich. »Haben Sie Kummer?«

»Oh, Herr Doktor, ich ängstige mir so um das Kind! Bärbchen hat Ilse gerufen und holt jetzt den Arzt.« Nellies sonst so fröhliche Augen blickten in Angst und Trauer den jungen Lehrer an.

Doktor Althoff war sie nie so lieblich erschienen wie in diesem Augenblick. Die schelmische, lustige Nellie in dem duftigen, hellblauen Kleid, mit dem goldblonden Haar gefiel ihm schon den ganzen Abend; die trauernde Nellie, die ein so warmes Mitgefühl verriet, entzückte ihn geradezu. »Beruhigen Sie sich!«, tröstete er. »Ich werde sofort in das Krankenzimmer gehen und verspreche Sie zu benachrichtigen, wie es dort steht.«

Als er nach leisem Anklopfen die Tür öffnete, bot sich ihm ein rührender Anblick dar. Ilse kniete an dem Bett und ihr Kopf lag dicht neben Lillis Köpfchen, sodass ihre braunen Locken sich mit den lichtblonden des Kindes mischten.

Fräulein Güssow legte soeben einen neuen Eisumschlag auf die glühende Stirn der Kranken.

Doktor Althoff fragte nicht, ein Blick auf die kleine Kranke sagte ihm alles. Groß und fremd sah sie ihn an, ihre Händchen zuckten und griffen unruhig in die leere Luft. Als Ilse sich erheben wollte, klammerte sie sich fest an sie. »Du sollst net fortgehen!«, stieß sie in abgerissenen Sätzen heraus. »Du bist die Schönste; tanz mit mir – komm!«

Plötzlich begann die Kleine zu fantasieren und sah Ilse für das Christkind an. »Du liebes Christkindl hast ein goldnes Kleiderl an – und ein Kronerl tragst auf dem Kopf – ah, wie das strahlt! Du willst mit mir spielen«, fuhr sie geheimnisvoll lächelnd fort. »Wart nur, ich komm zu dir, zu den lieben Engelein! – Ich komm – nimm mich mit!« Ermattet sank sie nach diesem Anfall in die Kissen zurück.

Ilse war wie gelähmt vor Schreck. Niemals zuvor war sie an dem Lager eines Schwerkranken gestanden, jetzt war sie fassungslos vor Kummer. Sie umklammerte Fräulein Güssow und wurde totenblass.

»Kehren Sie in den Saal zurück, Ilse!«, riet Doktor Althoff und ergriff ihre Hand. »Kommen Sie, ich werde Sie führen!«

Aber Ilse schüttelte den Kopf. »Ich bleibe hier«, sagte sie.

Nach kurzer Zeit, die den Wartenden eine Ewigkeit dünkte, traf der Arzt ein. Sein Blick fiel auf das Kind und er erschrak. Was war seit gestern aus dem blühenden lebensfrohen Wesen geworden! Die runden Wangen waren eingefallen und die großen, schwarzen Augen starrten wie abwesend in die leere Luft. Er nahm ihre Hand und fühlte nach dem Puls. Lilli merkte nichts davon.

Der Arzt rührte ein Pulver in ein Glas Wasser und reichte es ihr. Fräulein Güssow bemühte sich vergeblich, der kleinen Kranken das Medikament einzuflößen, erst auf Ilses sanftes Zureden öffnete sie die Lippen. Nachdem sie getrunken hatte, wurde sie ruhiger und verfiel in einen Halbschlummer.

»Wo wohnen die Eltern der Kleinen?«, wandte sich der Arzt an Fräulein Güssow. »Ich rate, sie unverzüglich von der Krankheit zu benachrichtigen. Wir haben es mit einer bösartigen Gehirnentzündung zu tun.«

»Nur die Mutter lebt«, nahm Doktor Althoff das Wort und erbot sich, sofort ein Telegramm abgehen zu lassen. Nach seiner Berechnung konnte sie schon am nächsten Abend eintreffen.

Bevor er das Haus verließ, kehrte er noch einmal in den Saal zurück, um die Vorsteherin von den Anordnungen des Arztes zu unterrichten. Nellie, die gerade tanzte und nicht aus der Reihe treten konnte, warf einen ängstlich fragenden Blick auf ihn; flüchtig nur streifte sie sein Blick und doch erriet sie, dass er nichts Gutes zu melden habe. Oh, wäre nur der Tanz erst zu Ende, dass sie ihn fragen könnte! Aber er wartete nicht darauf; nach wenigen Minuten verließ er schon wieder den Saal und ließ Nellie in den ärgsten Zweifeln zurück. War es schlimmer geworden?

Das ruhige Gesicht der Vorsteherin gab ihr keine Antwort auf ihre Frage. Das gleiche verbindliche Lächeln wie zuvor umspielte ihren Mund; sie unterhielt sich mit einigen Gästen mit unveränderter Liebenswürdigkeit. Und doch war Fräulein Raimar bis ins Innerste erregt. Aber sie verstand die seltene Kunst, sich meisterhaft zu beherrschen. Warum sollte sie plötzlich Schreck und Aufregung in die Freude bringen? In einer Viertelstunde war der Tanz vorüber, dann sollten die jungen Mädchen zu Bett gehen ohne zu erfahren, wie es mit der Kranken stand. Verschlimmerte sich Lillis Zustand, so erfuhren sie diese traurige Botschaft am Morgen noch früh genug.

In dem Krankenzimmer dachte man nicht an Schlaf. Es sah dort traurig aus. Lilli fantasierte zwar nicht mehr, aber sie lag teilnahmslos da. Das Fieber stieg noch immer. Als die Vorsteherin eintrat, erhob sich der Arzt und teilte ihr seine Befürchtung mit. Ilse schluchzte leise in sich hinein, es wurde ihr schwer, sich zu beherrschen.

»Geh zu Bett, Ilse«, sprach Fräulein Raimar liebevoll, »du darfst nicht länger hier bleiben!«

Der Arzt stimmte energisch bei und so flehend das junge Mädchen die Vorsteherin auch ansah, diese beharrte auf ihrem Willen. »Du bist ein gutes Kind«, sagte sie weich, und ihre Stimme klang nach verhaltenen Tränen, »aber ich darf deinen Wunsch nicht erfüllen. Ein längerer Aufenthalt hier könnte deiner Gesundheit schaden. Du kannst dem Kind auch nicht helfen; sieh hin, es kennt dich und uns alle nicht mehr!«

Bevor sie das Zimmer verließ, trat Ilse noch einmal zögernd und leise an Lillis Bett. Zitternd ergriff sie die kleine, fieberheiße Hand und mit einem langen, tränenschweren Blick auf das blasse Gesichtchen nahm sie Abschied. Ach, sie fühlte es, das war ein Lebewohl für immer! Dann eilte sie hinaus, das Taschentuch fest vor den Mund gepresst, um vor Schmerz nicht laut aufzuschreien.

Draußen, dicht vor der Tür, stand Nellie. Unbemerkt war sie der Vorsteherin gefolgt und nun erwartete sie die Freundin. Ilse fiel ihr um den Hals und Nellie führte die Trostlose hinauf in ihr Zimmer. Dort warf sich Ilse verzweifelt auf ihr Bett und begrub das Gesicht laut weinend in den Kissen.

»Ist sie so sehr krank?«, fragte Nellie.

»Sie stirbt, Nellie«, schluchzte Ilse außer sich, »unser süßer, kleiner Liebling stirbt!«

Nellie wurde blass und ein heftiges Zittern überfiel ihren Körper, aber sagen konnte sie nichts. Sie vermochte niemals ihren Schmerz laut herauszujammern; die ungestüme Art Ilses war ihr fremd. Ilse hatte Kummer und Leid noch niemals Aug in Aug gesehen. Wie anders Nellie! So mancher trübe Schatten verdunkelte bereits ihr junges Dasein. Sie musste an den Tod des geliebten Vaters denken, der sie so jung als Waise zurückgelassen hatte. Still setzte sie sich neben die Freundin auf den Bettrand und ergriff Ilses Hand. »Komm«, sagte sie mit unsicherer Stimme, »setze dir hoch! Du machst dir auch krank, wenn du so hitzig bist. Und wenn wir uns totweinen, wir machen doch der arm klein Herz nicht gesund! Wenn der Herrgott sagt: ›Ich will der klein Engel zu mich nehmen, was können wir da machen? – O Ilse, es ist gar nicht schrecklich, als ein jung Kind zu sterben! Wer weiß, welch trauriges Schicksal unsre Lilli aufwartete. Ist es nicht besser, tot zu sein? Ich wär sehr glücklich, wenn mich der liebe Gott als klein Kind zu sich genommen hätte.«

Wie traurig das klang! Ilse antwortete nichts, aber sie erhob sich und umschlang Nellie fest und innig. Und die beiden jungen Mädchen schlossen in diesem ernsten Augenblick einen innigen Freundschaftsbund für das ganze Leben.

Es war ein trübseliger Sonntag, der dem Ballfest folgte. Als die junge Schar, noch ganz erfüllt von der Erinnerung, beim Morgenkaffee saß, trat Fräulein Güssow ein. Bei ihrem Anblick verstummte das fröhliche Geplauder; ihr blasses und verweintes Gesicht verkündete nichts Gutes.

Ilse und Nellie waren sofort an ihrer Seite, es war ihnen bisher unmöglich gewesen, an der Fröhlichkeit der andern teilzunehmen. »Ist es besser?«, fragte Ilse hoffend und bangend zugleich.

Traurig schüttelte die Angeredete den Kopf und ihre Augen füllten sich mit Tränen. »Nein«, sagte sie, »es ist nicht besser. Die Krankheit hat sich verschlimmert und ihr müsst euch auf das Ärgste gefasst machen. Ich teile euch dies mit, Kinder, damit ihr nicht allzu sehr erschreckt, wenn ...« Sie konnte den Satz nicht vollenden, Tränen erstickten ihre Stimme.

Augenblickliche Stille folgte dieser Eröffnung. Als Ilse laut zu schluchzen anfing, erhob sich ein allgemeines Wehklagen. Kein Auge blieb trocken bei dem Gedanken, den herzigen Liebling für immer hergeben zu müssen.

Die junge Lehrerin entfernte sich und Ilse eilte ihr nach. »Lassen Sie mich zu ihr!«, bat sie dringend und erhob flehend die Hände. »Bitte!«

Fräulein Güssow konnte ihr diesen Wunsch nicht erfüllen. »Du darfst sie nicht wiedersehen, Ilse«, sagte sie fest und entschieden. »Sie hat sich so verändert, dass deine lebhafte Fantasie ihr trauriges Bild für lange Zeit nicht vergessen würde. Sie ist nur noch ein Schatten des schönen, fröhlichen Kindes.« Sie küsste die trostlose Ilse und kehrte in das Krankenzimmer zurück, das Fräulein Raimar seit Mitternacht nicht mehr verlassen hatte.

Als Ilse wieder in den Speisesaal trat, stand Miss Lead fertig zum Kirchgang angekleidet mit dem Gesangbuch in der Hand da. Sie trieb zur Eile an, da es höchste Zeit sei, zur Kirche zu gehen.

»Ich kann Sie heute nicht begleiten, Miss Lead«, entgegnete Orla, die sich ganz gegen ihre Gewohnheit vom Gefühl übermannen ließ und heftig weinte, »ich kann es nicht!«

»Ich auch nicht! – Ich auch nicht!«, erklärten die Übrigen. Selbst Rosi, die stets Gefügige, bat um Verzeihung, wenn sie ebenfalls zurückbleibe. »Ich bin so aufgeregt und könnte nicht andächtig die Predigt hören«, fügte sie hinzu.

»Ich begreife euch nicht«, sprach die Engländerin, erstaunt von einer zur andern sehend. »Ist das Gotteshaus nicht der beste Ort für ein gequältes Herz? Sagt nicht der Herr: ›Kommet her zu mir alle, die ihr mühselig und beladen seid, ich will euch erquicken!‹ Ich gehe und will für die Kranke beten; vielleicht erhört mich der Herr.«

Sie ging und die englischen Pensionärinnen schlossen sich ihr an. Sie teilten in ihren strenggläubigen Herzen die Ansicht der Lehrerin. Nur Nellie blieb zurück. Nicht weil sie weniger gläubig war – o nein! Sie war von tiefer Frömmigkeit erfüllt, aber es wäre ihr unmöglich gewesen, das Haus, das ihr eine liebe Heimat geworden war, in diesem Augenblick zu verlassen. »Ich will auch beten«, sagte sie leise wie für sich. Sie trat in den Hintergrund des Zimmers, kniete nieder und betete heiß und innig zu Gott, dass er Lilli am Leben erhalten möge.

Aber es stand anders in den Sternen geschrieben. Gegen Abend öffnete die Vorsteherin plötzlich die Fensterflügel im Krankenzimmer weit – Lilli war tot. Wie ein sorglos schlummerndes Kind lag sie da; der krampfhafte Zug war verschwunden und ein friedliches Lächeln lag über den leicht geöffneten Lippen.

Die beiden Lehrerinnen standen stumm und mit gefalteten Händen am Bett der kleinen Verstorbenen und konnten den Blick nicht von ihr wenden. Die Abendsonne verklärte mit rosigem Schimmer das zarte Gesicht und in dem knospenden Apfelbaum vor dem Fenster sang ein Star sein Abendlied.

»So früh und in der Fremde musstest du sterben, armes Kind!«, unterbrach Fräulein Güssow die feierliche Stille.

»Sie fühlte sich glücklich und heimisch bei uns«, entgegnete Fräulein Raimar tief ergriffen. »Die eigentliche Heimat war ihr fremd geworden. Sie hat nicht einmal nach der Mutter verlangt.«

Die Mädchen waren zutiefst ergriffen, als sie die traurige Nachricht erhielten, besonders Ilse, deren lebhafte Natur sich dem Schmerz zügellos hingab. Sie glaubte vergehen zu müssen. Noch nie war sie so unglücklich gewesen wie in dieser Nacht nach Lillis Tod, selbst damals nicht, als sie den

Wagen fortfahren sah, der den geliebten Vater entführte, und sie fremd und verlassen an der Pforte dieses Hauses stand.

Lilli war in die Erde gebettet. Sie schlummerte unter Schneeglöckchen und Veilchen. Das kleine Geschöpf wurde von allen, die mit ihm in nähere Berührung gekommen waren, tief betrauert und es erregte allgemein schmerzliche Verwunderung, dass die Mutter fernblieb.

Am Todestag Lillis war ein Telegramm angekommen, worin sie meldete, dass sie erst am Dienstag Abend eintreffen könne. Es sei ihr unmöglich, früher zu kommen, da sie am Montag in einem neuen Stück die Hauptrolle zu spielen habe. Als ihr an diesem Tag der Tod ihres Kindes gemeldet wurde, kam umgehend ein Brief voll überschwänglicher Klagen, aber sie blieb fern. Sie sandte kostbare Blumen und bat die Vorsteherin, einen gemeißelten Stein, einen knienden Engel darstellend, für das Grab des Kindes anfertigen zu lassen; mit goldenen Buchstaben solle auf dem Sockel zu lesen sein: »Teures Kind, bete für mich!«

»Meine Mama wäre gekommen, wenn sie mich sterbenskrank gewusst hätte«, bemerkte Ilse, als sie Nellie den herzlichen, trostreichen Brief ihrer Mutter vorlas.

»Oh, sicher, sie wäre von der Weltenende zu dich gereist!«, beteuerte Nellie lebhaft.

»Und sie ist nicht einmal meine wirkliche Mutter«, fuhr Ilse nachdenklich fort. »Ach, Nellie, ich habe sie oft sehr gekränkt! Glaubst du wohl, dass sie mir vergeben wird?«

»Mach dich kein Kummer darum, Kind! Deine Mutter hat ein so liebesreiches Herz, kein bisschen Bosheit für dir ist darin. Sie vergibt dir alles. Du warst ja auch noch ein ungezogen, dumm Baby, als du bei sie warst; jetzt aber bist du eine sehr anständige (sie meinte verständige) junge Dame.«

»Ist das dein Ernst Nellie?«, fragte Ilse zweifelnd.

»Es ist mein Ernst und ich gebe dir den guten Rat, schreibe an deiner Mutter ein lang Brief und bitte ihr um Verzeihung.«

Ilse überlegte einen Augenblick. »Du hast Recht, Nellie«, sagte sie dann entschlossen; »ich werde ihr schreiben, ich bin es ihr schuldig. Heute noch will ich es tun. Wenn sie mir nur bald darauf antwortet! Ich werde nicht eher ruhig sein.«

Der Brief an die Mutter war abgeschickt. Acht Tage waren seitdem vergangen und noch war keine Antwort eingetroffen. Ilse war unruhig und aufgeregt. Nellie, ihre einzige Vertraute, tröstete sie.

»Es ist ja noch kein Ewigkeit vorbei, seit du schriebst«, sagte sie. »Es scheint dich nur so, weil du immer daran denkst. Ich wette, heute wirst du ein schön, lang Brief haben. Mich ahnt das!«

Und richtig. Nellies Ahnung, die eigentlich gar nicht so ernst gemeint war, ging in Erfüllung. Es kam ein Brief an Ilse.

»Komm in mein Zimmer, Ilse, ich habe dir etwas mitzuteilen!« Mit diesen Worten empfing Fräulein Raimar das Mädchen, als sie eben aus der Kirche kam. »Ich habe soeben einen Brief von deinem Papa erhalten, worin er mich bittet, dir etwas recht Erfreuliches zu verkünden. Ahnst du nicht, was das sein könnte?«

»Nein«, entgegnete Ilse und blickte die Vorsteherin erwartungsvoll an.

»Du hast ein Brüderchen bekommen! Da, lies selbst, dein Vater hat für dich einen Brief beigelegt.«

Ilse vermochte in diesem Augenblick nicht zu lesen. Das Blut schoss ihr heiß in die Wangen, und ehe sie noch ein Wort über die Lippen bringen konnte, flog sie Fräulein Raimar an den Hals und küsste sie. Sie musste ihre jubelnde Freude an jemand auslassen.

Als sie zur Besinnung kam, schämte sie sich ihrer Übereilung. Wie konnte sie allen Respekt außer Acht lassen und die Vorsteherin umarmen! »Verzeihen Sie!«, sagte sie befangen und trat bescheiden zurück.

Aber Fräulein Raimar schnitt ihr das Wort ab und nahm sie noch einmal herzlich in die Arme. »Komm her, mein Kind«, sagte sie warm, »und lass mich die Erste sein, die dir von ganzem Herzen Glück wünscht!«

Später äußerte sie gegen Fräulein Güssow, dass ihr Ilses strahlende Freude so recht einen Beweis für ihr kindlich unbefangenes Herz gegeben habe. Anfangs hatte sie nicht glauben wollen, dass sich Ilses trotzige Natur jemals zügeln lassen würde.

Der Brief an Ilse war nur kurz und von der Mutter schon vor mehreren Tagen geschrieben. An der Verzögerung war der Vater schuld; er hatte noch einige Zeilen hinzufügen wollen und nicht gleich die Zeit gefunden.

»Lies erst, was sie schreibt!«, bat Nellie, nachdem Ilse jubelnd in das Zimmer gestürzt war. »Lies erst! Nachher sprechen wir von die Baby.«

Und Ilse las:

»Mein teures Kind!

Dein letzter Brief hat mich sehr glücklich gemacht. Ich kann den Augenblick kaum erwarten, in dem ich dich an mein Herz drücken darf, um dir mit einem herzlichen Kuss zu sagen, dass ich dir niemals böse war. Ich wusste immer, dass mein Trotzköpfchen schon den Weg zu mir finden werde. Mache dir nur keine Sorgen um vergangene kleine Sünden! Sie sind längst in alle Winde verweht. Denke lieber an die zukünftige Zeit, in der wir wieder beisammen sein werden, und male sie dir so rosig aus, wie deine junge Fantasie es nur zu tun vermag! Ich habe dich sehr, sehr lieb. Mit zärtlichen Küssen

Deine Mama.«

Der Vater schrieb nur einige flüchtige Zeilen:

»Hurra! Wir haben einen prächtigen Jungen. Ich habe nur den einen Wunsch, ihn dir, mein Kleines, gleich zeigen zu können. Er sieht dir ähnlich, hat gerade so lustige Augen wie du. Morgen schreibe ich dir mehr.«

»Oh«, jammerte Ilse unter Lachen und Weinen, »wenn ich nur zu Hause sein könnte! Ich habe so große Sehnsucht, die Mama, den Papa und das kleine Brüderchen zu sehen.« Dabei umarmte und herzte sie Nellie, und als Fräulein Güssow hinzutrat, fiel Ilse auch ihr um den Hals. Sie wollte in ihrer Seligkeit am liebsten die ganze Welt umarmen.

Am Nachmittag, nach dem ersten Freudenrausch, kehrten Ilses Gedanken zu der verstorbenen Lilli zurück. Sie machte sich Vorwürfe, dass sie ihr Andenken heute so ganz vergessen konnte. »Komm, Nellie«, sagte sie, »lass uns im Garten Veilchen pflücken zu einem Strauß für Lillis Grab!«

Die Tage kamen und gingen und das Osterfest stand vor der Tür. Die Prüfungen waren vorüber und die ausgeteilten Zeugnisse riefen Freude oder Kummer hervor, je nachdem sie für die Betreffenden ausgefallen waren. Ilse konnte zufrieden sein. Mit Ausnahme einzelner Fächer zeigte sie sehr gute Fortschritte. Ihr ernstes Streben, ihr Betragen, das besonders seit Lillis Tod tadellos war, wurden von ihren Lehrern und Lehrerinnen rühmend hervorgehoben. Nur die englische Lehrerin schloss sich dieser Ansicht nicht an; sie blieb bei ihrem Vorurteil und fand, dass Ilse nach wie vor ohne jedes Benehmen und ohne Anmut sei, auch tadelte sie ihre englische Aussprache.

»Lass dir nix vormachen, Ilse!«, sagte Nellie, als sie allein waren. »Du sprichst schon ganz nett Englisch und drückst dir stets sehr fein aus. Übrigens tröste dir mit mir! Sieh, was sie hier geschrieben haben!« Sie reichte betrübt der Freundin ihr Zeugnis und Ilse las als besondere Bemerkung: »Nellie macht sehr langsame Fortschritte in der deutschen Sprache.«

»Ist das nicht unrecht?«, fragte Nellie. »Ich gebe mich so furchtbar große Mühe mit eure schwere Sprache.« Nun war die Reihe zu trösten an Ilse. Sie versprach, von jetzt an keinen Schnitzer mehr durchgehen zu lassen! Nellie dagegen wollte täglich eine volle Stunde nur Englisch mit der Freundin plaudern.

Der Geburtstag von Fräulein Raimar, der in den Mai fiel, war stets ein großartiges Fest. Tagesschülerinnen und Pensionärinnen wetteiferten miteinander, es durch musikalische und theatralische Aufführungen so bunt und unterhaltend wie möglich zu gestalten. Auch in diesem Jahr wurde keine Ausnahme gemacht, trotzdem Lilli kaum vier Wochen unter der Erde ruhte.

»Ich würde gern auf eine größere Feier verzichten«, sprach

eines Tages die Vorsteherin zu Fräulein Güssow und der englischen Lehrerin, »aber ich darf es unsrer Zöglinge wegen nicht tun. Sie sind alle von Lillis Tod ergriffen und lassen noch immer die Köpfe hängen. Da ist es das beste Aufmunterungsmittel, ihnen Zerstreuung zu schaffen. Mit aller Trauer können wir den Tod des lieben Kindes nicht ungeschehen machen.«

Die beiden Damen stimmten zu und beschlossen untereinander, mit den Vorbereitungen zu dem Fest zu beginnen. Miss Lead übernahm es, ein englisches Stück, Fräulein Güssow ein französisches Lustspiel einzustudieren. Miss Lead zählte nur Tagesschülerinnen zu ihren Mitwirkenden, während Fräulein Güssow ihre Rollen mit Pensionärinnen besetzte. Es gab aber erst einen kleinen Kampf mit den Mädchen, bevor diese die ihnen zugedachten Rollen übernahmen. Flora, die eine alte Dame darstellen sollte, war durchaus nicht damit einverstanden; sie behauptete, Rosi passe weit besser für diese Rolle. Aber Rosi besaß nicht einen Funken schauspielerischer Begabung und würde sich niemals dazu verstanden haben, Theater zu spielen. Sie sprach auch weniger gut Französisch als Flora.

Fräulein Güssow machte nicht viel Umstände. »Wie du willst, Flora«, sagte sie; »macht es dir kein Vergnügen, diese allerliebste Rolle zu übernehmen, so wähle ich eine Tagesschülerin dafür und du kannst diesmal nur Zuschauerin sein.«

Das behagte Flora noch weniger. Nach einigem Zögern entschloss sie sich, freilich, wie sie sagte, mit großer Selbstüberwindung, die Alte zu spielen. Ilse und Melanie stellten ihre Töchter dar und passten in ihren Charaktereigentümlichkeiten prächtig dazu: Melanie, putzsüchtig, elegant und eitel, Ilse das Gegenteil. Wild und unbändig, trotzig und widerspenstig führt sie die übermütigsten Streiche aus und die schwache Mutter ist nicht imstande, sie zu zügeln. Da erscheint ein junger, entfernter Verwandter, interessiert sich für den Wildfang und versteht es, durch Güte und Festigkeit ihre Tugenden zu wecken und die Widerspenstige zu zähmen. Zum Schluss wird sie seine Braut.

»Orla, du kannst die Rolle des Vetters übernehmen«, bestimmte die Lehrerin.

»Orla?«, fragte Ilse verwundert. »Sie kann doch keinen Mann darstellen!«

Es erhob sich ein wahrer Sturm unter den jungen Mädchen bei Ilses unschuldiger Frage. Die Stimmen schwirrten durcheinander, denn jede war bemüht, Ilse über ihre Unwissenheit aufzuklären.

»Weißt du denn nicht, wie es bei uns Sitte ist?«, fragte Orla.

»Mit Herren dürfen wir nicht Theater spielen«, bemerkte Flora spottend; »sie sind verpönt in der Schule.«

»Du bist naiv, Ilse«, rief Melanie. »Das ist ja eben so ledern und furchtbar öde, dass wir Mädchen auch Männerrollen geben müssen!«

»Herren, Herren!«, wiederholte Annemie unter lautem Kichern. »Es ist zum Lachen.«

»Ja, wenn Herren mitspielten, dann würde ich Ilses Rolle spielen«, überschrie Grete mit ihrer kräftigen Stimme alle übrigen, »so aber ...«

»So aber wirst du den Bauernjungen übernehmen, Grete«, unterbrach Fräulein Güssow. »Und jetzt bitte ich mir Ruhe aus, ihr unbändigen Kinder. Fräulein Raimar hat ihre triftigen

Gründe für ihre Bestimmungen. Dass ihr noch zu kindisch seid sie zu verstehen, habe ich in diesem Augenblick klar und deutlich gesehen. Schämt euch! Jetzt macht euch daran, eure Rollen auszuschreiben. Morgen werden wir eine Leseprobe halten.« Mit diesen Worten verließ sie die aufrührerische Gesellschaft.

Alle schwiegen, bis auf Grete; sie konnte nicht unterlassen, noch einmal zu sagen: »Langweilig ist es doch ohne Herren. Und den dummen Bauernjungen spiel ich nicht.«

Aber sie spielte ihn doch und es zeigte sich bald, dass sie ihre Rolle ganz vortrefflich mimte.

Die täglichen Proben brachten die gewünschte Zerstreuung. Besonders Ilse fand viel Freude an dieser Kunst, die ihr bis dahin unbekannt gewesen war. Die anfängliche Befangenheit überwand sie bald und sie spielte ihre Rolle zur vollen Zufriedenheit Fräulein Güssows, die zuweilen ein Lächeln über die sehr natürliche Darstellung nicht unterdrücken konnte.

Zur Hauptprobe mussten alle in ihren Kostümen erscheinen, um sich an den veränderten gegenseitigen Anblick zu gewöhnen. Diese Bestimmung war sehr klug, denn als sie sich in ihren komischen Anzügen betrachteten, konnten sie das Lachen nicht zurückhalten.

Flora mit langen Scheitellocken, einer Spitzenhaube und einer Brille, die sie vor die Augen hielt, war kaum zu erkennen. Das vornehme schwarze Schleppkleid ließ sie weit größer erscheinen. Sie war übrigens ganz ausgesöhnt mit ihrer Rolle und das Lob, das Fräulein Güssow ihr einige Male erteilte, brachte sie auf den Einfall, dass ihre eigentliche Bestimmung der Schauspielberuf sei. Tag und Nacht träumte sie von der Welt, welche die Bretter bedeuteten. Dichterin – Schauspielerin: eine große Zukunft stand ihr bevor.

Orla sah in ihrem Jägeranzug, den grünen Hut keck auf das eine Ohr gesetzt, wirklich gut aus, und der kleine Stutzbart, mit dem sie ihre Oberlippe zierte, gab ihr ein keckes Aussehen und stand ihr allerliebst.

»Famos siehst du aus, Orla«, meinte Melanie und betrachtete mit besonderem Entzücken ihre Stulpenstiefel.

»Du solltest dich immer so kleiden«, setzte Flora ganz ernsthaft hinzu. Natürlich wurde sie ausgelacht. Grete war ein Bauernjunge, wie er sein muss. Plump und ungeschickt, dreist und laut. Melanie fühlte sich himmlisch wohl in dem koketten und eleganten Kostüm, das sie sich gewählt hatte. Sie stand vor dem Spiegel und putzte an sich herum.

Und Ilse? Sie trat als Letzte herein und bei ihrem Anblick erhob sich ein so stürmisches Gelächter, dass Fräulein Güssow es kaum beruhigen konnte. »Wie siehst du aus, Mädchen!«, sprach sie lachend. »Komm näher! Ich muss dich genau betrachten. Willst du wirklich in diesem Aufzug spielen? Nein, Ilse, so geht es nicht. Wir müssen an deinem Anzug einige Verschönerungen anbringen. Du bist auch gar zu wenig eitel, sonst würdest du wohl selbst daraufgekommen sein.«

»Lassen Sie mich so!«, bat Ilse inständig. Sie war glücklich, ihr geliebtes Blusenkleid bei dieser Gelegenheit tragen zu dürfen, obwohl es ihr zu eng und zu kurz geworden war. Natürlich erhöhte dieser Mangel noch den komischen Eindruck.

»Nein, Kind, unmöglich! Du siehst wie eine Bettlerin aus. Der Ärmel darf nicht ausgerissen sein, der schlechte Gürtel muss durch einen neuen ersetzt werden; um den Hals wirst du einen Matrosenkragen legen, und die fürchterlichen Stiefel lass vor allen Dingen blank putzen! Dann wird es gehen. Man darf nicht übertreiben«, fügte Fräulein Güssow hinzu, als Ilse ein betrübtes Gesicht machte; »stets muss das richtige Maß eingehalten werden. Auch die Locken dürfen dir nicht so wirr über die Augen fallen; du kannst ja kaum sehen! Vergiss nicht, dass du die Tochter einer Baronin bist! Dein Anzug darf verwildert, aber nicht zerrissen sein.«

»Wollen wir nicht anfangen?«, meinte Miss Lead, die sich mit ihren Künstlerinnen ebenfalls zur Hauptprobe eingestellt hatte. Sie war bei der genauen Musterung der Kostüme unruhig geworden und fand es überflüssig, dass Fräulein Güssow darauf Wert legte. Die Hauptsache war nach ihrer Meinung die vollständige Beherrschung der fremden Sprachen und dass die Mädchen ihre Rolle gut lernten, alles andere war für sie unwichtig. Um keinen Preis litt sie viele Gesten; wollte eine Mitspielende es wagen, sich frei und natürlich zu bewegen, geriet sie förmlich außer sich und rief: »Ruhe! Ruhe! Wo bleibt die Plastik?« Das französische Stück fand sie entsetzlich und sie gab Fräulein Güssow den guten Rat, es nicht aufführen zu lassen. »Ich bitte Sie«, rief sie aus, »es handelt sich um eine Liebesgeschichte! Das wird den größten Anstoß erregen.« Fräulein Güssow setzte der Engländerin lächelnd auseinander, dass nicht Kinder, sondern erwachsene Mädchen das Stück aufführten. »Die Liebesgeschichte«, wandte sie ein, »ist nur eine harmlose Nebensache; es handelt sich hauptsächlich um die Besserung eines widerspenstigen Mädchens.«

Miss Lead schüttelte missbilligend den Kopf, sie wollte sich nicht davon überzeugen lassen. »Ilse wird Ihnen alles verderben, wenn Sie wirklich auf Ihrem Vorsatz bestehen. Wie sieht sie aus und wie spielt sie! Plump, ohne jeden Anstand. Das Podium der kleinen Bühne erdröhnt förmlich bei ihren furchtbaren Schritten, ihre Bewegungen sind frei und keck.«

Fräulein Güssow schwieg zu diesem harten und ungerechten Urteil. Sie hatte es längst aufgegeben, die Engländerin von ihrem Vorurteil zu heilen. Ilse war und blieb ihr ein Dorn im Auge.

Aber Miss Lead irrte sich. Am nächsten Abend ging alles über Erwarten gut. Die Festlichkeit wurde durch einen Prolog eingeleitet, den eine Schülerin der ersten Klasse gedichtet hatte. Sie trug ihn selbst recht hübsch vor und erntete wohlverdienten Beifall. Nur Flora, die hinter den Kulissen stand, zuckte die Achsel. »Kein Schwung, keine Poesie und keine Begabung«, lautete ihr kritisches Urteil.

Die Aufführung des englischen Stückes ging vorüber, glatt, reizlos und langweilig. Wenn die Anwesenden sich dies in ihrem Innern auch einstimmig eingestanden, so waren sie doch am Ende des Stückes mit Beifallsspenden nicht sparsam. Die Mitwirkenden wurden herausgerufen, und als der rote Vorhang in die Höhe ging und die Mädchen sich dankend verneigten, strahlte Miss Lead vor Stolz und Seligkeit. »Very well«, rief sie laut, »ihr habt eure Sache gut gemacht.«

Es folgten lebende Bilder und musikalische Aufführungen und das französische Lustspiel bildete den Schluss. »Wollen Sie es wirklich wagen?«, wandte sich die englische Lehrerin herablassend an Fräulein Güssow. »Schreckt Sie der große Erfolg, den wir erzielten, nicht ab? Folgen Sie meinem Rat, treten Sie zurück! Wir werden eine Entschuldigung finden.«

Trotz Miss Leads Bedenken begann das französische Stück und sie musste die überraschende Erfahrung machen, dass es weit beifälliger aufgenommen wurde als das englische. Die Gesellschaft amüsierte sich köstlich und kam aus dem Lachen nicht heraus. Zweimal wurde Ilse bei offener Szene gerufen, so drollig und natürlich spielte sie.

»Sie ist charmant, charmant!«, rief Monsieur Michael feurig. »Ich habe Ursache, stolz auf sie zu sein. Sie spricht und spielt elegant wie eine Pariserin.«

»Sie spielt sich selbst«, entgegnete Doktor Althoff lachend; »aber ich hätte dem Wildfang kaum so viel Anmut zugetraut.«

Einen kleinen Triumph sollte Miss Lead doch noch feiern. Ilse verdarb die Liebesszene am Schluss. In dem Augenblick, als Orla sie umarmen wollte, kam ihr das so komisch vor, dass sie in ein lautes Gelächter ausbrach.

»Wie schade!«, rief Nellie halblaut. »Warum muss sie lachen? Sie war zu nett, nun verderbt sie die Schluss.« Doktor Althoff, der zufällig in Nellies Nähe stand, hörte ihren Ausruf. »Trotzdem, Miss Nellie«, entgegnete er, auf einem leeren Stuhl neben ihr Platz nehmend, »ist Ihre Freundin die Siegerin des Abends; aber warum wirkten Sie nicht mit, warum sind Sie nur Zuschauerin? Sie wären gewiss eine gute Schauspielerin.«

Nellie senkte die Augenlider. »Oh, Sie sind sehr gütig«, sagte sie befangen; »aber ich weiß nicht zu spielen, Herr Doktor, ich hab' nicht Talent.«

»Das käme auf einen Versuch an. Sehen Sie Ilse an! Wer hätte geglaubt, dass sie eine so gute Schauspielerin sein könnte!«

»Nicht wahr?«, stimmte Nellie lebhaft bei. »Sie ist reizend, und ich bin entzückt über ihr.«

Der junge Lehrer schwieg und sah Nellie teilnahmsvoll an. Wie neidlos kamen ihr die Worte aus dem Herzen! Wie leuchteten ihre Augen freudig auf, als sie die Freundin lobte! Und im Vergleich zu Ilse, wie wenig durfte sie von der Zukunft erhoffen! Jene ein Kind des Glückes – und diese? Ein armes Wesen, das allein seinen mühevollen Pfad durchs Leben gehen sollte.

»Nicht wahr, ist sie nicht reizend?«, wiederholte Nellie und blickte fragend auf.

»Gewiss, gewiss!«, gab der Lehrer zerstreut zur Antwort, und von dem Gegenstand plötzlich abspringend, fragte er: »Woher haben Sie die herrlichen Veilchen?« Dabei deutete er auf den Strauß, den sie in der Hand hielt. »Sie duften wundervoll. Ich liebe Veilchen sehr.«

Nellie hörte nur, dass er Veilchen liebte; bedurfte es da einer großen Überlegung? »Oh, nehmen Sie«, sagte sie und errötete dabei, »bitte, es macht mich großer Freude!«

»Nicht alle«, entgegnete er lächelnd und zog einige Blumen aus dem Strauß, den ihm Nellie reichte. »So, nun habe ich genug. Haben Sie Dank dafür!« Er erhob sich und verließ sie.

Mit glänzenden Augen sah Nellie ihm nach; sie bemerkte, wie er ihre Veilchen im Knopfloch befestigte.

»Wie taktlos von dir!«, sagte Miss Lead, die dicht hinter Nellie saß, und riss sie mit ihrer scharfen Stimme aus aller Himmeln. »Ich habe jedes Wort mit angehört. Schämst du dich nicht, einem Herrn Blumen anzubieten?«

Als hätte ein eisiger Wind sie plötzlich gestreift, wurde Nellies kurze Freude zerstört. »Habe ich ein Unrecht gemacht?«, fragte sie geängstigt. »O bitte, Miss Lead, sagen Sie, war ich ungeschickt? Wird Herr Doktor mich für unbescheiden halten?«

»Jedenfalls wird er dich für sehr einfältig halten«, erwiderte die Lehrerin unbarmherzig, »wenn er nicht vielleicht deine Handlungsweise zudringlich nennt.«

»O nein, nein«, rief Nellie beinahe entsetzt, »er wird nicht so hart von sein Schüler denken.«

»So, weißt du das so bestimmt?«, quälte Miss Lead sie weiter. »Du bist kein Kind mehr, dem man allenfalls dergleichen Taktlosigkeiten vergibt; ein erwachsenes Mädchen darf niemals blindlings seinem Gefühl folgen.«

»Ich will bitten, dass er mir die Blumen wiedergibt«, sagte Nellie tief beschämt.

»Das darfst du nicht, wenn du dich nicht noch mehr bloßstellen willst. Du wirst schweigen und dich niemals wieder vergessen. Eine zukünftige Erzieherin muss jedes Wort, jeden Blick und vor allem jede Handlung reiflich überlegen. Das merke dir!«

Beschämt sah Nellie nach diesem harten Verweis zu Boden. Ihre fröhliche Laune war dahin, ihre Freude an dem Fest verflogen. Sie blieb den ganzen Abend still und einsilbig, und sobald Doktor Althoff in ihre Nähe kam, wich sie ihm ängstlich aus. Es war ihr unmöglich, ihm in die Augen zu blicken. Miss Lead war es gelungen, ihre fröhliche Unbefangenheit zu zerstören.

Als sich die Freundinnen nach dem Fest zur Ruhe begaben, saß Nellie ganz gegen ihre Gewohnheit noch einige Zeit sinnend da. »Du bist so still«, bemerkte Ilse. »Was hast du?«

»O nichts, nichts!«, erwiderte Nellie schnell und erhob sich aus ihrer träumenden Stellung. »Es ist gar nix.« Zum ersten Mal verschwieg sie der geliebten Freundin die Wahrheit. Sie vermochte es nicht, über ihren Kummer zu reden, und doch – was war es, das trotz allen Kummers ihr Herz schneller klopfen ließ?

Holunder und Maiblumen waren abgeblüht, dafür aber öffneten die Rosen ihre duftenden Kelche. Nellie und Ilse wandelten nach dem Abendessen durch den Garten, und als sie im Gebüsch eine Nachtigall schlagen hörten, blieben sie stehen und lauschten.

»Wie süß!«, rief Nellie. »Komm, lass uns niedersetzen!«

Der herrliche Abend, der am Abendhimmel aufsteigende Mond, der Gesang der Nachtigall weckten eine ahnungsvolle, nie gekannte Stimmung in ihren jungen Herzen.

»O Ilse«, unterbrach Nellie mit einem Seufzer die feierliche Stille, »wie bald gehst du fort und lässt mir allein zurück! Ich bin sehr traurig, wenn ich daran denke.« Auch Ilse war weh zumute und der Gedanke, von Nellie scheiden zu müssen, machte ihr die Augen feucht. Aber sie unterdrückte tapfer die weiche Stimmung und versuchte die Freundin zu trösten. »Es ist noch lange, bis ich das Institut verlasse«, sagte sie; »du weißt, dass meine Eltern meinen Aufenthalt bis zum ersten September verlängert haben. Noch acht Wochen sind wir beisammen, Nellie. Das ist eine sehr lange Zeit; denk einmal, acht volle Wochen!«

Nellie schüttelte traurig den Kopf. »O nein, es ist nur sehr kurze Zeit«, erwiderte sie; »es sind auch nicht acht Wochen voll, du musst ordentlich rechnen. Heute haben wir schon der siebente Juli – macht bis zu der erste September vierundfünfzig Tage –, fehlt also zwei volle Tage an der achte Woch.«

Trotz ihres Kummers musste Ilse lachen. »Du liebe Nellie«, rief sie und küsste sie herzlich, »du bist doch immer komisch, selbst wenn du traurig bist! Weißt du, wir wollen uns das Herz nicht schon heute schwer machen mit dem Gedanken an unsere Trennung; wir gehen doch nicht für immer auseinander. Du besuchst mich bald, nicht wahr?«

Aber Nellie war heute Abend einmal weich gestimmt und die tröstenden Worte der Freundin fanden keinen Eingang in ihr Herz. Sie versuchte die Tränen zu unterdrücken, aber sie brachen immer neu hervor.

Ilse lehnte den Kopf an ihre Schulter und schwieg. In ihrem Innern kämpften der Schmerz und die Freude. Sie wollte sich so gern auf das Wiedersehen mit ihren Lieben und auf das kleine Brüderchen freuen, sie vermochte es aber nicht ungetrübt, weil der Abschied von Nellie dazwischen stand.

»Hier sind sie. Kommt! Hierher! Sie sitzen beide unter dem Holunderbusch.« Es war Grete, die sie durch ihren lauten Ruf aufschreckte. Unbemerkt war sie aus einem Seitenweg hervorgetreten und stand nun wie aus der Erde gewachsen vor ihnen.

Ilse sprang auf und trat den andern Mädchen, die herbeigeeilt kamen, entgegen. Nellie trocknete verstohlen ihre Tränen und machte wieder ein heiteres Gesicht. »Wir haben euch überall gesucht«, sagte Orla. »Was macht ihr denn hier?«

»Ich glaube wahrhaftig, ihr schwärmt im Mondenschein, Kinder«, lispelte Melanie. »Ihr macht so furchtbar schmachtende Augen alle beide. Habt ihr geweint?«

Grete musste sich hiervon genau überzeugen. Sie trat zu Nellie und sah sie neugierig prüfend an. »Du hast geweint, Nellie, und du auch, Ilse«, behauptete sie entschieden. »Was habt ihr denn? Warum weint ihr?«

»Um nix!«, entgegnete Nellie ärgerlich über die unzarte Grete.

»Um nichts weint man doch nicht!«, fuhr diese unbeirrt fort. »Bitte, sagt es doch, warum ihr geweint habt!«

»Lass deine zudringlichen Fragen!«, bemerkte Flora. »Und wenn sie dir sagen würden: ›Der silberne Mond, die duftenden Rosen, der entzückende Sommerabend, so recht zur Liebe und Traurigkeit geschaffen, haben unsern Herzen Wehmut und Tränen entlockt‹, würdest du das verstehen? Niemals! Denn du hast keinen Sinn für die höhere Sphäre, du bist zu prosaisch.« Sie begleitete ihre Worte mit einem wirksamen Augenaufschlag. Floras hochtrabende Äußerung stellte sofort die fröhlichste Stimmung her. Nellie vergaß ihr Herzeleid darüber und sagte lachend: »O Flora, was für ein zarter Seel du hast! Sei bedankt, du hoher Dichterin, du hast uns verstanden!«

»Kinder«, unterbrach Orla die Sprechenden, »hört auf mit euren Albernheiten! Ich habe euch eine sehr wichtige Mitteilung zu machen. Folgt mir unter die Linde!«

»Unter die Linde?«, fragte Annemie ängstlich. »Lass uns doch hier! Es ist schon dunkel unter dem alten, großen Baum.«

»Ja, und es ist spät, wir müssen uns eilen«, fiel die ebenfalls furchtsame Flora ein.

»Mach dir keine Sorge darum, liebste Flora!«, gab Orla zurück. »Denn höre und staune: Weil heute mein Geburtstag ist, hat Fräulein Raimar auf dringendes Bitten die hohe Gnade gehabt, unsern Aufenthalt im Garten bis um zehn Uhr zu verlängern. Also auf zur Linde!«, kommandierte Orla und wandte sich zum Gehen.

Die Mädchen folgten ohne Widerspruch. In wenigen Augenblicken waren sie auf dem angegebenen Platz. Orla stieg auf eine Bank, die dicht am Stamm der Linde lehnte, kreuzte die Arme und sah schweigend auf die Mädchen hinab, die einen dichten Halbkreis bildeten und in größter Spannung auf sie blickten. »Meine lieben Freundinnen«, begann sie.

Da raschelte es über ihnen in den Zweigen. Die Mädchen schraken zusammen.

»Was war das?«, fragte Annemie. »Ach, wenn sich jemand in dem Baum versteckt hätte!«

»Oder wenn ein Gespenst wieder seinen Spuk triebe!«, sprach Melanie mit bebenden Lippen.

»Wie unheimlich ist es hier!«, fiel Grete ein. »Ich fürchte mich.«

»So ein Gespenst mit großer Feuerauge und fliegender Haar«, meinte Nellie und stieß Ilse an, »oh, es wäre furchtbar!«

Orla stand ruhig da, sie kannte keine Furcht. »Schämt euch!«, rief sie. »Seid ihr erwachsene Mädchen? Kann euch eine harmlose Fledermaus in die Flucht treiben? Geht zurück, wenn ihr euch fürchtet! Für Kinder passen meine Worte nicht. Wollt ihr vernünftig sein?«

»Ja, ja!«, tönte es zurück, etwas zaghaft, aber die Neugierde trug den Sieg über die Furcht davon.

»So hört mich an! Hier an dieser Stätte, unter dem Schutz unserer geliebten Linde, lasst uns einen Bund schließen, der uns in Freundschaft für das ganze Leben vereinen soll! Wie lange wird es dauern, bis wir diese Stätte verlassen und das Schicksal uns in alle Winde zerstreuen wird!«

»In alle Winde«, wiederholte Flora halblaut.

»Nun frage ich euch: Soll uns das Schicksal für immer trennen? Ich sage: Nein, wir werden uns wiedersehen. Wir haben stets zusammengehalten: unsere Freundschaft darf nicht wie ein leerer Wahn verrauschen.«

»Wie ein leerer Wahn verrauschen«, wiederholte Flora.

»Ruhig!«, geboten die anderen. »Lass Orla sprechen!«

»So frage ich euch denn: Wollt ihr mit mir in diesem feierlichen Augenblick geloben, dass ihr heute in drei Jahren zurückkehren wollt? Hier unter der Linde, am siebenten Juli, morgens elf Uhr, soll uns ein frohes Wiedersehen vereinen. Seid ihr mit meinem Vorschlag einverstanden?«

»Ja«, riefen alle begeistert, »wir kommen!«

»Schwört einen Eid darauf!«

Orla hob drei Finger der rechten Hand und alle übrigen folgten ihrem Beispiel.

Nur Rosi zögerte. »Es könnten doch Hindernisse eintreten, die eine Reise hierher unmöglich machen«, warf sie mit ihrer sanften Stimme ein.

»Hindernisse, das heißt nur wichtige Hindernisse, heben den Eid auf«, erklärte Orla. »In diesem Fall ist die Ausbleibende verpflichtet, durch einen ausführlichen Brief den Grund ihres Eidbruches anzugeben. Beschwört auch das!«

Wieder erhoben sich die Hände und diesmal zögerte Rosi nicht, sich dem Schwur anzuschließen.

»Nun haben wir uns für ewig verbunden«, nahm Orla wieder das Wort, »und jede von uns wird ihren Eid halten. Damit wir indes stets dessen gedenken, mache ich einen Vorschlag.

Ich habe zur Erinnerung an diese Stunde einfache, silberne Ringe anfertigen lassen, die wir an dem kleinen Finger der linken Hand tragen. Jede von uns erhält einen und trägt ihn bis zur Sterbestunde.«

»Bis zu ihrer Sterbestunde«, sprach Flora elegisch nach.

Der Einfall mit dem Ring wurde von allen reizend, famos und entzückend gefunden und mit Begeisterung aufgenommen. Orla sprang von ihrem erhöhten Platz herunter. Sie wurde umringt und mit schmeichelhafter Anerkennung überhäuft. Melanie prophezeite ihr geradezu eine große Zukunft als Rednerin, sie habe »selten reizend« gesprochen. Alle befanden sich in einer gehobenen Stimmung; sie versicherten sich gegenseitig der Freundschaft, die nur mit dem Tod enden könne.

Sie glaubten ganz ernst an ihre Versprechungen, kein Zweifel vergiftete ihre unschuldsvolle Zuversicht. »Orla«, sagte Flora feierlich, als sie langsam in das Haus zurückkehrten, »auch ich möchte einen Vorschlag machen. Wenn eine von uns Freundinnen, die wir uns bis in den Tod verbunden haben, in dem Bund der heiligen Ehe tritt, so soll es ihre Pflicht sein, ihre Freundinnen zu diesem hohen Fest einzuladen.«

»Ja«, stimmte Orla bei, »das ist ein guter Gedanke. Wir wollen ihn mit einem Handschlag besiegeln!«

Sie schlossen einen Kreis, reichten sich die Hände und verzogen keine Miene dabei. Nur Ilse konnte das Lachen nicht lassen; die Hochzeitsgedanken kamen ihr gar zu komisch vor.

»Ich trete zwar niemals in den Bund der heiligen Ehe, aber ich gebe doch mein Handschlag zu die Einladung«, bemerkte Nellie neckend.

»Spotte nicht über so ernste Dinge!«, sagte Flora ernst. »Wir sind nicht aufgelegt zu deinen Scherzen.«

»Oh, ich scherz gar nix! Aber wie soll ein arm hässlich Engländerin mit sehr viel Sommerspross auf der Nas ein Mann bekommen?«

Diese komische Bemerkung verscheuchte den Ernst und Scherz und Frohsinn kehrten zurück.

Ehe sich Flora zur Ruhe begab, schrieb sie in ihr Tagebuch:

»Welch ein großer, ereignisreicher Tag! Oh, ich zittere noch, wenn ich daran denke! Mondschein, Rosenduft, Linde, Sang der Philomele. Orla hinreißend gesprochen. (Meine nächste Heldin Orla heißen.) Freundschaftsbündnis, Schwur, Hochzeitsversprechen. (Mein köstlicher Einfall.) Handschlag darauf. Wie heißt die Hochbeglückte, die zuerst denselben löst? Schicksal, du dunkles, lass mich den Schleier heben! Gibt es Ahnungen, sollte ich ... ?«

Sie legte die Feder aus der Hand, schloss das Buch und verbarg es tief in ihrem Kommodenkasten. Ihre Hand zitterte und ihre Gedanken verwirrten sich. Sie legte sich nieder und schlief ein. Träumend sah sie sich in Brautkranz und weißem Kleid.

Die acht Wochen oder, wie Nellie sagte, vierundfünfzig Tage waren vorübergegangen. Der erste September brach an. Nellie konnte vor Kummer die ganze Nacht nicht schlafen; der Abschied von der geliebten Freundin raubte ihr die Ruhe. Auch Ilse war es gleich ergangen und es war rührend, wie beide Mädchen bemüht waren, ihre Tränen voreinander zu verbergen.

Als der Morgen anbrach, duldete es Nellie nicht mehr im

Bett. Sie stand auf, warf ihren Morgenrock über und schlich sich an Ilses Lager. »Wachst du?«, fragte sie, als die Freundin sie mit offenen Augen ansah. »Das ist schön; nun können wir noch eine ganze Stunde plaudern. Es hat eben fünf geschlagen.« Sie setzte sich auf Ilses Bettrand und ergriff ihre beiden Hände. Als sie aufblickte und Tränen in Ilses Augen schimmern sah, da war es aus mit ihrer gekünstelten Haltung. »O Ilse, wie einsam wird es sein, wenn dein Bett leer ist oder wenn ein anderer Gesicht mir daraus ansieht! Oh, ich bin sehr, sehr traurig!«

Ilse richtete sich auf und drückte die Weinende innig an sich. »Wir sehen uns bald wieder«, sprach sie endlich mit zitternder Stimme und versuchte Nellie zu trösten. »Du besuchst uns in Moosdorf und wirst den ganzen Winter über bei uns bleiben.«

Nellie schüttelte ungläubig den Kopf. »Das wird nix, ich werde nicht die Erlaubnis bekommen zu ein so lang Besuch. Meine Zeit ist Ostern vorbei, dann heißt es: fort aus dem Institut. Ich muss ein Stell annehmen und Kinder Unterricht geben. Aber ich weiß noch nicht viel und muss sehr fleißig lernen; Fräulein Raimar sagt es alle Tage.«

Ilse sah die Freundin traurig und bedauernd an. »Wenn du wirklich Erzieherin werden musst, Nellie, so versprich mir fest, dass du all deine Ferien bei uns in Moosdorf zubringen willst! Meine Heimat soll auch die deinige sein.«

Mit einem Handschlag wurde das Versprechen besiegelt. »Du bist sehr gut, Ilse; ich werde nie wieder ein Mädchen lieben wie dir. Vergiss mir nie! Sieh dieser klein silbern Ring recht oft an und denk dabei immer an dein Nellie, die in Einsamkeit zurückgeblieben ist!«

»Nicht einsam«, tröstete Ilse; »sie haben dich alle lieb.«

»Und wenn ich fort bin, aus der Auge, aus der Sinn, dann bin ich fremd für sie.«

»Nein, Nellie, du wirst Fräulein Raimar und Fräulein Güssow nie eine Fremde sein«, entgegnete Ilse mit voller Überzeugung. »Sie haben dich sehr lieb.«

»O ja, ich weiß; aber sie sind nicht mehr in Jugend und werden mir nie verstehn wie du. Sie haben vergessen, wie man ein dumm Streich macht. Denkst du noch an der Apfelbaum?«

Die Erinnerung an diesen lustigen Streich trocknete Nellies Tränen und rief ein fröhliches Lächeln auf ihre Lippen. Jede Einzelheit durchlebten die beiden in Gedanken noch einmal: die Spukgeschichte, Miss Lead in ihrem Aufzug, die Stiefelspitze, die Ilse beinahe verraten hätte, ach, und die Angst, die sie ausgestanden hatten!

»Und es war doch schön!«, rief Nellie aus. »Ich wünschte, dass wir noch einmal alles machen könnten.«

»Wenn du nach Moosdorf kommst«, sagte Ilse, »dann werden wir nach Herzenslust auf die Bäume klettern. Du wirst es bald lernen. Oh, es wird dir bei uns gefallen!«

So plauderte Ilse von der Heimat und schilderte der Freundin lebhaft ihre Herrlichkeiten. Auf diese Weise kamen sie für den Augenblick über den Kummer des Abschieds hinweg; die Aussicht auf ein nicht allzu fernes Wiedersehen verklärte ihren Trennungsschmerz.

Wenige Stunden später stand Ilse reisefertig vor Fräulein Raimar und sagte ihr Lebewohl. Die Vorsteherin umarmte sie herzlich und fand für die scheidende Schülerin warme Worte. »Es tut mir Leid, dass dein Vater verhindert ist, dich abzuholen«, sagte sie; »nun musst du die weite Reise allein machen. Gern hätte ich ihn noch einmal gesprochen und ihm mancherlei mitgeteilt, was ich nun schriftlich tun musste. Wie erstaunt wird er sein, wenn er dich wiedersieht! Er wird die frühere Ilse gar nicht wiedererkennen. Weißt du noch, wie ungern du damals zu uns kamst?«

»Verzeihen Sie mir«, bat Ilse unter Tränen, »und vergessen Sie, wenn ich Sie gekränkt habe!«

»Das ist alles vergeben und vergessen. Du bist uns allen eine liebe Schülerin geworden und wir sehen dich ungern scheiden. Ich hoffe, du schreibst mir zuweilen, liebe Ilse, und gibst mir Nachricht, ob du gute Fortschritte in der Musik und im Zeichnen machst. Ich bat deinen Vater in diesem Brief«, sie reichte Ilse ein Schreiben, »dass er dir noch in einigen Fächern Unterricht geben lassen möge; besonders rate ich, für einen tüchtigen Lehrer im Zeichnen zu sorgen, da du viel Begabung hast.«

Fräulein Güssow trat ein und meldete, dass der Wagen vor der Tür stehe. Sie und Nellie begleiteten Ilse zur Bahn.

»Leb denn wohl, mein Kind!«, sagte die Vorsteherin. »Und wenn du einmal Sehnsucht nach dem Institut bekommen solltest, so kehre zu uns zurück! Jederzeit wirst du uns von Herzen willkommen sein.«

Die Freundinnen umringten die Scheidende, reichten ihr Blumensträuße und küssten sie unter Tränen. »Vergiss uns nicht!« – »Schreib bald!« – »Ich habe dich furchtbar lieb gehabt.« So und ähnlich klang es durcheinander, und ehe Ilse in den Wagen stieg, flüsterte Flora ihr zu: »Gedenke deines Schwurs!«

»Die Blumen werden dir lästig sein unterwegs, Ilse«,

meinte Fräulein Güssow, die bereits mit Nellie im Wagen saß. »Lass sie zurück und nimm aus jedem Strauß nur einige Blümchen mit!«

Ilse schüttelte den Kopf und sah Fräulein Güssow bittend an. »Ich möchte sie so gern alle mitnehmen.«

»Aber wie?« Darauf gab Rosi die Antwort. Sie holte ein offenes Körbchen herbei und legte den ganzen Blumenreichtum vorsichtig hinein.

Nun zogen die Pferde an. Noch ein Lebewohl, ein letzter Abschiedsblick, ein Grüßen mit dem Tuch, und die Stätte, an der sie eine so glückliche Zeit verlebt hatte, lag hinter Ilse. Sie lehnte sich im Wagen zurück und weinte still in sich hinein.

Als die Damen beim Bahnhofsgebäude anlangten, fuhr der Zug soeben ein. Er hielt fünfzehn Minuten und Fräulein Güssow blieb reichlich Zeit, ein Abteil für Ilse auszusuchen.

»Ach, Ilse, ich bin in Sorge um dich!« Sie ließ einen recht bekümmerten Blick über das junge Mädchen hingleiten, das in seinem schottischen Reisekleid und dem dazu passenden Hut allzu hübsch aussah. »Du hast noch niemals allein eine Reise gemacht, wenn dich doch dein Vater abgeholt hätte!«

»Das war nicht möglich«, entgegnete Ilse. »Er musste daheim bleiben, um Mamas einzigen Bruder, der zehn Jahre in der Welt umhergereist ist, heute zu empfangen. Ich habe ihn selbst darum gebeten, als er mir schrieb, dass er trotzdem kommen wolle. Ich bin auch gar nicht ängstlich, es ist ja heller Tag. Papa hat mir auch die ganze Reisestrecke so genau aufgeschrieben, dass ich mich nicht irren kann.«

»Lies mir das noch einmal vor!«, sagte Fräulein Güssow. »Ich möchte dich gern mit meinen Gedanken begleiten. –

Du, Nellie, könntest indessen Ilses Handgepäck in das Abteil legen.«

Ilse nahm aus einem roten Ledertäschchen einen Brief und las: »Um elf Uhr Abfahrt von dort, um zwei Uhr Ankunft in M. Bis drei Uhr Aufenthalt daselbst. Dann Weiterfahrt ohne umzusteigen bis Lindenhof. Um fünf Uhr kommst du dort an, steigst aus und wirst von meinem alten Freund Landrat Gontrau und seiner Frau empfangen. Sie nehmen dich mit hinaus nach Lindenhof, wo du auf ihre dringenden Bitten übernachtest. Am nächsten Mittag fährst du weiter. Gontrau hat mir versprochen, dich sicher zur Bahn zu befördern und alles Nötige für deine Weiterreise zu besorgen. Vergiss nicht, eine Fotografie von mir in die Hand zu nehmen! Gontraus, denen du unbekannt bist, werden dich daran erkennen.«

»Hast du das Bild?«, fragte Fräulein Güssow, und als Ilse bejahte, bekam sie noch mancherlei gute Lehren mit auf den Weg. »Ich weiß, du bist verständig und wirst auch vorsichtig sein, aber du bist noch unerfahren und kennst die Welt und die Menschen nicht. Es gibt Leute, die gar zu gern unsere ganzen Lebensverhältnisse herauslocken möchten und sehr geschickt zu fragen verstehen; weiche ihnen so viel wie möglich aus und sei vorsichtig in deinen Äußerungen! Für alle Fälle warne ich dich aber, in irgendeiner Weise eine Aufmerksamkeit oder eine Gefälligkeit, wenn sie dir überflüssig erscheint, von einem Herrn, sei er jung oder alt, anzunehmen. Folge nur stets deiner zurückhaltenden Natur, liebes Kind, dann wirst du auch das Rechte tun!«

»Einsteigen!«, rief der Schaffner und unterbrach die liebevollen Ermahnungen der jungen Lehrerin. Weinend umarmte Ilse sie und alles, was sie an Liebe und Dankbarkeit für sie empfand, stammelte sie in zwei Worten mühsam hervor: »Dank – Dank!«

»Leb denn wohl, mein geliebtes Kind!«, entgegnete die Lehrerin und schloss ihr den Mund mit einem innigen Kuss.

Der Abschied von Nellie war für Ilse der schwerste Augenblick. »Behalt mir lieb!«, bat die zurückbleibende Freundin kaum hörbar. Ilse hielt sie fest umschlungen und vermochte kein Wort hervorzubringen. Dann riss sie sich los und sprang in den Wagen.

Im letzten Augenblick stieg noch eine alte Dame mit weißen Locken ein. Sie war ganz außer Atem und schien etwas ängstlich und unbeholfen zu sein. Fräulein Güssow war ihr beim Einsteigen behilflich, und als der Schaffner ihre Fahrkarte prüfte, erfuhr sie zu ihrer großen Freude, dass die Dame und Ilse die gleiche Strecke fuhren. Sie richtete die herzliche Bitte an die Dame, das junge Mädchen unter ihren Schutz zu nehmen. Mit größter Liebenswürdigkeit wurde ihr dies versprochen.

Langsam setzte sich der Zug in Bewegung. Ilse lehnte sich zum Fenster hinaus und winkte noch lange mit dem Taschentuch.

Schmerzlich bewegt blickte Fräulein Güssow dem Zug nach; es war ihr, als ob er ein Stück von ihrem Herzen mit sich nähme. Noch nie hatte sie einer Schülerin in ihrer Erziehung so viel Liebe und Zuneigung gewidmet und noch nie hatte sie sich durch den glücklichen Erfolg so reich belohnt gefühlt. Nun ging sie fort, und wer konnte sagen, ob sie das Kind je wiedersehen werde? »Komm«, wandte sie sich der laut schluchzenden Nellie zu, »wir wollen gehen!« Sie zog

Nellies Arm durch den ihren und sprach trotz ihres eigenen tief betrübten Herzens tröstende Worte zu dem verzweifelten Mädchen.

Die Bahn entführte Ilse im Flug dem Ort, zu dem sie einst mit so anderen Gefühlen gekommen, als sie ihn jetzt verließ. Ihre Tränen flossen ohne Unterlass. Sie hielt das Taschentuch gegen die Augen gedrückt und die liebliche Gegend, an der sie vorüberfuhr, erhielt keinen Abschiedsgruß von ihr.

Die Dame sah teilnehmend auf die Weinende, aber sie störte sie nicht in ihrem Schmerz. Erst als sie bemerkte, dass Ilse ruhiger wurde, knüpfte sie ein Gespräch mit ihr an. »Ich verstehe Ihren Kummer wohl, liebes Kind«, sagte sie herzlich. »So ein Abschied von der Schule ist ein wichtiger Abschnitt; es tut weh, von den Freundinnen scheiden zu müssen, die man lieb gewonnen hat, aber, Kind, so trostlos müssen Sie das alles nicht ansehen. Die Trennung ist nicht für das ganze Leben, die Freundinnen werden Sie in Ihrer Heimat besuchen. Es ist wohl schön bei Ihnen zu Hause?«

Das war eine Frage zur rechten Zeit. Ilses Augen lachten noch unter Tränen die alte Dame an. Sie fing an, lebhaft zu erzählen; ihre Gedanken kehrten in das Elternhaus zurück, und zum ersten Mal seit längerer Zeit dachte sie mit ungetrübter Sehnsucht an daheim.

»Wie werden Sie sich freuen, die Eltern wiederzusehen!«, fuhr die Dame fort, die großes Wohlgefallen an dem jungen Mädchen fand.

»O sehr, sehr!«, entgegnete Ilse. »Besonders freue ich mich auf den kleinen Bruder, den ich noch gar nicht kenne. Ich habe sein Bild bei mir. Darf ich es Ihnen zeigen?« Sie nahm eine Ledertasche aus dem Gepäcknetz, öffnete sie und entnahm ihr ein Album. »Das ist er«, sagte sie und zeigte mit Stolz auf einen kleinen, dicken Buben, der im Hemdchen fotografiert war.

»Ein schönes Kind«, bewunderte die Dame. »Ist das Ihre Mama, die den Kleinen auf dem Schoss hält?« Ilse bejahte. »Hier ist mein Papa«, fuhr sie fort und holte sein Bild aus dem Saffiantäschchen. Es ergab sich von selbst, dass sie bei dieser Gelegenheit erzählte, dass ihr das Bild als Erkennungszeichen für die Familie Gontrau dienen sollte.

»Gontrau?«, fragte die alte Dame. »Landrat Gontrau? Das sind ja liebe Bekannte von mir! Mein Mann, Sanitätsrat Lange, ist seit Jahren Arzt in ihrem Hause. Wir wohnen in L., das ist die nächste Station von Lindenhof. Wie wunderbar sich das trifft. Nun stecken Sie das Bild Ihres Papas nur getrost ein, wir haben es nicht mehr nötig; jetzt werde ich Sie meinen Freunden zuführen. So viel Zeit habe ich bei meinem kurzen Aufenthalt.«

Ilse war sehr froh über diesen Zufall und im Geplauder mit der liebenswürdigen Frau Rat verging ihr die Zeit mit Windesschnelle. Sie war ganz erstaunt, als der Schaffner das Abteil öffnete und hereinrief: »Station M. Sie müssen umsteigen, meine Damen!«

»Schon?«, rief Ilse und griff nach ihren Sachen.

Die Frau Rat erhob sich und suchte ihr Handgepäck zusammen. Ihre Hände zitterten in nervöser Aufregung. Eine Ledertasche, die sie von oben herabnahm, entfiel ihrer Hand. Das Schloss sprang auf und verschiedene kleine Gegenstände kollerten auf den Boden. »Lieber Himmel«, rief sie erschrocken, »was habe ich da gemacht!« Sie wollte sich bücken und ließ dabei die Schachtel fallen.

»Bitte, lassen Sie mich das besorgen!«, beruhigte sie Ilse. Schnell suchte sie alles auf und räumte die Sachen wieder ein. Die Geldbörse der Frau Rat, die sich ebenfalls unter den herausgefallenen Dingen befand, steckte Ilse in ein Seitenfach, schloss den Bügel sorgfältig und reichte der Dame die Tasche. »So«, sagte sie, »nehmen Sie das zu sich. Um Ihre Koffer kümmere ich mich.«

Ilse legte sämtliches Handgepäck zusammen auf den Sitz, stieg dann hinaus, ließ sich alles von der Dame zureichen, übergab es dem bereitstehenden Gepäckträger und half endlich der Frau Rat vorsichtig die hohen Stufen hinabsteigen.

»Danke, danke, liebes Kind!«, sagte diese. »Wie umsichtig und verständig Sie alles besorgen! Ich hätte das bei Ihrer Jugend kaum erwartet.«

Ilse wunderte sich selbst darüber. Sie hob stolz den Kopf und wünschte, Fräulein Güssow hätte es gehört.

Nach einer Stunde Aufenthalt fuhren die Damen weiter. Ilse benützte die Zeit, an Fräulein Güssow eine Karte zu senden. Als sie schrieb, meldete sich der Abschiedsschmerz aufs Neue. Sogar einige Tränen verwischten die frische Schrift, aber Ilse meldete, dass ihr die Reise bis jetzt sehr schnell vergangen und Frau Rat eine entzückende Dame sei.

Die alte Dame dachte ungefähr ebenso von ihrer jungen Reisegefährtin. Sie empfand für Ilse, trotz der kurzen Bekanntschaft, eine warme Zuneigung. Ilse war so ganz anders als all die anderen jungen Mädchen, natürlich und ohne jede Ziererei.

»Nun sind wir in wenigen Minuten in Lindenhof und müssen uns trennen«, sagte Frau Rat. »Es tut mir von Herzen Leid, ich habe Sie sehr lieb gewonnen. Versprechen Sie mir fest, mich zu besuchen, wenn der Zufall Sie in die Nähe von Lindenhof führen sollte.«

Ilse sagte das gern zu und gestand, dass auch ihr der Abschied schwer werde. Frau Rat habe so »himmlisch« verstanden, sie zu trösten.

»Da sind wir schon«, rief Frau Rat und sah zum Fenster hinaus, um sich nach Gontraus umzusehen. Sie waren nicht zu erblicken. Einige Bauersfrauen standen wartend mit ihren Tragkörben da, sie wollten mit dem Zug weiterfahren, das war alles.

Auch Ilse blickte hinaus, und als sie niemand sah, der sie erwartete, wurde ihr recht bange. »Ach«, seufzte sie, »was fange ich nun an? Ich bin ganz verlassen hier. Lassen Sie mich mit Ihnen weiterfahren, liebe Frau Rat, und nehmen Sie mich für die eine Nacht auf! Bitte, bitte!«

»Wie gern täte ich das, mein Kind! Aber das wäre gegen die Bestimmung Ihrer Eltern. Gontraus werden noch kommen, auf jeden Fall. Sie haben sich etwas verspätet. Sie können es glauben. Was würden sie sagen, wenn Fräulein Ilse davongeflogen wäre!«

Ilse seufzte und stieg aus. Nun stand sie da und sah sich hilflos nach beiden Seiten um.

»Machen Sie nicht ein so trostloses Gesicht, liebes Kind!«, beruhigte sie die alte Dame. »Es wäre noch immer kein Unglück, wenn Gontraus Sie durch irgendein Missverständnis heute nicht erwarteten. In diesem Fall bestellen Sie einen Wagen im Bahnhofsgebäude und fahren nach Lindenhof hinaus. In einer guten Stunde sind Sie dort, und dass Sie bei den lieben Menschen mit offenen Armen empfangen werden, dafür stehe ich ein.«

»Nein, nein, das tue ich nicht! Das würde ich nicht wagen«, rief Ilse ganz erschrocken. »Ich weiß gar nicht, ob man mich haben will. Ich kann doch nicht unbekannten Leuten in das Haus fallen.« Es leuchtete dabei ein wenig vom alten Trotz aus ihren Augen und die Oberlippe kräuselte sich in verdächtiger Weise.

Frau Rat lächelte über das jugendliche Ungestüm. »Man will Sie haben und fremde Leute sind es auch nicht, zu denen Sie kommen, kleine Ungeduldige«, sprach sie scherzhaft. »Der Landrat ist ein sehr guter Freund Ihres Vaters. Aber gehen Sie einmal schnell um das Gebäude herum! Von dort können Sie die ganze Straße überblicken, die nach dem Gut führt. Vielleicht sehen Sie den Wagen kommen.«

Ilse tat, wie ihr geraten wurde. Im Laufen öffnete sie das Täschchen und nahm Papas Bild heraus. »Es ist zwar doch vergeblich«, dachte sie, »aber ich will es für alle Fälle in die Hand nehmen.«

Kaum war sie links um das Haus verschwunden, als von der andern Seite ein schlanker junger Mann mit schnellen Schritten hervortrat. Sein Blick glitt suchend über den Bahnsteig, dann ging er dicht an dem Zug entlang und spähte forschend in jedes Abteil.

Frau Rat entdeckte ihn sofort und ihre Züge hellten sich auf. Der Suchende war niemand anders als der Sohn des Landrats. »Leo! Leo!«, rief sie ihn an, »komm schnell! Wo sind deine Eltern? Du suchst ein Fräulein? Ich bin mit ihr gefahren. Sie ist ein reizendes junges Mädchen, frisch wie eine Waldblume, sage ich dir. Dort ist sie um das Haus gegangen.«

»Was für eine Waldblume meinst du, Tante Rat?«, fragte der

junge Mann erstaunt und sah mit seinen offenen, klugen Augen die Rätin an, die sehr schnell und mit lebhaften Gesten auf ihn einsprach. »Von wem sprichst du?«

»Von ihr, von ihr!«, rief sie zurück. »Von Ilse, die ihr erwartet«, wollte sie eigentlich sagen, aber der Name fiel ihr im Augenblick nicht ein. Doch der junge Mann schenkte ihren Worten wenig Aufmerksamkeit.

»Ich muss dich verlassen, Tante«, sagte er dann auch; »ich muss mich nach einem Kind umsehen, das ich mit diesem Zug erwarte.«

»Sie ist es, sie ist es!«, rief Frau Rat lebhaft, aber er hörte ihre Worte nicht mehr, sondern ging von neuem suchend den Zug entlang.

»Haben Sie ein allein reisendes Kind gesehen und ist es vielleicht hier ausgestiegen?«, fragte er einen Schaffner.

»Nein«, antwortete der Mann und sprang in den Wagen, denn der Zug setzte sich langsam in Bewegung. Als Frau Rat an Leo vorüberfuhr, rief sie ihm einige Worte zu, leider vergeblich, er verstand sie nicht.

Der junge Gontrau blieb ratlos und nachdenklich stehen. Oberamtmann Macket hatte seinen Vater gebeten, sofort bei Ilses Ankunft zu telegrafieren, ob sie glücklich angekommen sei. Was sollte er jetzt tun? Es blieb ihm nichts anderes übrig, als ein Telegramm abzusenden, mit den Worten: »Nicht angekommen.«

Er wollte sich eben in das Telegrafenamt begeben, als sein Blick auf einen Brief fiel, der dicht vor ihm auf der Erde lag. Er hob ihn auf und las die Aufschrift auf dem geöffneten Umschlag. Er wunderte sich nicht wenig, als er die Adresse las: »Fräulein Ilse Macket.« – Sonderbar, der Schaffner und die

Leute hier haben kein Kind aussteigen sehen und doch muss es angekommen sein! »Wissen Sie nicht, wer den Brief verloren hat?«, wandte er sich an eine Frau, die bei ihrem kleinen Obststand saß.

»Gesehen habe ich es nicht«, meinte die Frau, »aber ein junges Fräulein mit Locken hat ihn aus der Tasche gezogen. Ich sah, dass sie etwas herausnahm. – Die dort war es«, unterbrach sie sich plötzlich und zeigte auf Ilse, die um das ganze Haus gegangen war und von der entgegengesetzten Seite gerade hervortrat, als der Zug abfuhr.

Die alte Reisebegleiterin grüßte noch einmal zum Fenster hinaus und machte allerhand bedeutungsvolle Zeichen, winkte nach der anderen Seite zu Leo hinüber, aber Ilse verstand nichts von allem. Höchst unglücklich stand sie da und blickte dem Zug nach, der ihre einzige Bekannte hier in die Ferne entführte.

»Nun bin ich verlassen«, sprach sie für sich. »Was soll ich nun anfangen?« Er war merkwürdig, wie schnell es mit ihrer mutigen Sicherheit vorbei war. Wie Recht hatte Fräulein Güssow mit ihrer Besorgnis! Auf diesen Fall war sie gar nicht vorbereitet. Was sollte sie nun beginnen? Fast hätte sie wie ein kleines Kind zu weinen angefangen.

Aus ihrer peinlichen Ratlosigkeit schreckten sie plötzlich eilige Schritte auf und gleich darauf erfolgte die Anrede: »Gnädiges Fräulein, ich bitte um einen Augenblick!«

Ilse wandte den Kopf, und als ihr Auge flüchtig die Gestalt eines jungen Mannes streifte, erfasste sie unsagbare Verlegenheit. Was wollte er von ihr? Warum redete er sie an? Als ob sie gar nichts gehört hätte, ging sie weiter.

»Sie haben etwas verloren, gnädiges Fräulein. Wollen Sie

nicht die Güte haben, mir einen Augenblick Gehör zu schenken?«, rief der junge Mann eindringlich.

Nun blieb Ilse stehen, aber sie wagte nicht, sich nach ihm umzusehen. Er benützte diesen Augenblick und trat schnell vor sie hin. Mit einem leichten, spöttischen Lächeln betrachtete er das kleine Mädchen, das ängstlich vor ihm davonlief. Schon schwebte ihm eine ironische Bemerkung auf den Lippen, er unterdrückte sie jedoch, als er das hübsche, verlegene Antlitz sah. »Wie eine Waldblume«, hatte Tante Rat gesagt, jetzt wusste er, wen sie damit gemeint hatte. »Ich fand diesen Brief hier«, sagte er. »Gehört er vielleicht Ihnen?«

Ein flüchtiger Blick belehrte Ilse, dass er den Brief ihres Vaters in der Hand hielt. »Ja«, sagte sie, beschämt über ihr albernes Benehmen, »er gehört mir.« Sie nahm ihn in Empfang, ohne den jungen Mann anzusehen. »Ich danke Ihnen«, fügte sie noch hinzu und wollte mit einer schüchternen Verbeugung weitergehen.

»War die Adresse an Sie gerichtet?«, fragte der Fremde weiter, sodass Ilse zögernd stehen blieb.

Doch ohne ihre Antwort abzuwarten, rief er erfreut und lachend zugleich: »Sie – Sie sind Fräulein Ilse Macket! Ich sehe die Fotografie in Ihrer Hand. Das ist ein wundervoller Zufall.«

Erstaunt blickte Ilse ihn an und nun sah sie zum ersten Mal in das frische, von der Sonne gebräunte Gesicht des jungen Gontrau.

»Verzeihen Sie mein unschickliches Lachen«, entschuldigte er sich, »aber Sie werden es verstehen, wenn ich Ihnen Aufklärung gegeben habe. Zuvor erlauben Sie, dass ich mich Ihnen vorstelle; mein Name ist Gontrau.« Er zog den Hut und begrüßte sie in liebenswürdiger, ehrerbietiger Weise.

»Gontrau?«, rief Ilse strahlend vor Freude. »Ists wahr, Gontrau? Aber Sie sind doch nicht – doch nicht ...«

»Der Landrat?«, ergänzte er ihre Frage. »Nein, der bin ich nicht, nur sein Sohn.«

»Ich war recht einfältig, dass ich Ihnen davonlief«, fuhr Ilse errötend fort, »aber ich wusste nicht, wer Sie sind; ich hielt Sie für einen fremden Herrn, der mich ausfragen wollte. Ach, Sie glauben nicht, wie ich mich geängstigt habe, als ich so ganz allein hier stand! Nun bin ich froh, furchtbar froh. Aber wo sind Ihre Eltern?«

»Meinem Vater ist ein kleiner Unfall zugestoßen. In dem Augenblick, als er den Wagen besteigen wollte um hierher zu fahren, vertrat er sich den Fuß, und zwar so böse, dass er zurückbleiben musste. Die Mutter konnte zu ihrem Kummer nun auch nicht fort, sie musste dem Vater behilflich sein. Dieser Unfall ist denn auch an meiner Verspätung schuld, die ich von ganzem Herzen bedaure. Mama freut sich so darauf, ›die Kleine‹ in Empfang nehmen zu können. Ja, ja, ›die Kleine‹«, wiederholte er und freute sich über Ilses verwundertes Gesicht. »Ihr Herr Papa sprach in seinen Briefen nur von seiner ›Kleinen‹ oder von ›seinem Kind‹, das er allein und schutzlos die weite Reise machen lassen müsse; er fürchtete, dass dem ›kleinen Mädchen‹, das die Schule verlasse, etwas zustoßen könne. Natürlich erwarteten wir nun auch ein Kind, so ein halb erwachsenes Mädchen von zwölf, höchstens dreizehn Jahren.«

»Nein, der Papa!«, rief Ilse und lachte. »Papa ist zu komisch;

er hält mich noch immer für die halb erwachsene Ilse. Wie wird er sich wundern, wenn er mich wiedersieht! Mit siebzehn Jahren ist man doch kein Kind mehr.«

»Bewahre!«, stimmte ihr der junge Gontrau bei. »Mit siebzehn Jahren ist ein junges Mädchen eine vollendete Dame.« Es kam halb spöttisch heraus, aber er machte ein ernstes Gesicht und verzog keine Miene. So glaubte Ilse denn mit Stolz an die »vollendete« Dame.

Nur ihr Handgepäck nahm Ilse mit hinaus nach Lindenhof. Es war schon in dem Wagen untergebracht, den Korb mit den Blumen stellte der Kutscher eben hinein.

»Die vielen Sträuße!«, bemerkte Leo Gontrau und diesmal lächelte er wirklich. »Der Korb muss Ihnen doch eine Last sein?«

»O nein, nein!«, sprach Ilse eifrig dagegen. »Es sind ja lauter Abschiedsgrüße von meinen Freundinnen!«

»So viele Freundinnen?«, meinte der junge Mann und sah in den Korb.

»Es sind sieben Sträuße«, belehrte ihn Ilse, die glaubte, er wolle sie zählen.

»Sie waren schön«, meinte Leo. »Jetzt sind sie schon etwas welk. Nur dieser Rosenstrauß mit der Vergissmeinnichteinfassung ist noch frisch.«

Ilse ergriff diesen Strauß und beugte sich ein wenig darüber. Eine augenblickliche Rührung überkam sie, als sie der Spenderin gedachte. »Ich habe ihn von meiner liebsten Freundin«, sagte sie innig, »von Nellie Grey.«

»Nellie Grey?«, fragte der junge Gontrau. »Wohl eine Engländerin? Ist sie hübsch und liebenswürdig?«, setzte er scherzend hinzu.

»Sie ist reizend«, rief Ilse und geriet förmlich in Feuereifer, als sie von der Freundin erzählte.

Ihr Begleiter hörte stillschweigend zu und freute sich über die Begeisterung, mit der Ilse lobte, besonders über die überschwänglichen Ausdrücke, die ihr dabei über die Lippen schlüpften. Sie wusste es gar nicht, wie sehr sie sich Melanies Angewohnheit zu eigen machte und dass Ausrufe wie furchtbar reizend! himmlisch! süß! usw. ihr ebenso geläufig waren wie Melanie und den übrigen Mädchen.

»Wollen Sie nicht erst im Bahnhofsgebäude eine kleine Erfrischung einnehmen?«, fragte Leo und bot Ilse den Arm um sie dorthin zu führen.

Dankend lehnte sie sein Anerbieten ab, trotzdem sie es eigentlich gern angenommen hätte. Sie war hungrig und ihr Magen zeigte bereits Verlangen nach einem kräftigen Imbiss. Eine wirkliche Dame aber durfte den Hunger nicht merken lassen; es wäre doch geradezu kindisch gewesen.

»Es ist kühl«, bemerkte Leo Gontrau, als er Ilse in den Wagen half, »und mein Auftrag lautet: ›Hülle das Kind gut ein, damit es sich nicht erkältet!‹« Er nahm ein warmes Tuch, das schon bereit war, und wickelte das junge Mädchen fest darin ein, auch eine Decke schlug er um ihre Füße.

Ilse ließ es gern geschehen, denn der Herbstwind pfiff kalt über die leeren Felder; sie lachte sogar über seine Fürsorge, aber hinterher kamen die Bedenken. Würd Fräulein Güssow ihr Benehmen richtig finden? Ob Nellie ebenso handeln würde oder ob diese ihren eigenen Regenmantel angezogen hätte?

Mitten in ihren peinlichen Zweifeln und Sorgen vernahm Ilse ein herzliches Lachen ihres Nachbars. Natürlich brachte sie es sofort mit ihren Gedanken in Verbindung. »Lachen Sie über mich?«, fragte sie voll Misstrauen.

»Nein, nein!«, entgegnete Leo. »Wie kommen Sie zu dieser Frage? Wie würde ich mir je erlauben, eine junge Dame auszulachen! Diese Birne ist an meiner Heiterkeit schuld. Sie fiel mir soeben aus der Wagentasche auf die Hand und erinnerte mich an Mamas letztes Wort, als ich fortfuhr.«

»Was sagte sie?«, fragte Ilse und sah ihn neugierig an.

»›Vergiss ja nicht, dem Kind die Birnen zu geben, Leo!‹, befahl Mutter. ›Die Kleine wird hungrig sein.‹ Ich glaube«, unterbrach er sich und griff in die Seitentasche, »sie sprach auch von einem Stück Kuchen. Richtig«, rief er lachend und zog ein kleines Päckchen hervor, »da ist er. Darf ich es wagen, gnädiges Fräulein, Ihnen Kuchen und Birnen anzubieten?«

Dieser Verlockung konnte der Trotzkopf nicht widerstehen. »Warum nicht?«, entgegnete sie unbefangen und griff zu. »Obst ist meine ganze Leidenschaft und Kuchen esse ich furchtbar gern. Im Pensionat haben wir nicht viel davon zu sehen bekommen; Fräulein Raimar behauptete, der Magen werde schlecht vom vielen Kuchenessen. Ist das nicht eine furchtbar öde Ansicht?«

»Ja, eine furchtbar öde Ansicht«, wiederholte der Assessor mit ganz ernsthaftem Gesicht. »Ich begreife nicht, wie Sie es schaffen konnten, ohne Kuchen zu leben.«

»Manchmal«, erzählte Ilse, »ließen wir uns heimlich ein Stückchen holen, über Mittag, wenn das Fräulein schlief.«

»So, so«, sagte Leo lachend, »das sind ja schöne Geschichten, das muss ich sagen!«

»Wir taten es nicht oft«, entschuldigte sich Ilse, »nur dann und wann, wenn wir gar zu großen Appetit darauf spürten. Finden Sie das unrecht?«

»Dass Sie den Kuchen aßen, finde ich durchaus nicht unrecht«, neckte er sie, »aber dass Sie ihn heimlich holen ließen, gefällt mir nicht. Warum fragten Sie nicht die Vorsteherin um Erlaubnis?«

»Dann hätten wir es doch nicht gedurft. Es war wirklich nichts Böses, was wir taten, nur ein ganz harmloses Vergnügen. Fräulein Raimar erlitt keinen Schaden, ob wir Kuchen aßen oder nicht.«

»Sie sind eine kleine Rechtsverdreherin«, tadelte er lachend; »ob Schaden oder nicht, darauf kommt es gar nicht an. Die Dame besaß wohl Gründe, weshalb sie Ihnen den Genuss des Kuchens verbot. Nummer 1: Sie handelten gegen ihren Willen, folglich sind Sie strafbar. Nummer 2: Sie taten es heimlich, das erschwert das Vergehen.«

Ilse lachte. »Lieber Himmel, sind Sie aber kleinlich!«

»Ich bin Jurist, gnädiges Fräulein, und gehe jeder Sache auf den Grund.«

»Jurist?«, wiederholte Ilse und sah ihren Nachbarn etwas misstrauisch an. »Das glaube ich nicht; Sie sehen nicht so aus.«

»Warum nicht? Haben die Juristen ein besonderes Aussehen?«

Diese Frage brachte Ilse in Verlegenheit. Sie konnte keine andere Antwort darauf geben, als dass die Juristen, die öfters nach Moosdorf zu Besuch kamen, ganz anders ausschauten. Es waren nette Herren, die ein Glas Wein liebten, aber jung und lustig waren sie nicht. Sie sah ihren Nachbarn an und schüttelte ungläubig den Kopf. »Sie sind nicht Jurist«, wiederholte sie.

»Nun, ich bin doch neugierig, wofür Sie mich halten«, entgegnete Leo vergnügt. »Jetzt legen Sie eine Probe von Ihrer Menschenkenntnis ab!«

»Sie sind Künstler, vielleicht Musiker – oder Maler?« Gontrau lachte laut. »Musiker«, rief er, »ich ein Musiker! Ich kenne keine Note und bin so unmusikalisch wie ein Stock. Es tut mir Leid, dass ich Ihre für mich schmeichelhafte Vorstellung zerstören muss. Ich muss mich leider als ein ganz gewöhnliches Menschenkind bezeichnen, das weder Maler noch Musiker ist. Trotz Ihres Zweifels bin ich Jurist und seit vier Wochen Assessor. Sind Sie nun überzeugt?«

»Also kein Künstler, ach, wie schade!«, sprach Ilse bedauernd. »Künstler müssen doch reizende Menschen sein.«

»Nicht immer«, wollte der Assessor sagen, doch er tat es nicht. Warum ihre kindlichen Anschauungen zerstören? »Sehen Sie dort die Kirchturmspitze?«, brach er das Gespräch ab. »Die Wetterfahne darauf glänzt hell im Mondschein; das ist die Kirche von Lindenhof. In zehn Minuten sind wir dort.«

Als der Wagen vor dem Eingangstor des Hauses hielt, trat Frau Gontrau schnell auf ihn zu, um ihren kleinen Gast in Empfang zu nehmen. Als das erwachsene Mädchen ausstieg und Leo den Irrtum erklärte, nahm sie Ilse lachend in den Arm. »Ob groß, ob klein«, sagte sie, »Sie sind mir von Herzen willkommen.«

Frau Gontrau führte Ilse in das Speisezimmer, in dem sich der Landrat befand. Er saß auf dem Sofa und streckte dem jungen Mädchen beide Hände entgegen. »Das ist eine kostbare Überraschung«, rief er aus, »eine kostbare Überraschung! Anstatt des Kindes kommt eine junge Dame an. Hat uns Freund Macket mit Absicht getäuscht?«

Ilse lachte und zeigte sich von der nettesten Seite.

»Wie Sie dem Papa ähnlich sehen!«, fuhr der alte Herr lebhaft fort. »Der gleiche Mund, die Zähne, das Kinn – es ist auffallend.« Er schob die Lampe näher zu ihr, damit er sie noch besser betrachten konnte. »Das Haar haben Sie von der Mutter geerbt, auch die braunen Augen, das heißt nur in Farbe und Schnitt. Der Ausdruck der Ihrigen ist lebhafter, er verrät nicht das sanfte Taubengemüt der seligen Mama. Können Sie auch zornig blicken?«, fragte er scherzend.

»Aber lieber Mann«, unterbrach ihn Frau Gontrau lachend, »erst stellst du eine peinliche Prüfung mit dem Äußeren unseres lieben Gastes an, nun gehst du auch noch auf die Charaktereigenschaften über! – Kommen Sie, liebes Kind, ich will Sie erlösen! Ich werde Sie auf Ihr Zimmer führen, damit Sie sich von der langen Reise erfrischen können. Ich habe Sie neben meinem Schlafzimmer einquartiert – die Fremdenzimmer liegen eine Treppe höher –, ich dachte, die Kleine würde sich fürchten, allein dort zu schlafen.«

»Oh, wie reizend!«, rief Ilse kindlich erfreut und verriet, dass auch sie sich noch, wie ein kleines Mädchen im Dunkeln, richtig ängstigen konnte.

»Leo«, sagte der Landrat zu seinem Sohn, als die Damen das Zimmer verlassen hatten, »ist sie nicht ein reizendes Kind?«

Der junge Mann schien in seine Zeitung vertieft; der Vater musste die Frage wiederholen, bevor er eine Antwort erhielt.

»Ja, ja«, gab er gleichgültig zur Antwort, »sie ist ein ganz nettes Mädchen.«

»Nettes Mädchen! Ist das ein Ausdruck für ein so bezauberndes Wesen? Hast du denn gar keine Augen im Kopf? Ich sage dir, Temperament steckt in dem ›kleinen Mädchen‹. Ein Blick und ich weiß Bescheid. Du hast kein Urteil, mein Junge; darin ist dir dein Vater über.«

Leo gab keine Antwort und las andächtig weiter.

Die Abendstunden entschwanden in Frohsinn und Heiterkeit. Ilse plauderte und erzählte ganz ohne Scheu. Sie fühlte sich heimisch bei den gastlichen Menschen. Der Landrat liebte es, sie zu necken, und sie verstand auf seine Scherze einzugehen.

»Bleiben Sie einige Tage hier!«, redete er Ilse zu. »Die Zeit ist so kurz bis morgen Mittag. Wir telegrafieren den Eltern, dass wir Sie hier behalten; sie werden nicht böse darüber sein.«

Leo warf einen schnellen Blick zu Ilse hinüber, der fast wie eine Bitte aussah, auch erbot er sich, ganz früh am andern Morgen ein Telegramm aufzugeben. Frau Gontrau unterstützte die Bitte ihres Mannes. »Es wäre eine große Freude für uns, wenn Sie blieben«, sagte sie; »es fehlt ein frisches Element in unserem Haus. Sie haben die glückliche Gabe, Leben und Frohsinn um sich zu verbreiten.«

»Bitte, bitte, quälen Sie mich nicht«, bat Ilse, »ich kann nicht bleiben; sosehr es mir auch hier gefällt. Meine Eltern erwarten mich morgen und ich habe auch große Sehnsucht nach ihnen, und auf den kleinen Bruder freue ich mich furchtbar. Er weiß noch gar nicht, dass er eine große Schwester hat.«

Dagegen war nichts einzuwenden. Frau Gontrau strich ihr die krausen Locken zurück und klopfte ihr leicht die Wange. »Sie haben Recht, liebe Kleine, Ihren Entschluss nicht zu ändern. Wir wollen auch gar nicht weiter in Sie dringen mit unseren Bitten. Besuchen Sie uns bald auf längere Zeit! Leo verlässt uns in einigen Wochen und dann ist es einsam in unserem großen Hause.«

»Daraus wird doch nichts«, erklärte der Landrat. »Ich kenne meinen Freund Macket und weiß, dass er sein Töchterchen so bald nicht wieder fortgibt. Halt, da kommt mir ein guter Gedanke! In seinem letzten Brief ladet uns der Vater zum Erntefest ein, das etwa in vier Wochen stattfinden soll. Ich nehme die Einladung für uns an, Punktum! Aber ich knüpfe die Bedingung daran, dass er Sie mit uns zurückreisen lässt.«

Ilse jubelte vor Vergnügen. »Das wäre himmlisch!«, rief sie aus. »Aber Sie müssen auch Wort halten; geben Sie mir die Hand darauf!«

Mit einem kräftigen Handschlag besiegelte der Landrat sein Versprechen.

»Ein Handschlag galt bei uns im Pensionat für den höchsten Eid«, sagte Ilse mit ernstem Gesicht, »dagegen handeln heißt meineidig sein. – Sie werden doch mitkommen?«, wandte sie sich an Leo.

»Natürlich!«, entgegnete er freudig. »Der feierliche Eid gilt auch für mich. Wollen wir ihn auch mit einem Handschlag besiegeln?«

»O nein!«, entgegnete sie leicht errötend. »Ich glaube Ihnen schon auf Ihr Wort.«

Als es elf schlug, mahnte Frau Gontrau zur Ruhe. »Sie werden von der Reise und den vielen fremden Eindrücken müde und abgespannt sein, liebe Ilse.«

»Ich empfinde gar keine Müdigkeit«, meinte das Mädchen. »Ich könnte noch lange aufbleiben.« Am liebsten wollte sie ihre Reiseerlebnisse gleich für Nellie zu Papier bringen, aber sie fand in ihrem Zimmer weder Feder noch Tinte. So musste der Brief warten und Ilse ging zu Bett.

Am andern Morgen, gleich nach dem zweiten Frühstück, rüstete sich Ilse zur Weiterreise. Sie trat mit dem Korb voll Blumen vor die Tür, um sie mit Wasser zu besprengen.

»Wollen Sie denn die welken Sträuße wirklich wieder mitnehmen?«, fragte Assessor Gontrau.

Ilse blickte auf den Korb und stand unschlüssig da. »Freilich«, sagte sie betrübt, »sie sehen traurig aus, meine lieben, schönen Blumen; nun sind sie alle welk.«

»Wissen Sie was, Fräulein Ilse«, riet der Assessor heiter, »wir wollen ein Feuer anmachen und sie verbrennen! Dann sammeln wir die Asche und Sie bewahren sie in einer kostbaren Urne auf, welche die Inschrift trägt: Diese Urne birgt die Asche der Blumensträuße meiner sieben lieben Freundinnen im Pensionat. – Wie gefällt Ihnen dieser Vorschlag?«

»Oh, Sie sind abscheulich!«, rief Ilse. »Sie wollen sich über mich lustig machen. Trotzdem«, fügte sie hinzu, »gefällt mir das Verbrennen ganz gut. Errichten Sie schnell einen Scheiterhaufen! So viel Zeit bleibt mir noch bis zu meiner Abfahrt; ich will die Blumen in Flammen aufgehen sehen. Die Asche aber sammeln wir nicht.«

Leo trug eilig etwas trockenes Reisig auf dem Kiesplatz vor dem Hause zusammen, und in wenigen Sekunden flackerte ein lustiges Feuer auf. Ein Strauß nach dem andern verfiel dem Feuertod, nur als Nellies Rosen an die Reihe kamen, rief Ilse: »Halten Sie ein, die dürfen nicht geopfert werden! Die Blumen meiner lieben Nellie bewahre ich bis zu meinem Tod auf.«

»Mit in das Grab!«, fügte der Assessor neckend hinzu.

Frau Gontrau, die mit ihrem Sohn Ilse bis zur Bahn begleiten wollte, erschien jetzt fertig angekleidet in der Tür und mahnte zum Aufbruch.

Ilse ging in das Haus und verabschiedete sich vom Landrat. So gern wäre er mitgefahren und musste nun des bösen Fußes wegen zurückbleiben. Es war eine rechte Geduldsprobe für ihn. Noch einmal erinnerte sie ihn dringend an seinen Schwur. »Sie müssen kommen!« war ihr letztes Wort.

»Es bleibt dabei!«, rief er ihr nach. »Der Schwur gilt.«

Als Ilse im Begriff war, in den Wagen zu steigen, überreichte ihr Leo einen Strauß herrlicher Rosen. »Die Blumen sind aus der Asche erstiegen«, sagte er; »Sie werden sie nicht verschmähen«, fügte er hinzu, als Ilse vor Überraschung vergaß sie entgegenzunehmen. »Oh, wie reizend! Sie glauben nicht, wie ich mich freue!« Errötend reichte Ilse Leo die Hand. »Ich danke Ihnen tausendmal. Ich liebe Rosen so sehr und so schöne wie diese sah ich noch nie. Wie sehr haben Sie mich erfreut!« Sie konnte den Blick nicht von den herrlichen Blumen wenden und wiederholte noch einige Male: »Ich freue mich zu sehr!«

Leo lächelte seine Mutter an und sie verstand ihn wohl. War doch auch sie entzückt über die kindliche Freude, mit der Ilse zu danken verstand.

Die Stunden eilen schnell, besonders die glücklichen. Die Fahrt bis zum Bahnhof war vergangen, Ilse wusste nicht wie. Jetzt saß sie in der Eisenbahn und fuhr der Heimat zu. Ihre Gedanken schwirrten bunt durcheinander; sie flogen voraus und träumten vom Wiedersehen, und sie kehrten zurück und führten sie wieder nach Lindenhof. Der Abschied war ihr schwer geworden. Leo hatte ihr die Hand geküsst und sie hatte es sich gefallen lassen. Ob das wohl recht war? Am Ende hätte sie ihm die Hand entziehen müssen? Da fiel ihr Blick auf den Rosenstrauß und plötzlich stand das Bild des jungen Mannes vor ihr. Ein sonderbares Gefühl überkam sie, aber es war ihr fremd und sie schreckte davor zurück. Sie legte den Strauß aus der Hand und erhob sich. Sie wollte nicht weiter an ihn denken, sie wollte es nicht.

Ein wenig später lag Ilse in den Armen ihres Vaters und dachte an nichts weiter als an das Glück, wieder daheim zu sein.

»Bist du groß geworden!«, rief der Oberamtmann und betrachtete sie mit stolzer Freude; »ich hätte dich kaum wiedererkannt. Als halbes Kind gingst du von uns, und jetzt kehrst du heim als junge Dame.« Er hielt sie noch immer in seinen Armen und konnte sich nicht satt sehen an seiner nunmehr erwachsenen Tochter Ilse.

Sanft entwand sie sich ihm. Sie wollte die Mutter umarmen, die mit Tränen in den Augen daneben stand und ihr die Arme entgegenstreckte. Ilse flog an ihr Herz und umschlang sie innig. »Meine liebe Mama!« Das war alles, was sie sagen konnte.

Frau Macket verstand sie; innig drückte sie ihr Kind an sich; sie wusste, dass ihr Ilses Herz für immer gehörte.

»Hier ist noch jemand, der dich begrüßen will, Kleines«, unterbrach der Oberamtmann die rührende Szene, die ihn selbst so weich stimmte. »Sieh, Onkel Kurt, berühmter Maler und Afrikareisender, freut sich, dich zu sehen und kennen zu lernen!«

Ilse reichte ihm die Hand und stand nun einem wirklichen

Künstler gegenüber. Ob sie ihn »reizend« fand? Als sie ihn ansah, den mittelgroßen, etwas breitschultrigen Mann in der karierten Jacke, die mehr bequem als elegant saß, mit dem breitkrempigen Hut, der ein braun gebranntes, verwittertes Gesicht tief beschattete, da drängte sich unwillkürlich ein anderer in ihre Gedanken und sie verglich. »Die Juristen gefallen mir doch besser als die Künstler«, meinte sie still bei sich.

Ehe Ilse in den Wagen stieg, wurde sie von Johann feierlich begrüßt. Als besondere Überraschung brachte er Bob mit, der nun in toller, ausgelassener Freude seine Herrin begrüßte. Johann vergaß dabei seine mühsam ausgedachte Empfangsrede. Verlegen drehte er seine Mütze und sein breiter Mund zog sich von einem Ohr bis zum andern. »Da ist der Hund, Fräulein Ilschen«, sagte er. »Das vernünftige Vieh hat das Fräulein gewissermaßen gleich erkannt. Ich auch, wenn auch das Fräulein schön und stattlich geworden sind.«

Alle lachten und Ilse reichte dem Freund ihrer Kindheit die Hand.

»Es ist gut, Johann«, sagte der Oberamtmann, »du hast eine schöne Rede gehalten. Nun aber steig auf und lass die Pferde tüchtig ausgreifen! In einer halben Stunde müssen wir in Moosdorf sein.«

Im Vaterhaus war alles festlich vorbereitet. Fahnen, Kränze, Blumen, sogar eine Ehrenpforte mit einem mächtigen »Willkommen!« begrüßte die heimkehrende Tochter.

Ilse gönnte all den Herrlichkeiten nur einen flüchtigen Blick. Ihre Ungeduld trieb sie in das Haus, sie musste zuerst das Brüderchen sehen.

Frau Anne, die vor ihr hineingegangen war, trat ihr bereits mit dem rosigen Baby auf dem Arm entgegen. »Du süßer

Junge!«, rief Ilse in höchstem Entzücken und das allerliebste Kerlchen streckte ihr jauchzend seine Ärmchen entgegen. »Er will zu mir, Mama. Darf ich ihn nehmen?«

Glücklich lächelnd reichte Frau Anne ihr den Kleinen.

Ilse tanzte mit ihm im Zimmer herum und küsste und herzte ihn, bis er zu weinen anfing.

Die Mutter nahm ihr den kleinen Schreihals ab.

»War ich zu wild, Mama?«, fragte Ilse bedauernd. »Sei mir nicht böse darum! Ich freue mich so furchtbar über ihn! Was für dicke Ärmchen er hat!«, fuhr sie zärtlich fort und küsste ihn. »Ach, und die lieben, schönen Guckäuglein schwimmen in Tränen! Daran ist nur die böse Schwester schuld, mein kleines Herz.« Sie mochte sich gar nicht von dem Kleinen trennen, bis die Mutter ihn endlich wieder in den Korb legte.

»Nun ist es genug, Kind«, scherzte Frau Anne; »du verwöhnst mir sonst den Jungen, auch vergisst du uns andere darüber. Sieh, Papa und Onkel stehen schon wartend da und wünschen, dass du sie in das Speisezimmer hinüberbegleitest. Oder möchtest du erst einmal hinauf in dein Zimmer gehen?« Sie ergriff Ilses Arm und führte sie in das obere Stockwerk.

Die beiden Herren folgten ihnen und Ilse musste darüber lachen; sie ahnte nicht, weshalb sie es taten.

Es war eine großartige Überraschung, die auf sie wartete. Als sie ihr Zimmer betrat, blieb sie sprachlos an der Tür stehen. Sie erkannte die früheren Räume nicht wieder. Ihr Wohnzimmer sowie ihr Schlafraum waren mit reizenden Biedermeiermöbeln ganz neu eingerichtet. Nichts war vergessen, vom Schreibtisch bis zu der kleinen Schmucktruhe, die vor dem Spiegel auf einem Schränkchen stand. Sogar eine Staffelei war am Fenster aufgestellt.

Ilses Freude war unbeschreiblich; die Eltern hatten damit ihre kühnsten Wünsche erfüllt. Etwas befangen betrachtete sie Staffelei und Maltisch. »Vater«, erklärte sie schüchtern, »das ist zu schön für mich, ich kann noch gar nicht malen!«

»Bedanke dich bei dem Onkel dafür! Er ist der Spender«, entgegnete der Oberamtmann. »Er hat versprochen, dein Lehrmeister zu sein, das heißt, solange es der Wandervogel bei uns aushalten wird.«

Nach dem Essen schlich Ilse in den Hof hinaus. Sie musste es heimlich tun, denn Vater konnte sich heute nicht von ihr trennen. Johann wartete längst auf diesen Augenblick und stand schon bereit, das Fräulein zu führen.

Zuerst musste sie ihm in den Pferdestall folgen, dann kam die Runde durch sämtliche anderen Ställe und nach der Begrüßung aller Kühe, Hunde usw. wollte er ihr auch noch den neuen Schweinestall zeigen. Diesen Besuch schob Ilse aber für einen anderen Tag auf. »Schade, schade!«, meinte Johann und machte ein niedergeschlagenes Gesicht. »Ich wollte dem Fräulein so gern das neue Schweinehaus zeigen. Es ist gewissermaßen der Gipfel an Wohnlichkeit, man könnte selbst drin wohnen.«

»Morgen, Johann«, entgegnete Ilse, »heute habe ich keine Zeit mehr dazu, ich muss zu den Eltern.« Kopfschüttelnd blickte der Kutscher ihr nach. »Früher hätte sie das nicht gesagt«, sprach er zu sich und fügte rasch hinzu: »Sollte sie vornehm geworden sein?«

Als der Tag zu Ende und Ilse allein in ihrem Zimmer war, um zur Ruhe zu gehen, blieb sie noch lange wach. Der heutige Tag war so reich an wechselvollen und freudigen Eindrücken gewesen. Was lag nicht alles zwischen Abend und

Morgen! Trennung und Wiedersehen. War sie wirklich erst heute früh von Lindenhof abgefahren und erst gestern aus dem Institut gekommen? Der Abschied von dort schien schon so weit hinter ihr zu liegen. Es war so schön, mit wachen Augen zu träumen, und Ilse mochte noch nicht an Schlaf denken. Ihr Blick fiel auf den geöffneten Reisekoffer und sie bekam Lust, ihn auszupacken. Sie fing auch an, einige Sachen herauszunehmen und in die neue Kommode zu räumen. Dabei musste sie an Nellie denken; es fiel ihr ein, wie treu und lustig sie ihr geholfen hatte, damals am ersten Tag im Pensionat. Die gute, geduldige Nellie! Wäre sie doch auch jetzt hier!

Als Ilse ihr Tagebuch aus dem Koffer nahm, behielt sie es sinnend in der Hand. Was es enthielt, waren nur weiße Blätter, denn nie hatte sie das Bedürfnis gefühlt, ihm etwas anzuvertrauen. In halber Zerstreutheit schloss sie auf und legte es geöffnet auf den Schreibtisch. Sie griff nach der Feder, tauchte sie ein und plötzlich, wie von einer inneren Macht getrieben, schrieb sie die Worte nieder: »Seit ich ihn gesehen ...« Weiter kam sie nicht. Sie warf die Feder weit von sich. Was schrieb sie, wessen Bild gaben ihr diese Worte ein? Als hätte sie sich bei einem schweren Unrecht ertappt, schloss sie schnell das Buch und barg es in einem versteckten Fach ihres neuen Schreibtisches. Fort mit den dummen Gedanken, die ihr Unruhe machten und an denen nur Chamissos Lieder die Schuld trugen! Sie wollte sie niemals wieder lesen – niemals.

Drei Wochen war Ilse schon im elterlichen Haus und sie fühlte sich so glücklich und wohl daheim wie nie zuvor. Gleich in den ersten Tagen teilte sie ihre Zeit nützlich ein.

Auf ihren Wunsch gab ihr Pfarrer Wollert einige Stunden in verschiedenen wissenschaftlichen Fächern. Er war überrascht über die Fortschritte seiner früheren Schülerin, besonders aber freute er sich über ihren Ernst, ihre Beständigkeit beim Lernen.

Auch Frau Anne segnete das Institut, dem es gelungen war, aus dem wilden Kind ein wohlerzogenes, anmutiges junges Mädchen zu machen. Eine solche Umwandlung war ihr vor Jahr und Tag kaum möglich erschienen. An Ilses gutem Herzen hatte sie niemals gezweifelt, aber sie war überrascht von der geduldigen Liebe, die Ilse dem kleinen Bruder entgegenbrachte. Nur der Oberamtmann konnte sich mit der Veränderung seines Kindes nicht abfinden. Manchmal sah er die Tochter prüfend von der Seite an, als wollte er sie fragen: »Ist sie es oder ist sie es nicht?«

»Ich weiß nicht«, sagte er eines Tages zu seiner Gattin, »Ilse ist mir zu zahm geworden. Ich kann mir nicht helfen, aber mein unbändiges Kind mit dem Loch im Rock gefiel mir besser als die junge Dame im modernen Kleid.«

»Aber Ilse ist wirklich eine junge Dame, lieber Richard«, entgegnete Frau Anne lachend, »du musst dich wohl daran gewöhnen, in ihr nicht mehr das Kind zu sehen. Übrigens ist sie so heiter und ausgelassen wie früher, nur hat sie gelernt, ihren Übermut zu zügeln. Ich bin sehr zufrieden, wie sie ist, und bin stolz auf mein Töchterchen.«

»Du magst Recht haben«, entgegnete Herr Macket. »Mit der Zeit werde ich mich auch an das erwachsene Mädchen gewöhnen, aber ich glaube, es wird noch mancher Tag darüber hingehen!«

»Wer weiß! Ilse reißt dich vielleicht, ehe du es denkst, aus deiner Täuschung und gibt dir den Beweis, dass sie kein Kind mehr ist. Ich habe eine Beobachtung gemacht und glaube nicht, dass ich mich täusche. Der junge Gontrau ist Ilse nicht gleichgültig geblieben.« Sprachlos blickte Herr Macket seine Frau an. Eine solche Möglichkeit zu fassen war er nicht imstande, sie war ihm noch niemals in den Sinn gekommen. »Du irrst, Anne«, sprach er endlich, »das ist geradezu unmöglich. Oder«, fügte er besorgt hinzu, »hat sie dir vielleicht ein Geständnis abgelegt?«

»Sicher nicht«, wehrte Frau Anne ab, »wo denkst du hin! Ilses Herz ist wie eine jener Pflanzen, die ihre Blätter bei der leisesten Berührung schließen. Noch weiß und ahnt sie selbst nichts von ihren Gefühlen; in ihrer kindlichen Unbefangenheit hat sie mir ihr Geheimnis verraten. Sie spricht gern und oft von Gontraus und weilt am liebsten in ihrer Erinnerung bei dem Sohn, von dem sie ausführlich jede Kleinigkeit erzählt. Du müsstest sie hören, wenn sie die Erkennungsszene am Bahnhof in Lindenhof erzählt, und sehen, wie ihre Augen dabei strahlen!«

»Nun ja«, fiel er ihr ins Wort, »das war romantisch. Du bist eine so kluge Frau, mein Annchen, weißt du denn nicht, dass junge Mädchen gern schwärmen?«

»Höre nur weiter zu, Richard! Neulich fragte sie mich mitten in einem Gespräch, ob ich den Namen ›Leo‹ schön finde und ob Juristen kluge Menschen seien. Den Rosenstrauß, den sie bei ihrem Abschied erhielt, hat sie aufbewahrt. Als ihn neulich die Hausmagd wegwerfen wollte, wurde sie ärgerlich. Sie nahm ihn ihr aus der Hand und steckte die vertrockneten Blumen in eine Vase, die heute noch auf ihrem Schreibtisch steht.«

»Ist das alles, was du weißt?«, erwiderte der Oberamtmann vergnügt und sehr erleichtert. »Dann muss ich dir sagen, dass deine Beobachtungen auf sehr wackeligen Füßen stehen. Ich kenne meinen Wildfang besser und weiß, dass er noch fern von solchen Gedanken ist. Ilschen verliebt? Ha, ha, ha! Vergib, mein Schatz, dass ich dich auslache, aber ich kann nicht anders.«

Frau Macket wollte nicht weiter die sichere Unbefangenheit ihres Mannes stören. Sie brach das Gespräch ab. »Was kommen soll, kommt doch«, lachte sie, »und wer kann sagen, wie bald!«

Wenige Tage nach diesem Gespräch fand das Erntefest statt. Frau Macket und Ilse befanden sich am Morgen dieses Tages in dem großen Gartensaal. Sie legten die letzte Hand an die gedeckte Tafel, die festlich geschmückt zum Empfang der zahlreichen Gäste bereitstand. Ilse beschäftigte sich damit, die Vasen mit Blumen zu füllen. Sie fühlte sich froh und glücklich; singend und trällernd verrichtete sie ihre Arbeit. »Mama«, unterbrach sie sich plötzlich, »weißt du, dass ich heute recht betrübt bin?«

»Nein«, entgegnete die Mutter lächelnd, »davon habe ich noch nichts gemerkt. Weshalb solltest du auch betrübt sein?«

»Weil Nellie mir nicht geschrieben hat. Ich habe sie so herzlich zu unserem Erntefest eingeladen. Heute sind es sechs Tage, seit ich ihr schrieb.«

»Sie wird keine Erlaubnis erhalten haben, Kind. Du zweifeltest selbst daran, hast du das vergessen? Es wird ihr sehr schwer werden, dir die abschlägige Antwort der Vorsteherin mitzuteilen, oder sollte sie dich heute unangemeldet überraschen?«

»Das wäre himmlisch! Gontrau und Nellie hier, dann wären alle meine Wünsche erfüllt. Aber daran ist nicht zu denken; Fräulein Raimar erlaubt das auf keinen Fall. Nellie muss lernen und immer wieder lernen. Ach, Mama, es muss schrecklich sein, Erzieherin zu werden! Findest du nicht auch?«

Frau Anne versuchte Ilse von ihrem Vorurteil zu heilen, aber vergeblich. Sie meinte, nur alte Mädchen könnten Erzieherinnen sein und Nellie passe nicht dazu. Plaudernd und singend füllte Ilse die Vasen und verteilte sie auf der Tafel. Sie bewunderte noch ihr Werk, als die Mutter sie aufforderte sich anzukleiden. »Es ist hohe Zeit, Ilse; in einer Stunde wird Papa mit Gontraus zurück sein.«

Ilse flog die Treppe hinauf in ihr Zimmer. Sie begann sich eben umzukleiden, als die Magd einen Brief brachte, der soeben mit der Post gekommen war. Endlich die Antwort von Nellie! Sie erbrach ihn sofort und las. Schon die ersten Worte versetzten Ilse in große Aufregung, sie vermochte kaum weiterzulesen. Mit stockendem Atem überflog sie die Zeilen, und als sie zu Ende war, eilte sie, den Brief in der Hand, in das Zimmer der Mutter. Es wäre ihr unmöglich gewesen, die wichtige Neuigkeit länger für sich zu behalten. »Mama«, rief sie ganz atemlos, »ein Brief von Nellie! Ich muss ihn dir vorlesen.« Und sie begann:

»Mein süß Ilschen!

Ich bin eine Braut, oh, und ein sehr glückliches Braut! Errätst du, mit wem? Ja? O Ilse, Doktor Althoff ist meiner liebe, liebe Schatz! Ich möchte gleich dein liebes Gesicht schauen, wenn du diese große Ereignis liest, ich sehe, wie du dein braun Lockenkopf schüttelst, und höre dir rufen: ›Nellie wird mir pfoppen!‹ Aber nein, sie pfoppt dir nicht, alles was sie heute schreibt, ist wahr. du sollst alles wissen, meine liebe Freundin, ich will erzählen, wie es kam. Oh, es ist eine schwer Aufgabe für mich, ich bin so zerwirrt vom Glück und ich finde mir so schlecht zurecht mit der deutsch Sprach. Du musst Geduld mit dein Nellie haben, die eigentlich sehr dumm ist. Ich schäm mir, Ilse, wenn ich denke an mein furchtbaren Dummheit. Es ist mir ein Rätsel, wie Alfred mir lieb haben kann. Doch still darüber! Höre weiter!

Mit dein lieber Brief, den du mir schriebst, wo du mir zu dein Erntefest einladest, kam ein andern Brief an Fräulein Raimar. Als ich nun begriffen war, in ihr Zimmer zu steigen, um sie recht für die Erlaubnis zu bitten, tritt sie ganz plötzlich ohne Anmeldung bei mir ein. Das war ein Wunder, denn sie macht uns niemals eine Besuch, immer lässt sie uns rufen, wenn sie einiges von uns will. Ich erröte vor Schreck, du kannst denken. ›Nellie‹, spricht sie und hält ein Brief in der Hand, ›dieses Schreiben hier enthält die Anfrage an mir, ob ich nicht eine junge Engländerin zu sofortiger Eintritt empfehlen kann. Vollkommenes Deutsch braucht sie nicht zu sprechen, sie soll nur die drei Kinder Englisch beibringen. Ich denke dir vorschlagen, Nellie. Bist du einverstanden! Die Dame bietet hohe Gehalt.‹

Ich glaube, dass ich ein sehr traurig Gesicht machte zu ihr Vorschlag, und ich konnte auch gar nichts sagen. Dein Brief hielt ich noch in der Hand, aber ich habe nicht gewagt, Fräulein Raimar zu sprechen, sie hätte doch mein Bitten abgeschlagen.

›Du hast wohl keine Lust?‹, fragte die Pensionatsleiterin.

›Oh, gar keine Lust‹, dachte ich, aber ich durft nicht sagen, wie furchtbar schrecklich mir der Gedanke war, ein Vierteldutzend Kinder zu unterrichten. Immer so weise und artig zu sein, immer so mit gutem Beispiel vorangehen, nein, das macht mir gar nicht Spaß.

›Bestimmen Sie für mich, Fräulein!‹, sagte ich. ›Ich werde tun, wie Sie denken. Werde ich aber klug genug sein zu ein so großer Aufgabe?‹

›Lass das meine Sorge sein!‹, sagte Fräulein Raimar sehr bestimmend. ›Ich würde dich nicht empfehlen, wenn ich nicht wüsste, dass du diese Stellung vollkommen ausfüllen kannst.‹

Damit verließ sie mir und ich blieb tief betrübt zurück.

Die Vorbereitung für meine Abreise wurde gemacht und ich hatte viel zu tun, oh, und viel zu hören!

Miss Lead hielt langen, strengen Predigten und vorbereitete mich zu einer würdigen Gouvernante. Fräulein Raimar mahnte mir täglich zu Ernst und Gediegenheit, nur Fräulein Güssow sah mir oft mit ein lang traurigen Blick an, der zu mir sprach: Tust mir Leid, Darling, dass du unter fremde Leute dienen musst.

Der ernste Abschiedstag war da. Es war der achtundzwanzigste September, morgens elf Uhr, eine Stund vor meiner Abreise. Ich saß in mein Zimmer auf mein Reisekoffer und weinte. Ich war so gefüllt von Kummer, das Herz drückte mir so schwer wie ein Mühlstein in der Brust. Kannst du dich das vorstellen?

Wie ich mir so ganz verlassen fühle und laut schluchze, steht plötzlich Doktor Althoff, mein Doktor Althoff, vor mir. Ich hatte ihn nicht gehört, als er anklopfte und die Tür öffnete. Du kannst mein Schreck denken. Ich spring von mein

Reisekoffer und halt das Tuch vor mein weinend Gesicht; ich schäme mir so.

Leise zog er es fort und fragte mich mit seiner schöner, tiefer Stimme: ›Warum weinen Sie, Miss Nellie? Tut Sie es weh, aus dem Institut zu scheiden? Möchten Sie bleiben?‹

Ich sagte gar nix, weil ich nicht konnte vor lauter Schluchzen.

›Sehen Sie mich an, Miss Nellie‹, bat er. ›Ich möchte gern Ihre Augen sehen bei das, was ich Sie fragen will.‹

Ich versuchte ihn anzublicken, aber ich musst meine Augen niederschlagen; er hatte ein so sonderlicher Blick, niemals hat er mir so angesehen. Oh, ich ward so Angst und es lief mich ganz heiß über mein Gesicht! Er griff mein Hand und hielt sie fest und dann – ich weiß nicht, wie es kam – mit einem Male nahm er mir in seinen Arm und fragte: ›Haben Sie mich lieb, Nellie?‹

Ilse, kannst du dich denken, was ich empfand bei diese Frage? Es war, als ob der Himmel plötzlich offen war und alle Seligkeit auf mein Haupt schüttelte. Im Wachen und im Träumen, immer hör ich dieser Wort in mein Ohr und zuweilen denk ich, es ist alles nicht wahr. Doch höre weiter! Du bist mein best Freundin und nichts soll dir verborgen sein.

›Hast du mich lieb?‹, fragte er noch einmal. ›Willst du mein kleines Frau sein?‹

›O ja, herzlich gern!‹, sagte ich und ich weiß nicht, ob es sehr passend von mir war, dass ich so schnell und ohne Besinnen mein Jawort gab, aber ich konnte nicht anders, ich liebte mein Alfred schon lang still in mein tiefster Herz.

Ja, dass ich nicht vergesse – wir haben uns geküsst –, meine Seligkeit kennt keine Grenzen.

Als wir verlobt waren, gingen wir sogleich zu Fräulein Raimar und Alfred stellte mir als seine Braut vor. O Ilse, du hättest die erstaunte Gesichter sehen müssen! Es war zu spaßig! Fräulein Raimar weniger, sie weiß immer so gut ihr Gesicht in die gleiche Falte zu legen, man weiß nicht, ob sie Freude oder Trauer hat.

Aber ich glaube, diesmal hat sie Freude, denn sie nahm mich in ihr Arm und küsste mir. Zu Alfred sagte sie: ›Wie ist das so schnell gekommen, Herr Doktor? Ich habe niemals von Ihrer Neigung gemerkt.‹

›Ich bin mir selbst erst klar darüber geworden, als ich Nellie verlieren sollte‹, sagte Alfred und bat Fräulein Raimar, die Gouvernante abzubestellen und mir unter ihr mütterlichen Schutz zu behalten, bis wir heiraten. Sie hat es versprochen. So blieb ich hier und packte meine ganzen Siebensachen wieder aus.

Miss Lead glückwünschte mir auch, aber wenn sie auch meiner Landsmann ist, war sie doch kalt wie ein Frosch. Ich glaube, sie hat viel Neid. Aber ich mache mir nix davon und strahle vor Wonne. Fräulein Güssow freut sich furchtbar über mein Glück. Ich habe sie so lieb wie eine Schwester und bitte jetzt alle Tage der liebe Gott, dass er sie von ihr schwer Beruf ablöse; sie ist zu gut für ein streng Lehrerin.

Unsre Freundinnen waren reizend nett, das heißt, nicht alle, denn Melanie und Grete sind schnell abgereist, weil ihre Mutter krank war. Sie wissen noch nichts. Orla beschenkte mir gleich mit ein kostbar Armband zum Andenken und zur Freude über unsere Verlobung. Das klein Lachtaube konnte vor Lachen kein Wort sagen. Rosi sprach ›artige Worte‹ wie immer, und Flora? Sie machte ein lang Gesicht und sah Alfred mit ein schwärmerischer Blick an, dann drückte sie uns stumm die Hände. Gestern hat sie mir mit ein lang ›Elegie an eine Braut‹ beglückt.

Heute früh ist mein Alfred abgereist zu seiner Mutter, das war ein sehr schwerer Abschied. Wir fühlten uns gegenseitig ein wenig schwanken, doch ließen wir die Köpfe nicht fallen. Ich schluckte die Tränen tapfer hinunter, Fräulein Raimar sollte mir nicht schwächlich sehen. Alfred kommt auch bald zurück, nur acht Tage ist er fort.

Nun leb wohl, dear Ilschen! Ich habe dir ein langer, langer Brief geschrieben. Nun antworte mir gleich, bitte, bitte! Ich freu mir furchtbar auf dein Brief. Du kommst doch zu mein Hochzeit? Neujahr werden wir getraut. Tausend Küsse, mein Herzkind, und grüße deiner lieber Eltern und das klein Baby von

dein
seligste Nellie.«

»Nellie Doktor Althoffs Braut!«, rief Ilse jubelnd. »Nun wird sie keine Erzieherin, Mama!«

»Nein, nun hat sie die beste Heimat gefunden«, entgegnete Frau Macket, die zuweilen über Nellies komische Ausdrücke gelacht hatte, zuweilen aber auch eine Träne der Rührung nicht zu unterdrücken vermochte. »Sie ist dem einsamen Mädchen vom Herzen zu gönnen. Es muss ein liebes, drolliges Geschöpfchen sein; ihr Brief gibt ein sprechendes Zeugnis davon.«

Wenn Ilse auf dieses Kapitel zu reden kam, war sie unerschöpflich. Frau Anne musste sie erneut zur Eile mahnen.

»Gleich, Mama, sofort! Ich werde mich furchtbar beeilen.«

Aber zwischen Tür und Angel wandte sie sich noch einmal um, um zu fragen, warum Doktor Althoff sich wohl gerade in Nellie verliebt haben möge. Die Antwort auf diese sonderbare Frage wartete sie indes nicht mehr ab, sondern sprang die Treppe hinauf, immer zwei Stufen auf einmal nehmend.

»Nellie Braut!« Ihre Gedanken konnten sich nicht davon trennen. Sie durchlebte mit der Freundin das wichtige Ereignis vom Anfang bis zum Ende und war so der Gegenwart entrückt, dass sie alles verkehrt machte. Anstatt des weißen Batistkleides zog sie ihren Morgenrock an; sie merkte es erst, als sie den Gürtel daran befestigen wollte. Eilig machte sie ihren Fehler gut. Sie war noch nicht angekleidet, als sie dem Verlangen nicht widerstehen konnte, erst noch einmal Nellies Brief zu durchfliegen. »Hast du mich lieb? Willst du mein kleines Frau sein?« Diese Stelle war zu schön, sie musste noch sie noch mal lesen.

Der Ruf der Mutter, die an der verschlossenen Tür klopfte, schreckte Ilse auf und brachte sie in die Wirklichkeit zurück. »Noch nicht fertig?«, schalt sie eintretend. »O du böse Ilse, was hast du gemacht? Warum ließest du dir nicht von Sophie helfen, wenn du allein nicht fertig werden konntest? Nur schnell, schnell! Jeder Augenblick ist kostbar.«

Unter ihren geschickten Händen stand Ilse bald fertig da. Frau Anne betrachtete sie mit zufriedenen Blicken; so reizend hatte sie ihr Kind noch nie gesehen. War das hübsche Kleid daran schuld oder schimmerten die Augen in einem besonderen Glanz?

Kurze Zeit später kam der Wagen vom Bahnhof zurück und brachte die Gäste. Der Landrat stieg zuerst aus. Ungeniert nahm er Ilse, die mit ihrer Mutter zum Empfang bereitstand, in die Arme und küsste sie auf die Wange. Leo begrüßte die Damen mit einem Handkuss. Ilse wusste jetzt, wie sie sich in einem so kritischen Fall benehmen musste; sie zog die Hand nicht fort, Mama tat es auch nicht.

Die Eltern führten Gontraus hinauf in die bereitstehenden Gästezimmer, Leo blieb noch zögernd auf der Veranda stehen. Er trat zu Ilse, die in einiger Entfernung von ihm stand. Sie lehnte an einem Pfeiler und zupfte sehr eifrig an einer Weinranke. Sein Blick ruhte auf dem reizenden Mädchen, das ihm nach den wenigen Wochen, seit er sie zuletzt gesehen hatte, größer und schöner erschien. »Sie sind so still und ernst«, sagte er, »gar nicht wie in Lindenhof. Wo ist Ihr fröhlicher Übermut? Drückt Sie ein Kummer?«

»Kummer? O nein!« Ilses Augen lachten ihn mit der alten Fröhlichkeit an. »Im Gegenteil, eine große, große Freude habe ich gehabt.« Und sie verkündete dem Assessor Nellies Verlobung.

Sie wunderte sich, dass er so wenig darauf zu erwidern wusste. Sein Blick hing unverwandt an ihren Lippen und doch schien es, als wären seine Gedanken in weiter Ferne. »Ist sie sehr glücklich?«, fragte er zerstreut. »Glücklich?«, wiederholte Ilse, verwundert über seine Frage. »Selig ist sie. Sie müssen nur ihren Brief lesen!«

»Lesen Sie ihn mir vor!«, bat er. »Lassen Sie uns die schöne Einsamkeit benutzen! Wir sind ungestört!«

»Das geht nicht, nein, gewiss nicht!«, rief Ilse beinahe ängstlich. Der Gedanke erschreckte sie: Wie kannst du ihm Nellies geheimste Empfindungen offenbaren! – Doch war es dieser Gedanke allein, der sie so seltsam beklommen machte? Oder empfand sie daneben auch Furcht, mit Leo allein zu sein?

»Auch dann nicht, wenn ich Sie sehr darum bitte?« Sie war schon halb auf der Flucht, als ihr seine dringende Bitte Halt gebot. »Ich kann nicht, ich habe im Haus zu tun. Vielleicht später«, rief sie ihm verwirrt zu, eilte aus der Veranda durch den Speisesaal bis in die offen stehende Tür des Zimmers der Mutter.

Der junge Gontrau sah Ilse nach, bis der letzte Schimmer ihres weißen Kleides verschwunden war. Auf seinem Antlitz spiegelten sich die verschiedensten Gefühle, sie drückten Zweifel, Hoffnung und Entzücken aus.

Als Ilse hastig in das kleine Zimmer trat, atemlos und mit heißen Wangen, erschrak sie fast, als sie dort den Onkel antraf.

»Nun, mein alter Trotzkopf, wie man mir sagte, was ist dir denn begegnet?«, fragte der Künstler und legte ein Buch aus der Hand.

»O nichts, nichts, gar nichts!«, rief sie schnell. »Mir ist nur so heiß und mein Herz klopft so furchtbar.« Ehe er noch nach der Ursache ihrer Erregung fragen konnte, schnitt sie ihm das Wort ab. »Eine furchtbar interessante Neuigkeit, Onkel Kurt: Nellie ist Braut!«

Wer Nellie war, wusste er längst; Ilse hatte ihm während der Malstunden viel von der Freundin erzählt, aber wie sie aussah, wusste er noch nicht. Heute konnte sie ihm endlich ein Bild zeigen, denn das Album, das Fräulein Raimar ihr bereits bei der Abreise versprochen hatte, war angekommen. Es enthielt die Bilder der Lehrerinnen und Freundinnen.

»Also Nellies Verlobung macht dir Herzklopfen?«, meinte der Onkel, ungläubig lächelnd. »So, so! Sag mal, Fischchen, sind Gontraus schon da?«

Ilse überhörte die Frage. »Hier ist Nellie«, fiel sie dem Onkel in die Rede und reichte ihm das Album. »Sag, ist sie nicht reizend?«

»Reizend? Das kann ich nicht finden«, entgegnete er gedehnt nach einigen prüfenden Kennerblicken. »Anmutig, ja; der Mund ist hübsch, Augen und Nase aber ...«

»Ach, Onkel«, unterbrach ihn Ilse, »du darfst sie nicht mit so kritischen Blicken ansehen! Du kannst mir glauben, Nellie ist reizend. Das Bild ist auch schlecht, in Wirklichkeit ist sie viel hübscher.«

Der Onkel blätterte in dem Album weiter. Plötzlich fragte er erregt: »Wie heißt diese Dame hier?«

»Das ist meine liebste Lehrerin, Fräulein Güssow. Wir liebten sie alle sehr und schwärmten für sie. Du kennst sie wohl?«, wandte sie sich fragend an ihn. Es fiel ihr auf, dass er das Bild so starr betrachtete.

»Ich kenne sie nicht, nein. Aber es muss mir im Leben ein Mädchen begegnet sein, das diesem Bild glich. Doch das ist lange her. Wie alt ist deine Lehrerin?«

»Sie ist nicht mehr jung, schon siebenundzwanzig Jahre alt«, entgegnete Ilse.

»Ja, da ist sie schon ein altes Mädchen«, bestätigte der Onkel. Aber nur seine Lippen scherzten, sein Auge hing ernst und wehmütig an dem Bild der Lehrerin. Wäre Ilse nicht so jung und allzu sehr mit ihrer eigenen kleinen Person beschäftigt gewesen, hätte es ihr auffallen müssen, wie andächtig und lange er das Bild betrachtete. »Du findest sie wohl hübsch?«, fragte sie unbefangen.

»Wie heißt sie? Güssow?«, fragte er und jetzt überhörte er ihre Frage. »Wie ist ihr Vorname?«

»Charlotte.«

»Lotte«, nickte Onkel Kurt zustimmend, »ein schöner Name.« Er schloss das Album und nahm sein Buch wieder zur Hand. Ilses Anwesenheit schien er vergessen zu haben.

Sie kannte ihn als Sonderling, darum fiel ihr sein Betragen nicht auf. »Komm mit hinaus auf die Veranda, Onkel!«, bat sie. »Gontraus sind gekommen.« Diese letzten Worte setzte sie mit abgewandtem Gesicht hinzu.

»Ja, ja, bald«, entgegnete er zerstreut und ließ sich nicht stören. »Ich folge dir gleich.«

Zögernd und auf den Fußspitzen durchschritt Ilse den Speisesaal. Mehrmals blieb sie stehen und lauschte. Alles war still. Als sie die geöffnete Tür erreichte, bog sie den Kopf vor und spähte nach beiden Seiten; die Veranda lag verlassen da und so wagte sie sich hinaus. Der Frühstückstisch stand bereit, sie machte sich daran zu schaffen, horchte dann wieder, ob die Eltern noch nicht kämen. Sie blieben recht lange. Wo sie nur verweilten? Wenn Ilse gewusst hätte, dass sie mit dem Landrat und seiner Frau oben im Wohnzimmer waren, wo sie durchaus erst dem kleinen Bruder einen Besuch abstatten wollten, wie würde sie zu ihnen geeilt sein! Endlich vernahm sie Schritte. War das der Onkel? Es war nicht sein Schritt, auch würde er nicht durch den Hausflur und von außen herum auf die Veranda gekommen sein. Vorsichtig lugte sie durch das Blätterwerk und erkannte zu ihrem Schrecken Leo. Das Blut schoss ihr in die Wangen und der Atem stockte ihr in der Brust. Unmöglich konnte sie ihm jetzt gegenüberstehen. Sie würde nicht imstande sein, ein Wort hervorzubringen, und wenn sie so stumm und dumm vor ihm stand, was sollte er von ihr denken? Flucht, das war das Einzige, was sie aus dieser peinlichen Lage befreien konnte.

Aber es war zu spät, er hatte sie gesehen und gerade als sie ihren eiligen Rückzug nahm und glaubte, an der Tür des Salons bereits in Sicherheit zu sein, holte er sie ein. »Jetzt müssen Sie bleiben, gnädiges Fräulein«, sagte er scherzend, »ich lasse Sie nicht fort! Sie haben mich auf später vertröstet und jetzt ist es später und Sie werden sich allergnädigst herablassen, mir Miss Nellies Brief vorzulesen. Eine Frau – ein Wort!«

Nun war Ilse gefangen.

Ihre Befangenheit entging ihm nicht, aber er brachte sie taktvoll mit einem leichten Scherz darüber hinweg. Er bot ihr den Arm und führte sie zu einer Ecke der Veranda, in der ein kleiner eiserner Tisch und zwei Stühle standen. Die Oktobersonne stahl sich durch das blutrote Weinlaub und neckte das junge Mädchen. Gerade in die Augen blitzte sie ihm ihre Strahlen, sodass sie die Lider schließen musste.

»Die Sonne blendet«, bemerkte Ilse und war froh, ein gleichgültiges Wort gefunden zu haben. »Es ist auch so warm hier«, fuhr sie fort und erhob sich.

»Die böse Sonne! Wir wollen ihr aus dem Weg gehen.« Leo führte das junge Mädchen auf die entgegengesetzte Seite.

Hier war es schattig und kühl und Ilse fand keinen Grund mehr, sich zu erheben. Sie gewann auch langsam ihre Sicherheit wieder, und als er noch einmal an den Brief erinnerte, fand sie sogar den früheren scherzhaften Ton. »Sie sind ein Quälgeist«, sagte sie. »Was kann es Sie interessieren, wie und was Nellie mir schreibt! Sie wollen nur darüber spotten und das dürfen Sie nicht.«

»Wie können Sie mich so böse verdächtigen!«, wehrte er ab. »Sie haben mir Ihre Freundin so liebenswürdig geschildert, dass mein Wunsch ganz natürlich ist.«

Ilse sah ihn ungläubig an, doch da sie keinen spöttelnden Zug um seinen Mund entdeckte, fasste sie Vertrauen und zog den Brief aus der Tasche.

»Nun?«, fragte Leo.

»Immer Geduld, Herr Assessor! Erst muss ich die Stellen aussuchen, die Sie hören dürfen; der ganze Inhalt ist nicht für Ihre Ohren bestimmt.«

»Das wäre grausam«, warf Leo ein. »Das ist gerade so, als hielten Sie einem Kind ein Stückchen Zucker hin um ihm zu sagen: ›Leck dran!‹ Den Zucker aber stecken Sie selbst in den Mund.«

Ilse lachte lustig über seinen Vergleich, er brachte sie in die alte fröhliche Laune zurück. »Nun hören Sie zu! Aber nicht spotten!«, fügte sie, mit dem Finger drohend, hinzu.

Dicht nebeneinander saßen sie nun beide, sie lesend und er aufmerksam ihren Worten lauschend. Er stützte den Arm auf den Tisch und sah auf Ilse herab, die den Kopf vornübergebeugt hielt. Plötzlich hielt sie inne. »Lesen Sie weiter, bitte! Warum hören Sie auf? Denken Sie an das Stück Zucker!«

Sie schwieg und überlegte. Warum wollte sie ihm eigentlich das Schönste in dem ganzen Brief verschweigen? Nellie erzählte ihre Verlobung so drollig und gemütvoll; ihre ganze Persönlichkeit sprach sich in diesen Zeilen aus.

Als er sie noch einmal so dringend bat fortzufahren, tat sie es erst etwas zögernd, dann aber las sie fließend, ohne nur einmal zu stocken, zu Ende.

Warum saß er so stumm? Sein Schweigen musste sie verletzen. Sie hatte erwartet, dass er sein Entzücken laut äußern würde. Nun sagte er gar nichts. Fast vorwurfsvoll sah sie ihn an.

»Ihre Freundin besitzt ein warmes, tiefes Empfinden«, bemerkte Leo endlich, aber es kam gezwungen heraus. Er fühlte das selbst und brach ab. »Fräulein Ilse«, fuhr er nach einer kleinen Pause fort, »was würden Sie antworten, wenn – wenn Sie jemand fragen würde: Haben Sie mich lieb?«

Ilse war so verwirrt, so erschrocken bei dieser Frage, die sie wie ein Blitz aus blauem Himmel traf. Hastig erhob sie sich. »Nein, würde ich sagen!«, rief sie. »Ich habe niemand lieb, niemand!«, wiederholte sie, als ob sie noch einen Trumpf darauf setzen wollte.

Hätte der Brausekopf nur einen Blick auf den Assessor geworfen, wie schnell würde sie ihn verstanden haben!

»Ilse«, sagte er zärtlich und ergriff ihre Hand, »wenn ich es wäre, der Sie fragte: Haben Sie mich lieb, wollen Sie meine kleine Frau sein? Würden Sie auch dann so sprechen?«

Hastig entzog sie ihm ihre Hand.

»Hast du mich lieb, Ilse?« Leos Stimme traf ihr Herz, ein Ja aber brachte sie nicht über die Lippen. Ihr spröder Sinn ließ es nicht zu oder regte sich noch einmal der alte Trotz in ihr? »Nein, niemals!«, sagte sie schnell und wandte sich heftig ab.

»Nein, niemals?«, wiederholte er und sah sie schmerzlich an. »O Ilse, nehmen Sie das Wort zurück! Ich war zu schnell mit meiner Frage, nicht wahr? Ich habe Sie erschreckt. – Nicht jetzt geben Sie mir Antwort, erst wenn Sie ruhiger sein werden, dann.«

Ilse stand noch immer von ihm abgewandt, in ihr kämpften die widerstreitendsten Gefühle. Ihr Herz zog sie zu ihm hin, aber sie konnte die Brücke nicht finden, die über den breiten Strom führte, der sie noch von ihm trennte. Da war es plötzlich, als stiege Luzies Bild vor ihr auf, als vernähme sie eine Stimme, die ihr warnend zurief: Willst du ihn verlieren? Denk an mein Geschick!

»Leo«, sagte sie schüchtern und trat ihm einen Schritt näher, aber erschreckt über ihre Kühnheit blieb sie stehen.

Sofort sprang er auf und seine Augen leuchteten. »Nun bist du meine Ilse!«, rief er aus und zog sie an sein Herz. Doch als er den ersten Kuss auf ihre Lippen drücken wollte, da wendete sie den Kopf beiseite und die spröde widerspenstige Ilse meldete sich noch einmal.

»Küssen ist nicht erlaubt«, erklärte sie mit aller Entschiedenheit. »Wie könnte ich mich von einem fremden Mann küssen lassen!«

»Aber die Hand«, bat er lachend, »die Hand darf ich küssen?«

Das wurde ihm gnädigst bewilligt.

Er hielt sie noch im Arm, als die beiden Elternpaare auf der Veranda erschienen. Alle erfassten sofort, was hier geschehen war, nur der Oberamtmann stand wie versteinert. Der Landrat und seine Gattin waren die Ersten, die das Brautpaar begrüßten, beglückt drückten sie Ilse als ihr Töchterchen an ihr Herz. Herr Macket rührte sich noch nicht vom Fleck.

Frau Anne trat zu ihm und legte die Hand auf seine Schulter.

»Siehst du, Richard, aus dem Kind ist ein Mädchen geworden, glaubst du es nun?«, fragte sie.

»Ilse, meine kleine Ilse!«, brachte er endlich mühsam hervor. »Ist es wahr? Willst du mich verlassen?«

Da flog sie an seinen Hals und küsste ihn stürmisch. Dabei rief sie unter Weinen und Lachen: »Mein einziger Herzenspapa, ich habe Leo ja so lieb!«

Während alle Gäste fröhlich bei der Tafel saßen, ließ sich Onkel Kurt von Johann still und ohne Aufsehen zum Bahnhof fahren.

Frau Macket fiel seine Flucht nicht weiter auf; sie kannte ihren Bruder als einen unsteten Gast, der, wie es ihm einfiel, kam und auch wieder verschwand.

Drei Wochen vergingen, ohne dass das geringste Lebenszeichen von ihm eintraf. Da endlich kam ein Brief aus München von ihm an. Sein Inhalt versetzte alle auf Moosdorf in sprachloses Erstaunen. Ilse aber kam darüber außer Rand und Band. Sie klatschte in die Hände, tanzte im Zimmer umher und rief jubelnd: »Ich bin die Ursache ihres Glückes, durch mich haben sie sich gefunden. Was wird Leo dazu sagen! Wie freue ich mich!«

Der Brief lautete nämlich:

»Wir sind auf der Hochzeitsreise. Lotte Güssow und ich wollen den Winter in Italien zubringen. Ihr wundert euch? Es ist aber dabei nichts zu verwundern. Lotte und ich waren schon uralte Brautleute, wir haben nur niemals davon gesprochen. Im Frühjahr kehren wir zurück, ich werde euch dann meine junge Frau vorstellen. Dem Fischchen besonderen Gruß – sie weiß schon, warum. Soll übrigens fleißig weitermalen, wenn der Brautstand ihr die Zeit dazu lässt.«

»Nun bin ich deine Tante, mein Liebling. Wer hätte das gedacht!«, schrieb seine Frau, ehemals Fräulein Güssow, unter den Brief. »Wie gern hätte ich dir längst die ganze seltsame Geschichte, und wie alles gekommen ist, mitgeteilt! Aber ich durfte es nicht. Onkel Kurt wollte erst nach unserer Verheiratung die Erlaubnis dazu geben. Auch heute kann ich dir nur wenige Zeilen schreiben, mein Mann steht hinter mir und wünscht, dass ich aufhöre. Denkst du noch an Luzies Geschichte! Jene Luzie hieß Lotte und war ich selbst. Und der Maler? Nun, Du errätst schon, wer er war, ohne dass ich ihn nenne. Wenn wir zurückkehren, bist du am Ende auch eine junge Frau. Wie habe ich mich gefreut über dein Glück, mein Herz! Der Himmel erhalte es dir!«